# 王家の秘薬は受難な甘さ

佐倉 紫
YUKARI SAKURA



ノーチェ文庫

登場人物紹介
ルチア・マーネット
地方の貧乏男爵家の長女。
父を事故で亡くし、
母も身体に障害を持ってしまったため
幼い弟妹たちの面倒をひとりでみている。
勝気で正義感が強い性格。
ゼルディフト公・
カイル・ディオン
国王の第二王子だったが、
今は臣籍に降《くだ》り、公爵位を戴《いただ》いている。
女嫌いでクールな性格だが、
端整な顔をしているため、
常に女性から注目を浴びている。

ロクサーヌ
近衛隊長を父に持つ
伯爵令嬢。カイルに
想いを寄せている。
ヴィレッタ
ルチアの従姉妹で、
親友。引っ込み思案だが
芯の強いところがある。
ラーナ
もとはカイルの乳母で、
いまは侍女。とても
面倒見のよい、
やさしい性格。
ラウル
カイルの兄。
女ったらしで有名だが
アデレードには
尻に敷かれている。
王妃
カイルの母。
二児の母とは思えぬ
可憐さで、
奔放《ほんぽう》な性格。
アデレード
カイルの兄嫁。妖艶《ようえん》な
魅力をもつ一児の母。
実はフレンドリーな性格。

# 目次

# 王家の秘薬は受難な甘さ

# 第一章　紅薔薇《べにばら》の戯《たわむ》れ

――パァンッ！


すがすがしいまでの乾いた音が、高い天井に響き渡る。

集まっていた人々は何事かと振り返り、視線の先に見えた光景に例外なく絶句した。

皆の視線を集めて立っていたのは、銀髪《ぎんぱつ》が眩《まぶ》しい長身の青年。

そして、手を振り下ろしたままのポーズでつま先立ちしている令嬢。

わずかにのけぞった青年の頬《ほお》には、真っ赤な手形がついていた。

――なんと畏《おそ》れ多いことを。

周囲がさーっと青ざめるのも構わず、令嬢は細腰《ほそごし》に手を当てると「フン」と鼻を鳴らした。

「自業自得《じごうじとく》よ。純情な女の子を侮辱《ぶじょく》した罰《ばつ》ですからね。せいぜい反省するといいわ！」

その言葉に、なにを思ったのか。

ぶたれた頬に己《おのれ》の手の甲を押しつけた青年は、底冷《そこび》えするようなまなざしで、詰め寄る令嬢を見下ろしていたのだった。

◇◆◇

「おまえももう二十一歳になったのだろう。いいかげん結婚相手を見つけんか！」

そう父親にせっつかれて、仕方なく、いやいや、本当に渋々《しぶしぶ》、顔を出した舞踏会《ぶとうかい》。

どこにいても目立つ銀髪のせいで、広間に入った途端《とたん》、黄色い悲鳴が響き渡った。

毎度、このときばかりはこの髪が忌《い》まわしくて仕方がない。

主催者に挨拶《あいさつ》だけして、大人しく物陰《ものかげ》にでも引っ込むつもりでいるのに、どこへ行っても令嬢たちがそわそわしながらくっついてくるのだ。

（――くっついてくるくらいなら話しかけろ）

なんで集団でこそこそ追い回すんだ。

なにかあるのかと振り返ってみると、きゃーきゃー言うばかりで、すぐ扇《おうぎ》で顔を隠すし。

顔を正面に戻せば、ここぞとばかりに食い入るような視線を感じるし。

（こういうのを俗《ぞく》に『うざい』と言うわけか……）

兄から仕入れたフランクな言葉を思い出し、「はぁ」と彼は知らずため息をついた。

彼からすれば、うんざりという表情のつもりなのだが、悲しいかな、生まれつき整ったその顔立ちは、彼の本心を周囲に正しく伝えてくれない。

あからさまに面倒くさがっている顔は『憂《うれ》い顔』と変換され、愛想《あいそ》ゼロの仏頂面《ぶっちょうづら》は『思案顔《しあんがお》』と、いずれも感嘆のため息をつかれる。

皮肉《ひにく》を込めた嘲笑《ちょうしょう》ですら『令嬢殺しの薄氷《はくひょう》の微笑《ほほえ》み』などと謳《うた》われるのだから、人が多く集まる場に出ていくことが、彼にとってどれほど苦痛かは推《お》して知るべしであろう。

できることなら、仕事以外ではずっと自室に籠《こ》もっていたい。

だが実際にそうするには、彼はあまりに身分が高かった。

実行したら、おそらく上を下への大騒ぎになるであろうことは容易《ようい》に見当がつく。

だから、今日もきたくもない舞踏会《ぶとうかい》に足を運び、結婚相手を探しているのだ。

それもすべて、兄が結婚してからというもの、「おまえもさっさと身を固めろ」とうるさく言ってくる両親を黙らせるため。

「おお、ゼルディフト公爵様！　このような場でお会いするのはお久しぶりでございますなぁ」

不意《ふい》に右手から声をかけられ、青年は足を止めて振り返る。

視線の先にいたのは、近衛騎士団《このえきしだん》所属の隊長アゼフトだ。

この会を主催している子爵は王都から離れた地方の領主だ。そのためあまり面倒な人間と会わずに済むと思ったのに、予想外だった。

にやにやとした微笑みに、さらにうんざりさせられてしまうが、無視するには厄介《やっかい》な相手である。

「――アゼフト卿《きょう》もいらしていたのですか。このような遠方でお会いするとは、奇遇《きぐう》ですね」

「まさにそうですな！　これもなにかの思し召《おぼめ》しということでしょう！」

(そんなのを思し召す神がいるなら即刻滅《ほろ》んでしまえばいい)

と、なんとも罰当《ばちあ》たりなことを考えながら、青年は無表情のままアゼフト卿を見据《みす》えた。

「よい機会でございます。ぜひ、我が娘を紹介させてくださいまし。愛娘《まなむすめ》のロクサーヌでございます」

「お初にお目にかかります、ゼルディフト公爵様。ロクサーヌにございます」

父親からの紹介を待っていたのだろう。どこからともなく現れた美女が、口元に蠱惑《こわく》的《てき》な笑みを浮かべながら優雅《ゆうが》に礼をした。

最悪だ、と青年は胸中《きょうちゅう》で顔をしかめる。

豊満《ほうまん》な胸元を強調するようなドレスといい、細い腰を際立《きわだ》たせるビーズ飾りといい、緩《ゆる》やかに波打つ艶《つや》やかな黒髪といい――青年のもっとも嫌いなタイプの女である。

おまけに自信に満ちたその微笑《ほほえ》みときたら！　このわたくしを袖《そで》にする男なんているはずがないわ！　という根拠のない自信に満ちあふれているではないか！

本来なら、ここで令嬢の手を取り、その手の甲に口づけるのが紳士《しんし》としての作法《さほう》である。

が、こんな女に口づけるくらいなら、不作法と罵《ののし》られたほうがマシだと思うのがこの青年だ。

彼はここでも自分の信念を貫《つらぬ》いた。

「どうも」

これ以上ないほど素っ気ない挨拶《あいさつ》を返し、すぐに踵《きびす》を返そうとする。

「おおおお待ちくださいい公爵！　ほらっ、もうすぐダンスも始まりますからっ、ぜひうちの娘と一曲ご一緒して――」

「ダンスは不得手《ふえて》なので失礼します」

「そう言わずに！」

追いすがるだけの父親に焦《じ》れてか、ロクサーヌ嬢が素早く動く。

次の瞬間、青年は彼女に腕を掴《つか》まれ、柔らかな胸を身体に押しつけられていた。

「わたくしからもお願いいたしますわ。ぜひ、踊《おど》ってくださいまし」

（い・や・だ）

振り返った青年は薄氷《はくひょう》の目を細めてそう訴えるが、ロクサーヌは挑戦的に微笑んだままだ。

ふたりの膠着《こうちゃく》状態が続く。いつの間にか周囲の人々も固唾《かたず》を呑んでやりとりを見守っていた。

その沈黙を破り去ったのは――

「ちょっと、そこの色男！」

切り込むような凛《りん》とした声に、全員が一斉《いっせい》にそちらを向く。

青年も咄嗟《とっさ》に声がしたほうを見た。

不思議なことだが、響き渡ったその声には、振り向かずにはいられないような強制力が潜《ひそ》んでいたのだ。

だがその『色男』というのが、まさか自分を指しているとは思わなかった。

公爵位を持つこの自分を……成人するつい三年前までは『第二王子』と呼ばれていたこの自分を、『色男』呼ばわりするような無礼者《ぶれいもの》はさすがに存在しないはずだった。

パァンッ！　と小気味《こきみ》よい音が立ち上《のぼ》る。

振り返るなり左頬《ひだりほほ》をぶたれた青年は、不意《ふい》を突かれて大きくのけぞってしまった。

あまりに見事な平手《ひらて》打ちに、痛みよりも驚きよりも、むしろ爽快《そうかい》さを覚えてしまう。

ロクサーヌも驚いてぱっとその手を離した。

自由になった青年は、平手打ちをした人物の正面に改めて顔を向ける。

そこには、振り下ろした右手をぎゅっと握りしめた、小柄《こがら》な令嬢がたたずんでいた。

背の高い青年に平手打ちするため、つま先立ちになっていたのだろう。長いドレスの裾《すそ》をぽふんと床に打ちつけると、彼女は強い光を宿《やど》す瞳で罵《ののし》ってきた。

「自業自得《じごうじとく》よ。純情な女の子を侮辱《ぶじょく》した罰《ばつ》ですからね。せいぜい反省するといいわ！」

――なんだって？　自業自得？　侮辱？　……反省？

わけがわからず、つい剣呑《けんのん》なまなざしを相手に向けてしまう。

けれど令嬢は年のわりに堂々とした立ち姿で、おまけに「フン」と鼻を鳴らした。

鼻息に合わせて亜麻色《あまいろ》の髪がふわりと揺れる。

青年はなぜか、その軌跡《きせき》を薄氷《はくひょう》の瞳で追いかけてしまったのだった。

◇
◆
◇

ルチア・マーネットの朝は早い。

なにせこの家には、弟と妹が全部で五人も暮らしているのだ。

一番下の子はまだ三歳になったばかりで、ちょっと目を離すとすぐどこかに行ってしまう。

その子たちを叩《たた》き起こし、着替えをさせ、朝食を食べさせるだけでもかなり大変なのであった。

「ほぉら、さっさと起きなさーい！」

鍋底《なべぞこ》を柄杓《ひしゃく》で叩きながら、ルチアは弟妹《ていまい》たちを起こしにかかる。

狭い寝台の上で雑魚寝《ざこね》していた彼ら彼女らは、あーうー、などと唸《うな》りながら目を覚まし始めた。

「カレン、鶏《にわとり》に餌《えさ》をやって卵を採《と》ってきて！　マーティンは暖炉《だんろ》に火を入れてちょうだい。ルドルフはミレイとアーサーの着替えを手伝ってあげて！」

「はぁ～い」

上の子たちが従順《じゅうじゅん》に答えて、言われたことを行動に移し始める。

彼らが着替えをしているうちに、すでに前掛《まえか》けを引っかけたルチアは残り物のスープを温め、パンを切り分け、朝食の支度《したく》を始めていた。

今日採《と》れた卵は四つ。手早くオムレツを作り、全員に行き渡るように皿に盛った。

そうして食卓にいい匂いが立ちこめる頃には、弟妹《ていまい》たちも朝の支度を終えて居間《いま》に集まってくる。

「マーティン、煤《すす》が手についているわ。洗ってきなさい。——こら！　ルドルフったら、またつまみ食いしようとして！　そういう子はスープ抜きにするわよ！」

「お姉さま、お母さまのぶんのスープは？」

「こっちに分けてあるわ。ああ、いいわよ。わたしが持っていくから。カレンは他の子たちをお願い」

「はぁ～い」

カレンは一番上座《かみざ》に腰かけ、弟妹たちを大人しくさせると、朝のお祈りを始めた。

彼らが朝食にかぶりつくのを見届けてから、ルチアはスープを持って二階へ上がる。

奥の部屋はこの邸《やしき》の主人である、ルチアの母の私室だった。

「お母様、おはようございます。今朝の具合はいかがかしら？」

「ああ、ルチア……。ええ、とってもよくてよ。久しぶりにあのひとの夢を見たわ」

そっと目元をぬぐう母を見て、ルチアもたちまち切ない気持ちに駆《か》られる。

このマーネット家の家長《かちょう》であり、ルチアたちの父である男爵は、昨年馬車の事故が原因で亡くなってしまった。事故の直後、一命は取《と》り留めたものの、治療の甲斐《かい》なく数日後に息を引きとったのだ。

同じ馬車に乗っていた母は命に別状はなかったものの、脚《あし》を悪くしてしまって、今は一年の大半をこの部屋に籠《こ》もって生活している。

「お母様、泣かないで。お父様だってきっと、お母様に毎日笑って過ごしてほしいと思っているはずよ。はい、今朝のスープ」

「本当に、あなたには苦労をかけるわね、ルチア。せめて使用人を雇《やと》えるだけのお金の余裕があったのなら……」

「お母様ったら、毎日そればっかり」

スープを手渡しながら、ルチアはからりと笑った。

「わたしのことはいいのよ。それに使用人なんか雇っていたら、アレックスが学校に行けなくなっちゃうじゃない。マーティンやルドルフやアーサーだって、きちんと学校に行かせてあげたいしね」

アレックスというのは、寄宿制《きしゅくせい》の王立学院に通っている長男の名だ。

長女であるルチアの四つ下で、つい先日十四歳になったばかりである。

父亡き今、このマーネット家の爵位と領地を継《つ》ぐのは彼なのだが、成人に達する前であるので、正式に男爵を名乗ることができない。

そのため現在、領地の経営は王城から派遣された官吏《かんり》が担《にな》っている。

ルチアは官吏に頼んで、下の三人の弟たちも学校に行かせるにはどうすればいいのかを確認した。

曰《いわ》く、この邸《やしき》の使用人を最低限にし、生活費などもいろいろ切り詰めればなんとかなるとのことだった。そういうわけで、失った使用人のぶんまでルチアが毎日率先《そっせん》して働いている。

弟妹《ていまい》たちもようやくしっかりしてきて、毎日食べて寝るぶんには困らない程度の生活は維持できていた。

(本当はお母様をいいお医者に診《み》せてさしあげたいけれど……)

さすがにそこまでの費用は捻出《ねんしゅつ》できない。

それなりに存在していたはずの財産も、両親の治療費や父の葬儀《そうぎ》のために、ほとんどなくなってしまった。

「でもねルチア、あなただって、本来ならまだ女学校に通っていたはずなのよ？　わたしとあのひとがこんなことになったばかりに、あなたを学びの場から引き戻すことになってしまって……」

ルチアの脳裏《のうり》に、王立学院と隣り合った寄宿制の女学校の全景が浮かぶ。

十二歳になった年から両親に不幸が訪れるまで、ルチアは良家の令嬢が多く集まる女学校で、毎日楽しく暮らしていた。

堅苦《かたくる》しい規則や時代遅れな花嫁修業にうんざりすることもあったが、同じ年頃の友人たちと学んだり遊んだりしたことは、今も胸の片隅《かたすみ》に輝かしい思い出として残っている。

本来なら、今年の夏まではその女学校で学ぶ予定だった。

そして卒業と同時に社交界にデビューし、将来を誓い合う殿方を見つけるつもりでいたのである。

──だが、今のルチアには社交界デビューなど夢のまた夢。

ルチアはふっと微笑《ほほえ》んで、母の肩を優しく抱きしめた。

「わたしはいいのよ。アレックスや他の子たちが幸せになってくれれば、それで充分。お母様だってそうでしょう？」

「でもね、ルチア……」

「ほぉら、もう暗いことは言わないの！　スープを飲んで。一晩おいて味がさらに染みているはずだから」

自信作よ、と笑うと、母もようやく弱々しい笑みを浮かべた。

「ありがとうね、ルチア。あなたのおかげで、どれだけ家が助かっているか……。本当に、感謝してもしきれないわ。お父様のぶんまで、愛していますからね」

そんなルチアに転機が訪れたのは、それからしばらくも経《た》たないうちだった。

ある日、今はもう訪れる者も少ない男爵邸に、一台の馬車が入ってきた。

「ルチア！　ああ、久しぶりね。他の子たちもみんな元気？」

「え、ヴィレッタっ？　いったいどうしたのよ、突然じゃない！」

出迎えたルチアは、馬車から降り立った同い年の従姉妹《いとこ》に目を丸くした。

レースつきの帽子をかぶったヴィレッタは、めずらしく興奮した様子でルチアに抱きついてくる。

元気そうな従姉妹の姿に、ルチアも晴れやかな笑みを浮かべた。

「本当に久しぶり！　でもどうして？　女学校の卒業式まで、あと一ヶ月はあるでしょう？」

「お姉様の結婚式に合わせて帰ってきたのよ。それよりルチア、去年に比べて痩《や》せたんじゃない？」

「そうかしら？」

少し距離を置いたヴィレッタは、大きな瞳でまじまじとルチアを観察してくる。

ルチアの恰好《かっこう》は普段通り――つまりは、動きやすいドレスに前掛《まえか》けを引っかけただけのものだった。ふわふわの亜麻色《あまいろ》の髪もおさげにして、とても貴族の令嬢とは思えぬ装《よそお》いになっている。

「話には聞いていたけど……本当に、使用人みたいに暮らしているのね」

「ふふっ、これはこれで動きやすくて快適なのよ？」

ルチアは悪戯《いたずら》っぽく微笑《ほほえ》み、その場でくるりと回って見せた。

明るいルチアの様子にほっとしてか、ヴィレッタもようやく笑みを浮かべる。

「さ、とにかく上がってよ！　たいしたおもてなしはできないけど、あなたの顔を見たらきっと母も喜ぶわ」

「ええ、わたしも叔母《おば》様に会うのを楽しみにしてきたの。今日は叔母様の好きなケーキもあるのよ？　下の子たちも喜ぶといいけど……」

「まぁっ、『ラ・ゼレフォン』の木苺《きいちご》のケーキね！　みんな絶対に喜ぶわ」

王室御用達《ごようたし》と評判の店の紋《もん》を見つけ、ルチアははしゃいだ声を上げてしまった。

案《あん》の定《じょう》、しばらく甘味《かんみ》と縁のなかった弟妹《ていまい》たちはケーキと聞いて大喜びし、なだめるのが大変だった。

自分とヴィレッタのぶんのケーキを切り、残りをカレンに任せたルチアは、改めて彼女に急な来訪について尋ねる。

「お姉さんの結婚式があるなら、ここにいてはいけないんじゃないの？」

「あら、そんなことはないわ。準備はもうあらかた済んでいるし、向こうの親族への挨《あい》拶《さつ》も済ませてしまったしね」

ヴィレッタは軽く肩をすくめる。そんな仕草《しぐさ》も可憐《かれん》な彼女にはとても似合っていて、女学校仕込みのお茶の飲み方も実に様《さま》になっていた。

「わたしが休暇に戻ってきたもうひとつの理由は、父方の親戚が主催する舞踏会《ぶとうかい》へ参加するためなのよ」

「舞踏会に？」

社交シーズンの盛《さか》りはまだ一ヶ月以上先だが、早いところでは身内のみの顔合わせのようなパーティーがいくつも開かれているらしい。

ヴィレッタが参加するのも、そのうちのひとつということだった。

「初めて顔を出す舞踏会が、いきなり王宮主催のものじゃ緊張しちゃうでしょう？　だからまず身内が主催する小規模なパーティーに参加して、それなりに顔見知りを作ってから、王宮へ向かうというのがセオリーなのですって」

「へぇ、そうなのね」

ルチアが学んだ舞踏会の知識といったら、ダンスと会話術と、それに付随《ふずい》するマナーくらいのものだ。その他の具体的なことは、デビュー間近になってから教えられるものなのだろう。

「ほら、わたしって人見知りだし引っ込み思案《じあん》だから、お父様がひどく心配なさっていて。もう女学校は出ていいから、しばらくは舞踏会にいっぱい足を運びなさいって」

「それで先に帰ってきたわけね。伯父《おじ》様も心配性というか、根回しがいいというか……」

あけすけなルチアの言葉に、ヴィレッタは声を立てて笑った。

「ルチアったら相変わらずだわ。そうやって思ったことをすぐ口に出して言ってしまうから、先生たちがいつも渋《しぶ》い顔をしていたのよね」

「その先生方のおかげで、当時はだいぶマシになっていたんだけどね。こっちに帰ってきてから、結局もとに戻っちゃったわ。なにせ育ち盛りの弟妹たちを躾《しつ》けるには、ひらひらと囁《ささや》くように話す、なんて意味のないことだってわかっちゃったんだもの」

立ち居振る舞《たちいふるま》いの教師の真似《まね》をして言うと、ヴィレッタはまた小さく笑った。

「本当に、あなたもお父様のことさえなければ、わたしたちと一緒に卒業できていたはずなのに……」

「これぱっかりは仕方ないことよ。さぁ、それより社交界デビューするなら、ぜひそのことをわたしの母にも報告してちょうだい。あなたのこと、もうひとりの娘みたいに可愛《かわい》がっているのよ？　元気な顔を見せて安心させてあげて？」

ヴィレッタは頷《うなず》き、ふたりは二階の母の部屋へと向かっていく。

母も久しぶりに会うヴィレッタにとても嬉しそうな顔をして見せたが、やはり社交界デビューに関しては複雑な思いがあるようだ。

ちらりと目を向けてくる母に、ルチアはいつもと同じ明るい笑みを浮かべる。

華《はな》やかなドレスに身を包み、社交界へ羽ばたく従姉妹《いとこ》が、うらやましくないと言えば嘘になる。

だが弟妹《ていまい》たちのための貯蓄《ちょちく》を崩してまで、自分が贅沢《ぜいたく》をする理由がそこにあるとは思えなかった。

——ルチアのそんな本心を、母もヴィレッタも見抜いていたということか。

数日後、ルチア宛《あて》にいくつかの小包《こづつみ》が届いた。受け取った彼女はひたすら目を丸くしてしまう。

「うわぁ、綺麗《きれい》なドレスだ……！」

「おいアーサー、よだれだらけの手でさわるなって。絶対高いぞ。この靴《くつ》も扇《おうぎ》も……」

一番下の弟が「きゃっきゃっ」と言いながら箱に手を伸ばすのを、ルドルフが慌《あわ》てて止めに入る。それでも乗り出そうとするアーサーを、マーティンがひょいと抱き上げた。

カレンとミレイに至《いた》っては夢見るような表情で、箱からこぼれたドレスにうっとり魅《み》入《い》っていた。

「いったい誰がこんなものを……」

ルチアは慌てて添えられていたカードに目を通した。

差出人はヴィレッタになっていたが、なんとカードに記《しる》されていたのは彼女の父、カーティス伯爵の名前だった。ルチアの母の兄である伯爵は、亡き父とも親友同士で、葬儀《そうぎ》のときも大変世話になった内のひとりである。

伯爵はヴィレッタからルチアの近況を聞き出すと、すぐにこのドレスを用意してくれたということだった。

『突然のことだけに、新しいものは用意できなかった。わたしの妻が着ていたものを手直しさせたので、もし気に入ったようであれば、今夜はこれを着て馬車に乗ってほしい』

すでに馬車の手配は済んでいるとのことで、ルチアは伯爵の心遣いに胸を熱くした。

「お母様、伯父《おじ》様がドレスを送ってくださったの」

急いで母に報告に行くと、母は驚くこともなく、静かに微笑《ほほえ》みを浮かべる。

ルチアは瞬時にピンときた。

「もしかして、お母様が伯父様に頼んでくださったの？」

「ヴィレッタにお願いして、手紙を届けてもらったのよ。……まぁ、素敵なドレスじゃない。ねぇルチア、せっかくなのだから、少し楽しんできたらいいわ」

「お母様……」

「あなただって、たまには息抜きすることも必要なのよ」

ルチアは嬉しさのあまり、不覚《ふかく》にも涙ぐんでしまうが、急いで口角を引き上げて頷《うなず》いた。

「あっ、でももちろん早めに帰ってくるわ。明日の朝食の支度《したく》があるもの」

「そんなことは気にしないで。……と言いたいところだけど、確かにカレンひとりじゃ難しいかしらね」

苦笑する母に笑みを返し、ルチアはわくわくしながら腕の中のドレスを抱きしめた。

――そうして夕刻、日が沈む時刻になって、伯爵家から迎えの馬車がやってきた。

カレンの手を借り、贈られたドレスに着替えたルチアは、久々の盛装《せいそう》にどきどきしながら階段を下りる。

玄関ホールで待っていた弟妹《ていまい》たちは、そんな長姉《ちょうし》の姿を見て感嘆のため息をついた。

「おねえさま、とってもきれい……っ！」

妹たちがたちまち夢見るような表情になる。

ルチアは気恥ずかしく思いながらも、ドレスの裾《すそ》をつまんで軽く礼をして見せた。

「そう言ってもらえて嬉しいわ、ミレイ。馬子《まご》にも衣装でしょう？」

「お姉さまったら、そんなことはないわ！　本当にとっても素敵よ。お姫さまみたい」

気恥ずかしさにとぼけるルチアを、カレンが頬を紅潮《こうちょう》させながら褒《ほ》めちぎる。

実際、今日のルチアはいつもの彼女とはまるで別人だった。

質素《しっそ》なドレスに身を包み、髪をひっつめていた化粧《けしょう》っ気《け》のない娘はもういない。

そこにいるのはまぎれもなく、男爵家のご令嬢だった。

亜麻色《あまいろ》の髪はふわふわと広がり、薄く化粧を施《ほどこ》した頬《ほお》は薔薇色《ばらいろ》に染《そ》まっている。すみれ色の瞳はいつも以上に眩《まぶ》しい輝きを放《はな》って、見る者を魅了《みりょう》するような明るいきらめきに満ちていた。ふんわりとした薄桃色《うすももいろ》のドレスが、そこに可愛《かわい》らしさを添えている。

これまでにない長姉の姿に弟妹《ていまい》たちは興奮状態だ。ルチアが仕上げに手袋と真珠《しんじゅ》の髪飾りを身につけると、言葉を尽くして「綺麗《きれい》だ」と褒《ほ》めてくれた。

おかげで彼女自身も、まるでおとぎ話のヒロインにでもなったような気持ちで、ついつい浮かれてしまう。

馬車に乗り込むときには弟妹たちが全員門の前に出てきて、楽しんできてねと手を振ってくれた。

――あの子たちが舞踏会《ぶとうかい》に憧《あこが》れを持てるように、今日はうんと楽しんできて、あとでいっぱい素敵な話を聞かせてあげよう。そう決意し、ルチアは到着寸前まで手鏡を見つめ、おかしなところはないかと念入りにチェックした。

しばらくして目的地に到着し、ルチアはどきどきしながら馬車を降りる。

小規模と聞いていたが、一歩踏み出せば、そこは想像以上に華《はな》やかな舞踏会の会場だ。ルチアは田舎から出てきた小娘よろしく、ぱちぱちと目を瞬《しばたた》かせながら、夢の一夜に大いに胸を膨《ふく》らませたのであった。

「ルチア！　久しぶりだな。元気にしていたか？」

入り口できょろきょろしているとすぐに声をかけられ、ルチアはぱっと振り返る。

「あ、伯父様《おじ》！　――じゃなくて、カーティス伯爵様。本日は大変なご厚意《こうい》を賜《たまわ》りまして……」

忘れかけていたマナー教本を頭の奥から引っ張り出し、慌《あわ》てて言い直したルチアは、ドレスの裾《すそ》をつまんで貴婦人の礼をして見せた。

伯爵は合格と言いたげに大きく頷《うなず》いたが、ルチアが顔を上げると驚いたように目を瞠《みは》る。

「なんと。しばらく見ないうちに美しくなったな！　おまえの母君の若い頃を思い出すよ」

そうしてにこっと破顔《はがん》して、カーティス伯爵はルチアを胸に抱き寄せた。

「元気そうでなによりだ。それより悪かったな。おまえの母君から手紙をもらうまで、わたしとしたことが、すっかりおまえの社交界デビューのことを忘れていたよ」

「えっ、でも伯爵、わたしは……」

「デビューするつもりはなかったと言いたいんだろう？　そういうわけにはいかない。おまえはわたしの妹と親友の娘なんだ。死んでしまった親友に代わり、姪《めい》の社交界デビューをわたしが担《にな》うのは当然のことさ」

「……伯父様……っ」

思わずうるっときたルチアを、伯爵は鷹揚《おうよう》な笑顔で励《はげ》ました。

「それに、おまえがそばにいてくれれば、ヴィレッタもきっと安心だろう。ここ数日、何件かの舞踏会《ぶとうかい》に出席させたんだが、未《いま》だ誰とも交流を深めていないようでね。少々困っていたんだよ」

「まぁっ」

驚くルチアだが、ヴィレッタならありそうなことだと思った。

人見知りに加え、重度のあがり症でもある彼女は、親しい人間以外の前に出ると途端《とたん》に口ごもってしまう癖《くせ》があるのだ。

伯爵にはドレスを用意してもらった恩もある。

ルチアは俄然《がぜん》、愛《いと》しい従姉妹《いとこ》のために一肌脱ぎたい気持ちに駆《か》られた。

「お任せください、伯爵様。ヴィレッタとは従姉妹であるだけでなく、女学校時代は一番の友達でもあったんです。あの子のよさはたくさん知っていますから！」

「おお、そう言ってくれると実に嬉しい！　そうだな、まずは――あの馬車から肝心《かんじん》のヴィレッタを引っ張り出してくれるとさらに嬉しいな」

ルチアは驚いて馬車を振り返る。

主人を降ろした馬車は次々と奥へ入っていくが、言われてみれば、車寄せに停まったまま動かない馬車が一台停車していた。

ルチアは慌《あわ》ててその馬車に飛び乗る。中では若菜《わかな》色のドレスに身を包んだヴィレッタが、ハンカチーフに顔を埋《うず》めてしくしくと泣いていた。

「ヴィレッタ！　あなたいったいどうしたの？　まぁ、お化粧《けしょう》がぐちゃぐちゃよ」

「ル、ルチア……っ」

顔を上げたヴィレッタはくしゃくしゃに顔を歪《ゆが》めた。

「伯父《おじ》様が心配していたわ。早くお邸《やしき》の中に入って、お化粧室を借りましょう？」

「い、いやよ。お邸には入りたくないわっ」

「どうして？」

「あ――会いたくないひとがきていたのよ」

なんでも馬車を降りようとしたときに、前の馬車からその『会いたくない人物』とやらが降りるのが見えて、出るに出られなくなってしまったらしい。

ぐすん、と鼻をすする従姉妹の様子に、ルチアはピンとくるものがあった。

「もしかして、そいつになにか言われたの？　ひどい言葉でからかわれたとか？」

ヴィレッタはなにも言わないが、しょんぼりと肩を落としている。

ルチアはそっと彼女の肩を抱き寄せ、よしよしと背中を撫《な》でてやった。

女学校に入ったばかりの頃が思い出される。入学当初、あがり症のヴィレッタはさっそく自己紹介で躓《つまず》いてしまい、それから意地悪な女の子たちにちょっかいを出されてばかりだったのだ。

さすがに見ていられなくて、ルチアは従姉妹《いとこ》をいじめた女の子たちに真っ向から対峙《たいじ》した。

そうして最終的には、叩《たた》く、ひっかく、といった淑女《しゅくじょ》らしからぬ手段を使って、相手から謝罪の言葉を引っ張り出したのである。

おかげでルチアはばっちり教師陣に目をつけられてしまった。

とはいえ、ヴィレッタへの攻撃は止《や》んだのだからルチアとしては万事解決だ。

その後は特に問題なく、ヴィレッタも友人を得ることによって徐々に落ち着きと本来の明るさを取り戻していった。

が、それはあくまで女学校の中でのこと。

いざ現実の世界に放り出されて、ヴィレッタはまた自分のあがり症を自覚してしまったのだろう。

きっと彼女が言う『会いたくない人間』は、かつてのいじめっ子たちのように彼女を攻撃したのだ。

本人はからかっているだけのつもりだろうが、当《とう》のヴィレッタは深く傷つき、すっかり自信をなくしてしまっている。

(どこの誰だか知らないけれど、ヴィレッタの魅力《みりょく》も知らないで、からかいの言葉だけぶつけるなんて許せないわ！)

ルチアの中で、正義の炎《ほのお》がゴウと燃える。

未《いま》だ泣き続けるヴィレッタの手をぎゅっと握り、ルチアは真剣な声音で言った。

「ヴィレッタ、もう泣かないで。それより教えてちょうだい。あなたをそんなふうに泣かせたのはいったいどこのどいつなの？」

「……ひっく……お、お名前まではわからないわ……けれどここにきているのだから、きっと親戚筋の誰かなのよ……銀髪《ぎんぱつ》で背が高い方で……」

「銀髪？　それはめずらしいわね」

頷《うなず》いたルチアは、はたとあることに気がついた。

「背が高いってことは……まさかそいつは男なの⁉」

「え、ええ。もう成人していると思うけど、まだ若い方で……」

なんてこと、とルチアは奥歯を噛《か》みしめる。

相手が男という事実は、燃え盛《さか》る炎に新たな油を注《そそ》いでしまった。

「男のくせに、女の子を泣かせるなんて最低……！　ヴィレッタ、泣いている場合じゃないわよ。早く行きましょう！」

「え？　ちょ、ちょっとルチア！」

「公然と女の子を侮辱《ぶじょく》するなんて、紳士《しんし》の風上《かざかみ》にも置けないじゃない。一言言ってやらないと気が済まないわ！」

「で、でも……っ」

馬車を飛び出ると、カーティス伯爵が目を丸くして驚いていた。

その脇《わき》をずんずん通り過ぎ、ルチアは邸《やしき》の中へ入っていく。

伯爵も慌《あわ》てた様子で追いかけてきたが、ルチアが受付を済ませて堂々と会場入りするのを見て、心配する必要はないかと考えを改めたらしい。

「ル、ルチアっ。待って、止まって。わたし、こんな顔じゃ明るいところに出られないわ……！」

先ほどまで涙を流していたヴィレッタも、さすがに驚いたのかルチアを追いかけてきた。

「あら、ちょうどいいじゃない。そのままの恰好《かっこう》で目の前に出て行けば、その無礼千万《ぶれいせんばん》な男もきっと後悔するわ。女の子を泣かせて平気でいられるクズ野郎じゃなければね！」

そんな、とヴィレッタが抗議の声を上げるが、ルチアの耳には届かない。

そうして会場に入ったルチアは、銀髪《ぎんぱつ》の男を捜して周囲をぐるりと見渡した。

そして、見つけた。

あっけないくらい簡単に目的の人物が視界に入る。

ここからではうしろ姿しか見えないが、背が高いのは離れていてもよくわかる。間違いなくあいつだろう。

「いたわ。ヴィレッタ、あの男でしょう？」

「え……？」

ハンカチーフで必死に顔を隠そうとしていたヴィレッタは、広間の明るさに慣れないのか、しきりに目を瞬《しばた》かせている。

とはいえ、確認せずとも間違いはない。

あれほど明るい銀髪を持つ青年は、会場内に彼ひとりしかいないのだから。

と、その青年が不意に踵《きびす》を返そうとした。

追いかけようとしたルチアは、次の瞬間とんでもない光景を目の当《ま》たりにする。

というのも、肉感的な肢体《したい》を強調するようなドレスを着た美女が、その男の腕にしなだれかかるように掴《つか》まったのだ。

——女の子を泣かせただけでは飽きたらず、他の女を平気で侍《はべ》らせるなんて、なんたる恥知らず！

ルチアの中で、怒りのメーターが振り切れて爆発した。

「あっ、ルチア！」

ヴィレッタが止めに入る声が聞こえたが、振り払ってずんずん歩いて行く。

泣かせた女の子の前で、他の女と堂々といちゃつくなんて！

「ちょっと、そこの色男！」

気づけばルチアは大音量で叫んでいた。

目的の青年が気怠《けだる》そうに振り返る。銀の前髪がさらりと流れて、鋭利《えいり》な瞳がかすかに見えた。

しかしルチアはひるむどころか、さらにむっとして、咄嗟《とっさ》に手袋を脱ぎ捨て右手を振り上げる。

——パァンッ！

実に小気味《こきみ》よい音が響き渡って、周囲の人々がたちまち息を呑むのが聞こえた。

頬《ほお》を打たれた本人も、信じられないという面持《おもも》ちでルチアを見つめてくる。

じんじん痛む右手を握り込み、腰に手を当てたルチアはフンとふんぞり返った。

「自業自得《じごうじとく》よ。純情な女の子を侮辱《ぶじょく》した罰《ばつ》ですからね。せいぜい反省するといいわ！」

呆然《ぼうぜん》としていた青年の瞳に、これ以上ない険《けん》が浮かぶ。

ともすればすくみ上がってしまうようなまなざしだが、ルチアは真っ向から睨《にら》み返した。

（ヴィレッタを泣かせた罰よ。せいぜい恥をかくことね！）

「ル、ルチアっ、違うのっ。違うのよ……！」

「え？」

背後から聞こえた小さな声に、ルチアは思わず振り返る。

そこには泣き顔で真っ青になったヴィレッタがいて、震える指先で別の方向を指さしていた。

「違うの……わ、わたしが言ったのは、あっちにいるひと」

「はっ？」

その方向には、夜会服を少し着崩して身につけた若い青年たちがたむろしている。

ヴィレッタが指し示した一番手前の人物は、酒を片手にぽかんとこちらを見つめていた。

「え、えっ？　で、でもあなた、銀髪《ぎんぱつ》の若い男って……」

混乱するルチアだが、言われてみれば、その男の髪も銀色に見えなくもない。

暗い灰色の髪ではあるが、ランプに照らされたところだけ、白く輝いていたから。

――ということは、だ。

「……どうやら、誤解だったということだな？」

地を這《は》うような不機嫌な声が聞こえる。

びくりとしたルチアは、錆《さ》びついた人形のようなぎこちない動きで振り返った。

そこにいたのは、これ以上ないほど冷たいまなざしでこちらを見つめる銀髪の青年。

改めて見ると、彼はとても整った顔立ちをした、目が覚《さ》めるほど美しい青年だった。

――だからこそよけいに、怒った顔には形容しがたい恐ろしさがある。

「あ――……、そのようです、ね」

ルチアは、へらりと気の抜けた笑みを浮かべた。

「粗相《そそう》をしてしまって申し訳ありません。すぐに立ち去りますので」

「待て」

うまいこと逃げようとしたルチアの腕を、青年はしっかりと捕まえた。

ルチアの背にどっと冷《ひ》や汗《あせ》が噴き出す。

衆目《しゅうもく》が集まる中、成人男性に恥をかかせたという失態《しったい》はどれほど大変なことなのだろう？

女学校での最悪のお仕置きは鞭打《むちう》ちだったが、正直今の状況はそれよりももっと怖い。

掴《つか》まれた腕は痛いくらいだし、青年の全身からは冷たい怒気《どき》が放《はな》たれている。

……怖い。ものすごく怖い。

さすがのルチアも震え上がるが、それでも、タダで引きずられていくほど殊勝《しゅしょう》にもなれなかった。

「ひ、人違いをしてしまったことは申し訳ないと思いますわ。きちんと謝罪します。ですからどうか離して……」

「その間違いのおかげで、わたしは浴びなくてもいい非難と同情のまなざしを寄せられることとなってしまった。いったいどう責任を取ってくれる」

「どうって言われても……」

不穏《ふおん》な空気を察《さっ》してか、あるいはこれをゴシップの恰好《かっこう》の種と見てか、周囲がにわかにざわめき出す。

美しいだけに恐ろしい青年と、剥《む》き出しになった好奇心の渦《うず》に放り込まれ、ルチアはなんだか泣きたくなってしまった。

「ついてこい」

やがて青年がぐいっと腕を引っ張る。

振り払おうにも男の力に敵《かな》うわけなく、ルチアはずるずると広間から引きずり出されそうになった。

「ちょ、ちょっと！　離しなさいよ！」

「ルチア!?　お、おまえいったい……」

ちょうど受付を済ませたらしいカーティス伯爵が、広間に入るなり素《す》っ頓狂《とんきょう》な声を上げる。

ルチアは咄嗟《とっさ》に助けを求めようとするが、伯爵は彼女を引きずっている青年を見上げると、喉《のど》を締め上げられたような声を出した。

「こ！　これは、ゼルディフト公爵閣下《かっか》!?　なっ、閣下がどうしてルチアを……っ」

(は？　公爵!?)

ルチアもびっくりして目を見開く。

が、当《とう》の青年は構うことなく、かすかに首を捻《ひね》って伯爵を見据《みす》えた。

「おまえは確か……」

「は……っ、さ、宰相《さいしょう》府に勤《つと》めるカーティスと申します……っ」

「この娘はおまえの家の者か？」

「姪《めい》でございますが……」

しどろもどろになって答える伯爵に「そうか」とだけ頷《うなず》き、青年はまた歩き出した。

惚《ほう》けたように見送った伯爵だが、ルチアが広間から消えそうになる寸前に我に返って、
慌《あわ》てて追いかけてくる。

「こ、公爵閣下《かっか》！　我が姪をどうなさるおつもりですか⁉」

「悪いようにはしない。少し借りていく」

（借りていくって——⁉　なによその一方的な宣言！）

理不尽《りふじん》な言葉に忘れかけていた怒りが戻ってきて、ルチアは相手が高貴《こうき》な人間である
ことも忘れて吠《ほ》えたくった。

「ちょっと、離してください！　わたしは一緒に行くとは言ってません！」

「恥をかかせてくれた罰《ばつ》だ。大人しくしろ」

「できるわけないでしょ——⁉　さっさと離して……って、いや——！」

抵抗も虚《むな》しく馬車に放り込まれ、ルチアは信じられない思いで顔を上げる。

向かいに座った青年は涼しい顔で、御者《ぎょしゃ》に一言「出せ」と命じた。

舞踏会《ぶとうかい》の会場が遠ざかっていく。伯爵とヴィレッタが慌てて飛び出してくるのが見え

たが、時すでに遅しである。

（なんということかしら）

こうしてルチアは、見知らぬ青年公爵に連れ去られることになったのである。


「——この人攫《ひとさら》い！」

「人攫いとは失礼だな。まるで誘拐犯《ゆうかいはん》のような扱いだ。おまえの保護者にも『借りていく』とちゃんと言っただろう？」

「——一方的に宣言しただけじゃ、誘拐とほぼ変わらないわよ！　いいかげんに降ろして！　なんなのよいったい！」

「降ろしたところで、近くの村までは距離があるし明かりもない。身の安全を願うなら大人しく座っていることだ」

「あんたのような誘拐犯の前に座っていることの、どこが安全だって言うのよ！」

ルチアはあらん限りの力で怒鳴《どな》りつけた。

目の前に座る青年は、あからさまに不快な顔で、指を耳に突っ込んでいる。

なまじ綺麗《きれい》な顔をしているだけに、ぎゅっと眉《まゆ》を寄せられるだけでも実はかなり怖くて、ルチアは座席を握りしめながらびくびくと肩を震わせていた。

（まったく、ちょっと人違いをしただけじゃないのっ。なのになんで誘拐《ゆうかい》されるハメになるのよ……っ）

そりゃあ、怒りに駆《か》られて手を上げたルチアは責められて然《しか》るべきではあるが。

だがそれにしたって誘拐はない、と彼女は頑固《がんこ》に主張していた。

（お母様たちがどれほど心配することか……）

そこでルチアはハッと息を呑んだ。

「ねぇ、やっぱり降ろして。わたし家に帰らないと。明日も朝早いんだから」

「なんだと？」

腕組みをし軽く目を伏せていた青年は、わずかに顔を上げた。

「どういうことだ？」

「朝食の支度《したく》をしなくちゃいけないのよ。わたしを含めて家族七人分の」

青年は、実に奇妙な表情を浮かべてルチアを観察した。

「おまえは貴族の娘だろう？　なぜ使用人に食事の用意をさせない」

「あいにくとうちには使用人を雇《やと》う余裕はほとんどないの。お偉《えら》い公爵様からしたら想像もつかないかもしれませんけど。だから早く、うちに帰らせてよ」

青年はむっとした顔をしたが、怒りよりも好奇心が先立ったようだ。

「おまえの父親はなにをしている」

「昨年馬車の事故で亡くなりました。母も同じ馬車に乗っていて、今は脚《あし》を悪くして寝たきりです」

ルチアは簡潔《かんけつ》に言った。

「父親の名は？」

「マーネット男爵。小さな地方の領主でした」

青年の眉《まゆ》がさらに中央に寄る。おそらく聞いたことがない名前だったのだろう。

公爵を名乗るような青年が、田舎貴族の名を知らないのは別に不自然なことではない。

洗練《せんれん》された出《い》で立《た》ちから見ても、きっと彼は城に出入りできるような高貴《こうき》な血筋の持ち主なのだろう。同じ貴族といっても、身分の差ははっきりしている。

本来ならこんなふうに、平気で口を利《き》いてはいけないのだろうが、相手が誘拐犯だと思えば格式張るのもおかしい気がした。

（田舎娘だと笑いたければ笑うがいいわ）

けれど青年は表情を変えることもなく、さらに質問を重ねてくる。

「家にはおまえ以外に働き手はいないのか？」

「一番上の弟は学校の寮《りょう》に入っていますし、二番目の弟と一番上の妹は、まだ十歳を過ぎたばかりです。火おこしくらいはできるけど、まともな料理を作れるほどではないわ」

青年は少し口をつぐみ、それから背後の小窓を開いて御者《ぎょしゃ》になにか指示をした。

「……なんなの？」

「おまえの邸《やしき》に料理人と家政婦を入れるように指示した。これで働き手の心配はない」

ルチアはあんぐりと口を開けた。

「ちょ……っ、話を聞いてなかったのっ？　うちには使用人を雇《やと》う余裕はないの！」

「心配いらない。雇い主はおまえではなく、このわたしだ。それなら問題ないだろう」

「はぁっ？」

（大ありに聞こえますけど？　縁もゆかりもない人間にそんなこと言われても、悪い予感しか浮かんでこない）

そんなルチアの胸中《きょうちゅう》に気づいているのかいないのか、青年はとんでもないことを言い出した。

「おまえはこれから、しばらくわたしに付き合ってもらう。使用人を派遣するのはその前金だとでも思っていろ」

「は……」

「もうすぐ目的地に着く。いいか？　騒がずに大人しくして、そしてわたしに話を合わせろ。なにも言わず、ただ頷《うなず》いているだけでいい。いいな？」

「いいなって……、ちょっ、よくないわよ。なに勝手にいろいろ決めてるの！」

ルチアは抗議したが、青年は軽く目を閉じ黙り込んでしまう。

まさか走っている馬車から飛び降りるわけにもいかず、まして目の前の青年の肩をがくがく揺さぶってやるわけにもいかずに、ルチアはいらいらしながら座席に腰かけた。

そうしてどのくらい走ったのか――

「着いたな」

不意に速度が緩《ゆる》んだと思ったら青年が目を開け、さっと立ち上がる。

同時に外から扉が開いて、青年は身軽に地面へ降り立った。

「ほら、さっさと降りろ」

「ええ、ええ、降りますともっ。こんな息が詰まるようなところに乗っていたくなんて、な、い……し……」

青年の手を借り外へ出たルチアは、顔を上げた瞬間硬直してしまった。

ずいぶん長いこと走っているとは思っていたが――まさかお城の正面門に到着してしまうとは。

それに、このお城って……異様に大きくて尖塔《せんとう》がたくさんあって、あちこちに国旗《こっき》と王家の旗が掲《かか》げられているこのお城って――!?

「リ、リ、リーズヴェルト王城……っ?」

「なんだ、王城にもきたことがない田舎娘かと思っていたが、違うんだな」

もちろん地方貴族でしかないルチアに、王城を訪れる機会などなかった。

しかし、彼女は去年までこの城が見える王都の一角に暮らしていたのだ。

王都の郊外に建てられた女学校の寮《りょう》からは、多くの尖塔《せんとう》があるこの王城が、日常の風景として存在していたのである。

いつかあの城の広間に入って、愛する殿方とダンスをするのよ……そんなふうにときめいていたのが、遠い昔のことのように思い出される。

まさかこんな形で王城の足元へやってくる日がくるとは思わず、ルチアは再《ふたた》び冷《ひ》や汗《あせ》をかき始めていた。

(な、なによ――公衆の面前で平手打ちしたってだけで、王城に呼ばれなくちゃいけないわけ!?)

これはいったいどういう意味なのだろう? まさかこのまま地下牢《ちかろう》行きとか、そんなことはないと思うが。

(で、でもこの顔だけ男、公爵なんて呼ばれるような偉《えら》いひとなわけだし……ま、まさか本当に牢獄《ろうごく》行き……？）

　家に使用人を遣わしたのは、せめてもの手向《たむ》けだったということなのか。

「おい、いつまで突っ立っているつもりだ？」

「だ、だ、だって……」

　足ががくがく震えて動かない。

　下手に歩こうとすれば腰が抜けてしまいそうで、ルチアはその場に縫《ぬ》い止《と》められたように硬直していた。

　青年はまた眉《まゆ》を中央に寄せる。

　が、なにを思ったのか、いきなりルチアの膝裏《ひざうら》に腕を引っかけると、彼女をひょいと横向きに抱《かか》え上げてしまった。

「ぎゃあ！」

　およそ色気のない声を上げ、ルチアは咄嗟《とっさ》に青年の首筋にしがみつく。

「ちょ、ちょっとなにするの！」

「そのまま掴《つか》まっていろ。むしろこのほうがいろいろと勘《かん》ぐられずに済む」

「ちょっと待って。その台詞《せりふ》おかしくない!?」

　ルチアのまっとうな抗議も、青年は一切《いっさい》無視してしまう。

そうしてさっさと城へ入り込み、回廊《かいろう》や階段を次々に渡って奥へ奥へと突き進む。

次々に変わっていく景色に目移りするルチアだが、ほどなくひょいと下ろされた。

「ここは……？」

目の前には、可愛《かわい》らしい装飾が施《ほどこ》された大きな扉がある。

青年が扉をノックすると、お仕着せに身を包んだ女官がすぐに出てきた。

「ゼルディフト公カイル・ディオンだ。母上にお目にかかりたい」

「少々お待ちくださいませ」

女官は丁寧にお辞儀《じぎ》すると、扉を閉めて部屋へ下がっていった。

「……母上？　えっ？　あなたのお母様って……」

「馬車で言ったことを覚えているな？　大人しくして、話を合わせろ。いいな？」

なにがなんだかわからぬうちに再《ふた》び扉が開き、女官がふたりを招き入れた。

「ちょうど就寝前のお茶が終わって、居間《いま》でくつろいでいらっしゃるところです」

青年は頷《うなず》き、迷うことなくさらに奥へと入っていく。

ルチアも置いて行かれまいと小走りにあとを追うが、場所が場所だけに本当に入っていいのかという戸惑いも捨てきれない。というより……

（お城に部屋を持っていて、その上、公爵と呼ばれるひとのお母上様ってことは……！）

ひとつの答えに行き着いたルチアはさーっと顔色をなくす。

だが時すでに遅し。

青年はみずから扉を開くと「母上、入ります」と居間へ入って行ってしまった。

「っ！　ちょ、ちょっと待って！　わ、わたしこんなところには……！」

「なにをしている。さっさと入れ」

「――あら、どなたかお連れの方がいらっしゃるの？」

部屋の中から優しそうな声が聞こえてきた。

ルチアは「ひぃっ」と卒倒《そっとう》しそうになる。

声の主は、部屋の中央の長椅子《ソファ》に優雅《ゆうが》に腰かけていた。

もうすぐ就寝するところだったのだろう。着ているものはゆったりとした部屋着で、
厚手のショールを羽織《はお》っている。

足元を覆《おお》う部屋靴《へやぐつ》もふわふわとしたもので、成人した息子を持つとは思えぬ可愛らしさが、その全身から放《はな》たれていた。

「まぁ！　いったいどちらのお嬢さんなの？　あなたがわざわざわたくしのもとに連れてくるなんて！」

その可愛らしい貴婦人は、ルチアに気づくと勢いよく立ち上がる。

カップががちゃんと耳障《みみざわ》りな音を立ててソーサーに落ちるが、彼女はまるで気にすることなく、こちらにぱたぱたと駆《か》け寄ってきた。

「まぁまぁ、んっまぁ！　なんて可愛《かわい》らしいお嬢さんでしょう！　あなたお名前は？　いったいどちらのお家のお嬢さんなの？」

「あっ、い、いえっ、わたしは……っ」

ものすごい勢いで詰め寄られて、ルチアは大きくのけぞってしまう。

そんなふたりを引き剥《は》がすように、青年が長身をずいっと割り入れてきた。

「母上、内々の面会とはいえ、王妃としてそれなりの節度を保《たも》っていただかなければ。そうでなければ彼女を紹介することはできません」

「あんっ、相変わらず融通《ゆうずう》の利《き》かない子ね、カイル？　いろいろ仕事を始めるようになって、少しは世間に揉《も》まれたかと思ったのに、案外そうでもなさそうねぇ」

貴婦人は残念そうに頬《ほお》に手を当てため息をつく。

まるで少女のようなあどけない仕草《しぐさ》であるが、それをどうこう思う余裕は、今のルチアにはなかった。

（言った、確かに今『王妃』って言った！　やっぱりこの方はこの国の王妃殿下……っ！）

おまけに青年は彼女のことを『母上』と呼んでいた。

――ということは。

「まさか、まさか……公爵って、王子様だったの――!?」

すると青年は目を細めて、なにを今さら、と言葉にはせずに伝えてきた。

ルチアの意識がふーっと遠のく。

危《あや》うくぶっ倒れるところだったが、すんでのところで青年が腰元を支えてくれた。

「あらまぁ、ずいぶん仲がいいのね」

王妃がにこにことふたりを見比べている。

我に返ったルチアは、慌《あわ》てて首を左右に振った。

「と、とんでもない！　わたしたち、ついさっき知り合ったばかりで――」

「今夜、ギネア子爵が主催した舞踏会《ぶとうかい》でお会いしました」

「うぐっ」

青年――カイル王子のしれっとした言葉に、ルチアのくぐもった声が重なる。

王妃の誤解を解《と》こうとした直後、彼の指が脇腹《わきばら》をきつくつねってきたのだ。

きちんとしたドレスを身につけるときには、コルセットを装着するのが常識だ。

しかし伯父《おじ》が贈ってくれたドレスは、ルチアが着ると胴回《どうまわ》りが少しあまってしまって、コルセットで締めつけると逆に見栄《みば》えが悪くなってしまったのだ。

そのためルチアは今、ドレスの下には厚手の下着しか身につけていない。

おかげで痛みは肌にダイレクトに伝わり、ルチアは声も出せずに悶絶《もんぜつ》した。

挙動不審《きょどうふしん》にならないよう必死にこらえる彼女の横で、カイルはさらに話し続ける。

「運命の出逢いでした。母上、わたしはこのご令嬢と結婚します」

「んっまぁ！」

王妃は、それはそれは嬉しそうにぱっと顔を輝かせた。

「まぁまぁまぁ！　カイル！　あなたもようやく身を固める決意をしたのね？　陛下《へいか》が聞いたらどれほどお喜びになることか！　今年の社交シーズンが終わるまでに花嫁を見つけるようにと、口を酸《す》っぱくしてあなたに言い続けていましたものねぇ！」

(けけけ、結婚ですって!?)

どういうこと!?　とルチアは視線でカイルに強く抗議する。

本当は声に出して問い詰めたかったが、つねられたままの脇腹《わきばら》が痛くて、歯を食《く》いしばらなければ悲鳴を上げてしまいそうだったのだ。

そうやってルチアの口をふさぎ、カイルは相変わらずの仏頂面《ぶっちょうづら》でしっかり頷《うなず》く。

「彼女以外の花嫁は考えられません。よって父王陛下には、もう見合い話や肖像画《しょうぞうが》をわたしに持ってこないようにと、母上からもお願いしていただきたいと思いまして」

「ええ、ええ。そういうことならいくらでも協力するわ。だってこーんなに可愛《かわい》いお嬢さんを見つけ出すことができたんですもの！　他の花嫁候補なんて必要ないわ」

「恐縮《きょうしゅく》です」

カイルは静かに頭を下げる。

その横でルチアは（もういいかげん指を離してー！）と涙目になりながら祈っていた。

「まぁまぁっ、お嬢さんも感激して泣きだしてしまいそうじゃないの！　大丈夫ですよ、お嬢さん。陛下にはわたくしがきちんと口利《くちき》きしてあげますからね。大船《おおぶね》に乗ったつもりでいらっしゃい！」

「い、いいえ、わたしはそんなつもりは……」

ぎゅううう。

（痛い痛い痛い痛いっ！）

我慢の限界に達したルチアは、ドレスの裾《すそ》がふわふわと足元を覆《おお》っているのをいいことに、ヒールでカイルの足先を踏んづけてやった。

今度はカイルが言葉もなく悶絶《もんぜつ》する。ふれたところから伝わった震えからして、相当痛かったであろうことが推測できた。

少しだけ溜飲《りゅういん》を下げたルチアに、今度はなぜか王妃が迫ってくる。

「ねぇ、せっかくだから少しお話ししていかない？　カイル、あなたも久々に城にきたのだから、お父様に顔を見せてさしあげなさいな。ああでもその前に、頬《ほお》を冷《ひ》やしたほうがいいかもしれないわね」

赤くなったままの頬《ほお》をはたと撫《な》でて、カイルは頷《うなず》いた。

「そういたします。では母上――」

「ええ、わたくしはこの子と楽しんでいますから、適当な時間になったら迎えにいらっしゃいな！」

「え、お、王妃様……っ？」

いやな予感に顔を引き攣《つ》らせるが、すでに王妃はがっしりとルチアの肩に腕を回してきている。

居間に連れ込まれる寸前、わずかに身をかがめたカイルが耳元にしっかりと囁《ささや》いてきた言葉を、ルチアは反芻《はんすう》していた。

「下手な真似はするな。じゃなきゃ……不敬罪《ふけいざい》で家族ごと監獄《かんごく》行きだ」

赤くなった頬をそれとなく見せつけるカイルに、ルチアは返す言葉もなく黙り込んだ。

気づくとすでに長椅子《ソファ》に座らされ、ルチアは王妃から直々《じきじき》にお茶とお菓子を振る舞われていた。

「『ラ・ゼレフォン』の焼き菓子はいかが？　わたくしはここのマフィンやクッキーが大好きなの！　チョコレイトは『マダム・レシェファ』のものが一番だと思うけれど」

「は、はぁ……」

「お茶もどうぞ。隣国から取り寄せた最高級ブランドよ。きっと気に入ると思うわ！」

お城で供《きょう》されるものなら、たとえお菓子のひとかけらでも美味《びみ》なるものに違いない。

しかしルチアはとても食べる気にはなれず、冷《ひ》や汗《あせ》をだらだらと滲《にじ》ませながら、音を立てて生唾《なまつば》を呑み込んだ。

「あらまぁ、緊張しているの？　そんなに堅くならないで。楽にしていいのよ？」

「お、お気遣いありがたく存じます……」

(お、落ち着くのよ。女学校時代を思い出して！　貴人に対するマナーはいやというほど叩《たた》き込まれたはず……っ)

記憶の中の教科書をルチアは大急ぎであさりだす。

しかし王妃はそこを軽々と飛び越えて、いきなりとんでもないことを聞いてきた。

「それで？　あなたとあの堅物《かたぶつ》息子はどうやって恋に落ちたのかしら？　いきなり結婚したいと言い出すくらいですもの。きっととてもロマンチックな出逢いがあったに違いないわ！」

（い、言えない！　勘違《かんちが》いで平手打ちを食《く》らわせたなんて！）

まして尋ねた相手が両手を組んで、少女のように目をきらきらさせているならなおさらである。

（というかそんなことを言ったら、本当に不敬罪《ふけいざい》で手打ちになるわ……！）

まさかあの青年公爵が、王家の出身とは思わなかった。

そういえば現王には王子が二人いて、そのうちひとりは成人すると同時に臣籍《しんせき》に降《くだ》ったと聞いている。きっとそれが彼、カイルだったのだ。

（公爵だけに、王家に近い人間とは思ったけど……まさか王子様とは思わなかったわよ！）

それを、勘違《かんちが》いとはいえぶってしまったのだから、彼が言うとおり家族全員しょっ引かれたとしても決して大げさなことではない。

その危機から逃《のが》れるためには、彼が仕立てた嘘を貫《つらぬ》き通す必要があった。

「そ、その……お、お教えできるようなたいそうなことではございませんわ」

「まぁっ、あの子の頬にあーんな立派な手形を浮かび上がらせたっていうのに？」

「っ！」

鼻白《はなじろ》むルチアを横目に、王妃はころころと無邪気に笑った。

「おびえる必要はないのよ。むしろ雄々《おお》しくてとっても素敵だわ！　相手が王子だろうと、気に入らないと思ったなら遠慮《えんりょ》なく叩《たた》けばいいのよ。正当な理由があるならなおさらだわ！」

（……言えない。勘違いとは、絶対に……！）

ルチアは改めて生唾《なまつば》を呑み込んだ。

「そうそう、なれそめを聞くよりお名前を聞かなくちゃね。わたくしったらつい嬉しくて、そんなことも忘れてしまっていたわ」

「い、いいえ、こちらこそ失礼を……。ルチア・マーネットと申します。マーネット男爵家の長女です」

「まぁっ。マーネット男爵の娘さん？」

「父をご存じなのですか？」

驚くルチアに、王妃はしっかり頷《うなず》いた。

「もちろん知っているわ。彼はカーティス伯爵の義弟《ぎてい》でしょう？　貴族たちの家系図を頭に入れておくのは王妃の務《つと》めよ」

ルチアは素直に感心したが、王妃はすぐに「なーんてね」と舌を出した。

「全部が全部を覚えているわけではないわ。だってあんなに複雑なもの、宮廷のマナーと一緒で覚えきれないもの。でも、あなたのお父様を知っているのは本当よ。大変な事故が原因で亡くなられたこともね」

王妃のまなざしに同情の色が浮かび、ルチアは曖昧《あいまい》に微笑《ほほえ》んだ。

「王妃様に覚えていただけたのなら、父も名誉に思ったことと思います」

「貴族の出産や死亡の報せ《しら》は必ず城へ届けられるからね。そういったことは、わたくしもきちんと把握《はあく》しておくの。それに、マーネット家の領地に官吏《かんり》を派遣したのはカイルですからね」

「えっ」

ここであの青年の名前が出てくるとは。

「でも、公爵様はそのようなことは一言も……」

「口べただからね。きっとあなたによけいな気を遣わせたくなかったんじゃないかしら?」

……そうだろうか?

とはいえ、あの官吏を派遣してくれたのが彼なら、あとでお礼を言わなければ。有能な官吏のおかげで、ルチアは家族のことだけ心配していれば済むようになったのだから。

「お母様も脚《あし》を悪くされたと聞いているけど、今は……?」

「ええ、療養しております。でも脚が動かせないだけで、他は元気ですから」

ルチアは微笑んだものの、王妃の顔をまっすぐに見るのは無理だった。

その様子から、王妃はマーネット夫人の容態《ようだい》を推《お》し量《はか》ることができたのだろう。

「お気の毒だわ。わたくしで力になれることがあるならいいけど」

「い、いいえ。王妃様のお手を煩《わずら》わせるようなことでは！」

「あら、遠慮《えんりょ》する必要はないのよ？　だってあなたはカイルの花嫁になるんですもの！　それならわたくしとあなたのお母様は他人のままではいられないわ」

「……」

確かにそうだが、実際に結婚するつもりなど、あの公爵にあるわけがない。

（いったいなんだってこんな嘘をついたのかしら……！）

次に顔を合わせたら徹底的に問い詰めてやる。

それくらいの権利はあるはずだわ、とルチアは決意を固めた。

「確か、マーネット男爵にはお子さんが大勢いると聞いたことがあるけれど」

「あ、はい。わたしの下に男の子が四人と、女の子が二人いて……」

「んまぁっ、大家族じゃない」

「子だくさんの家系らしくて……。父方の祖父も、庶子《しょし》を含めて六人子供を作ったそうです。その前は七人作ったとか」

「まぁまぁ、賑《にぎ》やかな一族ね！」

おかげで財産の分配などが大変で、そこそこの領地を持っているにもかかわらず、マーネット家は常に『さほど裕福《ゆうふく》ではない』家にランク付けされていた。

「でも、それだけ弟妹《ていまい》を抱《かか》えているなら大変ね。使用人は何人雇《やと》っているの？」

「えっ、と……いない、です」

「え？」

「常勤の使用人は雇っていないんです。その、今はそこまでの余裕がないもので」

公爵に対しては喧嘩腰《けんかごし》のまま暴露《ばくろ》できたが、さすがに王妃相手に家の窮状《きゅうじょう》を打ち明けるのは勇気がいった。

恥じ入って顔を伏せるルチアに、王妃は目を丸くしたまま尋ねる。

「まぁ、それでは掃除や洗濯は誰がやるの？」

「弟妹たちと協力してやります。下の子たちもようやく雑巾《ぞうきん》を絞《しぼ》れるようになってきましたし」

「食事の支度《したく》は？」

「料理はわたしが。配膳《はいぜん》はやっぱりみんなと協力して」

「お母様のお世話は……」

「食事や入浴に関してはわたしが。最近は上の妹が一緒に詩集を読んでいますわ」

王妃はそれまで以上に目を見開いて、ルチアを頭からつま先まで眺めやった。

さながら珍獣《ちんじゅう》でも見つけたような視線である。無理もないこととはいえ、やっぱり少しいたたまれない。

（そんな貧乏人を息子の嫁にするわけにはいかない、とか言われるのかしら）

だとしたら嘘をつく罪悪感から解放され、ほっと一安心なのだが。

――あ、でもそうするとあの公爵が怒り狂《くる》う可能性が……

いろいろ考えながら、ルチアは王妃の反応を待つ。

と、その王妃がわずかにうつむき、ぶるぶると肩を震わせ始めた。

引きつけかなにかを起こしたのかと、ルチアはびっくりする。

「あの、王妃様っ？」

ほどなく、王妃はがばっと勢いよく立ち上がった。

思わずのけぞるルチア。そんな彼女の手を、テーブル越しに身を乗り出した王妃が、ぎゅうっと強く握りしめてきた。

「――素晴らしいわ、ルチア・マーネット！　あなたのような頑張り屋さんが、貴族の中にもちゃんといてくれたのねぇ！」

「はい？」

この部屋へきてから一番熱いまなざしで見つめられ、ルチアは口元を引き攣《つ》らせた。

「まぁあ、なんていうことでしょう。カイルの女を見る目は、実はものすごーくよかったのね！　だから今まで山ほどの肖像画《しょうぞうが》を送っても見向きもしなかったのよ。我が息子ながら上出来だわ！」

「はっ……？」

「ルチア・マーネット」

改まって名前を呼ばれ、ルチアはハッと緊張する。

王妃はきらきらしたまなざしのまま、王族然《ぜん》とした美しい笑みを浮かべた。

「わたくしはね、二人目の息子の結婚相手に身分を問うつもりはないの。ただひとつ求めるのは、愛と思いやりに満ちた人物であるかどうかだけ」

「愛と、思いやり――？」

王妃はしっかり頷《うなず》いた。

「あなたはどうやらそのふたつの感情であふれているみたい。とっても素晴《すば》らしいことだわ！　あのカイルの花嫁に、あなた以上にふさわしい娘がいるかしら？」

優しく頰《ほお》を撫《な》でられ、ルチアは困惑する。

褒《ほ》められているのだとは思うが、どうにも素直に喜べない。というより……

（……これって完全に、公爵の結婚相手として認められちゃったってことじゃないの？）

困る。それは困る。あんな一方的な男の妻になるなんて冗談じゃない！

「あの、王妃様……」

ルチアは躊躇《ためら》いを覚えつつも、このままではいけないという思いから真実を告白しようとする。

本当はわたしたち愛し合ってなんかいないんです。これは成《な》り行《ゆ》きで仕方なく――

だがその言葉を口にする前に、王妃が音高く手を叩いて侍女《じじょ》を呼び出した。

「おまえ、今すぐアレを持ってきてちょうだい。この子にぜひ食べていただきたいわ」

「かしこまりました」

侍女はすぐに奥に引っ込み、猫脚《ねこあし》つきの小さな箱を持って戻ってきた。

「綺麗《きれい》な宝石箱でしょう？　でもね、中に入っているのは――」

丸鏡つきの蓋《ふた》を開けると、色とりどりのボンボンが顔を出した。

「『マダム・レシェファ』の新作チョコレイトなの。とっても美味《おい》しいのよ？　ぜひ食べてみて」

「えっ……で、でもわたし……」

これを食べることは、すなわち公爵との結婚を了承《りょうしょう》することだという図式が頭に浮かぶ。

咄嗟《とっさ》に辞退しようとするルチアだが、王妃はボンボンをひとつつまむと、なんとそれをルチアの口に放り投げてしまった。

「むぐっ」

吐き出すわけにもいかず、ルチアは慌《あわ》てて口元を覆《おお》ってボンボンに歯を立てる。

硬いチョコレイトかと思ったら、中身は意外ととろりとしていて、甘さと苦さが口の中いっぱいに広がった。

「……っ、美味《おい》しい！」

これまで食べたことがないような絶妙な味に、ルチアは頬《ほお》を染《そ》めてしまう。

「でしょう？　もうひとついかが？」

もう一度それを味わいたい。

その誘惑にあらがうことができず、ルチアはすすめられるまま二つ目を口に放り込んだ。

とろける甘みと切ない苦さが、舌の上で極上のハーモニーを奏《かな》でる。

（……美味しい～！）

家で待つ弟妹《ていまい》たちにひとつずつでも食べさせてやりたい！

真っ先にそう思うあたり、ルチアは間違いなく『愛と思いやりにあふれた娘』だった。

できればもうひとつ食べたいけれど、王室御用達《ごようたし》のお店のお菓子だ。

わざわざ宝石箱に入れるくらいなのだから、そうとう高価に違いない……

ルチアはお茶を飲むことで、欲求を身体の奥深くにしまい込んだ。

「あら、もっと食べたっていいのに。とても美味しかったでしょう？」

王妃がころころと楽しげに笑う。

ルチアは頷《うなず》いたが、もう一度手を伸ばすのはさすがに遠慮《えんりょ》した。

「まぁでも、この時間にお菓子を口にするのは不健康だというしね。わたくしも我慢しなくっちゃ」

王妃は誘惑を振り払うように宝石箱を閉じ、侍女《じじょ》にしまっておくよう言いつけた。

そうして彼女がお茶のおかわりを頼んだときのことだ。

（……？　なに……？）

ルチアはふと、自分の身体に異変《いへん》を感じた。

なんだか身体の奥がむずむずする。痒《かゆ》いような、もどかしいような、奇妙な感覚だ。

なんだろうと思っているうちにそれは全身に広がっていき、うまく呼吸もできなくなる。

「……っ、は……っ」

たまらず二の腕を抱きしめると、様子がおかしいことに気づいて、王妃がかすかに首を傾《かし》げた。

「まぁ、どうかして？」

「な、なんだか……、身体が……」

——熱い。

沸《わ》き立つような熱に、ルチアは震える。

呼吸が徐々《じょじょ》に浅くなって、肌がざわざわとわななくように震え始めた。

(な、なんなのいったい……、身体が熱い……っ)

終《しま》いには王妃の前ということも忘れて、ルチアは長椅子《ソファ》に身体をこすりつけるようにもたれてしまった。

「大丈夫？」

王妃が立ち上がる気配がする。

だが彼女が近寄るより早く、背後の扉が音を立てて開け放《はな》たれた。

「母上、ただ今戻りました。――!!　いったいなにが起きたんです？」

カイルだ。ルチアの心がざわっと震えた。

いやだ。こんなふうになっているところを、彼に見られたくない――

「おい……、おい、いったいどうしたんだ」

「あぁっ！」

駆《か》けつけたカイルが肩を掴《つか》む。その掌《てのひら》から焼けるような熱さを感じて、ルチアは思わずのけぞってしまった。

異様な反応に、カイルはぱっと手を離す。

ルチアも肘《ひじ》掛《か》けに崩れ落ちるが、どうしたことか、彼にふれられたところからぞくぞくとした妙な疼《うず》きが立ち上《のぼ》ってきた。

「い、いや……っ、ど、どうなってるの……っ？」

わけがわからない。

パニックに陥《おちい》るルチアを、カイルは薄氷《はくひょう》の瞳でじっと見つめていたが――

「……っ！　母上っ、まさか彼女に『秘薬』を含ませたんじゃ――！」

秘薬？　戸惑うルチアの前で、王妃は「うふっ」と含み笑いをした。

「あらまあ。バレちゃった？」

「──なんてことをしてくれたんだ！　アレがただの薬じゃないことは、あなたが一番よく知っているはずだろう！」

母親とはいえ、王妃相手にカイルは大声で怒鳴りつける。

こんな状況でなければ、震え上がってしまうような恐ろしい声だ。

しかし彼を産んだ王妃はどこ吹く風。おほほほっと軽快に笑う。

「だってあなた、このお嬢さんと結婚するつもりだったのでしょう？　だったらなんの問題もないはずよ？　見たところ、とてもよくできたお嬢さんだし、わたくしもとても気に入ったわ！　あなたにとっても悪い展開ではないんじゃなくって？」

「──っ！」

ぎり、と歯を食《く》いしばる音が聞こえてくるようだった。獣《けもの》のうなり声のようなものも一緒に聞こえてくる。

だがルチアはそれどころではない。

恐ろしいことに、身体を焼くような不可解な熱は高まるばかりだ。

口の中に湧《わ》く唾液《だえき》を呑み込むことすら難しい。わけのわからない感覚に恐怖まで襲《おそ》ってきて、涙をこらえるのに精一杯だ。

「早く……、なんとかして……っ」

ルチアは必死に絞《しぼ》り出す。カイルがハッと振り返った。

「おい……っ、大丈夫か？」

「……熱いの……っ」

ルチアは自分の身体をかきむしりたい欲求を懸命《けんめい》にこらえる。

先ほどの反応があったからか、カイルも迂闊《うかつ》にふれることができないようだ。中途半端に手を伸ばしたまま、困惑したように固まっている。

『『秘薬』の効果を抑える方法はあなたも知っているでしょう、カイル？」

王妃が歌うように囁《ささや》く。

カイルはなぜか仇《かたき》でも見るような目で母親を睨《にら》んだが、ルチアはぱっと顔を上げた。

「ほ、本当に……？　どうにかできるの……？」

「いや、わたしは――」

「このお嬢さんを連れ込んだのはあなたよ、カイル。もう一度言いますけど、わたくしはこの子がとても気に入ったわ。義理《ぎり》の娘になってほしいくらいにね」

それだけ言うと、王妃は侍女《じじょ》を呼び出し、奥の部屋へ引っ込んでしまった。

先ほどまでの対応とは打って変わって、まるで見放《みはな》したかのような王妃の態度に違和感を覚えたルチアだったが、そんなことに構っていられない。

こうなるともう、彼女が頼れるのはカイルだけだ。

「お願い……、なんとかして……！」

ルチアは必死にカイルの袖《そで》にすがりつく。掌《てのひら》は汗ばみ、指先はひどく震えていた。

「お願い……っ」

カイルはしばらく動かなかったが、やがて意を決したようにルチアの肩を抱き寄せる。

ふれられたところからぞくりとするような疼《うず》きが広がり、ルチアは喉《のど》を反《そ》らして声を上げた。

「はぁ……っ、あ、あ……っ」

「大人しくしていろ。声も出すな」

「だ、だって……！」

ルチアだってこんな変な声など出したくない。

けれど身体がぞくぞくと疼くように震えて、自然と声が出てしまうのだ。

横向きに抱《かか》えられ、部屋から出てもそれは変わらなかった。

肩が彼の胸をこするたび、額《ひたい》に彼の吐息を感じるたび、膝裏《ひざうら》に彼の掌の熱を覚えるたび——たまらなく疼いて仕方がない。

気づけばルチアはカイルの肩にすがりつき、みずからの胸を彼の胸板にこすりつけていた。

彼が一歩踏み出すことに身体が揺れて、胸の頂《いただき》にたまらない刺激がもたらされる。それがひどく心地よくて、ルチアは漏《も》れそうになる声を必死に押し殺した。

気づけばカイルもかなり早足になっている。

そうして彼がたどり着いた部屋は、王妃の部屋と同じほどに広い一室だった。

「……ここ……」

「わたしが使っていた部屋だ」

ということは、王子に与えられる私室ということか。

状況が違えば物珍《ものめずら》しさに駆《か》られるところだが、今はこの熱を鎮《しず》めることしか頭にない。

悪いことに、ここへくるまでのあいだ、身体はさらに熱く昂《たか》ぶってしまっていた。

カイルは迷いない足取りで部屋の奥へと入っていき、ルチアを寝台に放り投げる。

ぼふんと柔らかな寝台が沈み、その感触にすらルチアは悲鳴を上げた。

ドレスの裾《すそ》が足にまとわりついて、身じろぎするたび、それがぴりぴりとした疼きをもたらす。

胸の頂も敏感になっている。カイルの目がなかったら、もしかしたら自分でそこをかきむしっていたかもしれないほどだ。

「早く……っ」

ルチアは喘《あえ》ぎながら、それだけを口にした。

きっとカイルは医者を呼びに行くのだろう。なのに、彼はその場を動かない。

身悶《みもだ》えるルチアをじっと見下ろし、内なるなにかと戦うように、険《けわ》しい顔で唇を噛《か》んでいた。

「……公爵……？」

薄目を開けたルチアは、唇を震わせながら彼を呼ぶ。

紛《まぎ》れもない懇願《こんがん》が滲《にじ》む呼びかけだったが、彼はやはり突っ立ったままだ。

（ああもう、早くなんとかして……。むず痒《がゆ》くて、どうにかなりそう……っ）

自然と腰が揺らいで、脚《あし》のあいだが潤《うるお》ってくる。

足元にまとわりつくドレスの裾《すそ》が邪魔《じゃま》で、ルチアはほとんど無意識に裾をたくし上げ、膝《ひざ》を擦《す》り合わせていた。

「公爵……っ！」

耐えきれず叫ぶように呼ぶと、カイルはようやく口を開く。

「……どうやって口にしたかは知らないが、おまえを今苦しめているのは、王家に伝わる『秘薬』のひとつ――『紅薔薇《べにばら》の戯《たわむ》れ』だ」

「『秘薬』……？」

王妃の部屋でも聞いた言葉を、ルチアは繰り返した。

「そ、それが……、なんだっていうのよ……っ」

「それはただの薬じゃない。もとは六代前の王妃が夫婦の夜を円滑《えんかつ》にするために、魔《ま》術師《じゅつし》に頼んで作らせたもので――」

「魔術師？」

ルチアはひっくり返った声を上げた。

「そ、そんなおとぎ話どうだっていいわよっ。結局なんなのかだけ教えて――」

「媚薬《びやく》だ。要するに」

一転、カイルは簡潔《かんけつ》に言った。

「媚薬――？」

媚薬って、あの媚薬？　つまりは催淫剤《さいいんざい》――むらむらってさせるためのもの？

「――冗談じゃないわよ！　なんでそんな……っ、あっ……！」

怒鳴った瞬間、胸がこすれて、ルチアは悩ましげな声を上げた。

「そこいらで売っているのとは違う。特製品だ。おまけに解毒剤《げどくざい》は存在しない」

「はっ、はぁ……っ。な、なんてこと……っ」

高まる一方の身体をもてあまし、ルチアは激しく身をよじった。

(熱い……っ。ドレスなんて着ていられないわ)

ドレスも下着も、なにもかも剥《は》ぎ取って、全身を強くかきむしりたい。

いや、肌の上からかきむしってもだめだ。

なんといっても、一番切ないのは身体の奥底――脚《あし》のあいだのもっと奥だ。そんなところをどうにかするなんて。

「それに……時間が経《た》てば経つほど、欲求は強く激しくなっていく」

(そんなの、説明されなくてもわかるわよ!)

現にルチアは先ほどから少しもじっとしていられない。

いつの間にか身体はうつぶせになっており、清潔なシーツに胸や腰をこすりつけていた。それでも疼《うず》きは収まらない。

目の前でくねくねと悩ましげに揺れ動くルチアを、カイルはじっと見つめている。

いったいなにを考えているのだろう。暗い中では表情もよく見えない。

だが、その薄氷《はくひょう》の瞳はわずかに潤《うる》んで揺れているように見えて、悔しいことに、とてつもなく綺麗《きれい》だった。

「はぁ、はぁ……っ！　ど……すれば、……の……？」

「おい……今、なんて言った？」

「ど、すれば……これ、収まる、の……っ？」

自分で自分の胸を鷲掴《わしづか》みにしたい欲求と戦いながら、ルチアは尋ねた。

カイルの瞳がきつく閉じられる。

薄暗い中でも、彼の苦悩が透《す》けて見えた。

いやな予感に胸が震える。

「――この薬は、夫婦の閨《ねや》のために作られたものだ。つまり……すれば、自然と収まる」

「え……？」

よく聞き取れず、ルチアは潤んだ瞳でカイルを見上げる。

目が合うと、カイルはさらに顔をしかめた。

「――つまり、男に抱かれて、胎内《たいない》に精を受ければ鎮《しず》まると言っている」

「……」

ルチアは唖然《あぜん》として目を見開いた。

「……え……？　それって……？」

「まだ言わせるのか。つまりだっ。その脚を開いて男の欲望を迎え入れ、何度かの出し入れを経《へ》て子種である精を注《そそ》がれれば――！」

「そそそ、そこはわかってるからそれ以上は言わないでッ！」

ルチアは顔を熱くしながら怒鳴り返した。

カイルも忌々《いまいま》しげに舌打ちし、片手で額《ひたい》を覆《おお》う。

気のせいか、その頬《ほお》はうっすらと赤く染《そ》まっている気がした。

「……わかっているならいい。つまり、そういうことだ」

「じょ、冗談でしょ？　つまり……せ、せっ、性行為をしなくちゃ、収まらないっていうの――？」

熱くなった顔がたちまち冷《ひ》えていくが、湧《わ》きあがる疼《うず》きのせいでまた熱くなった。

「嘘よ……！　なにか他に方法ないの？　……あっ、あんっ！」

起き上がろうとした拍子に毛布が股《また》ぐらをかすめ、ルチアは甘く喘《あえ》いだ。

(だ、だめ……っ、頭、ぼうっとしてきた)

昂《たか》ぶるばかりの欲求は思考まで麻痺《まひ》させるらしい。

唯一考えられるのはこの疼きをどうにかしたいということばかりで、ルチアは激しく首を振った。

「いや、いやよ……っ、早く、解毒《げどく》……っ！」

「いわば、精液が解毒剤ということだ。それ以外に鎮《しず》める方法はない」

「そんな……！」

目の前が真っ暗に閉ざされるような気がした。

「……あっ……、はぁ、あぁ……っ！」

身体はもう限界だ。ドレスの裾《すそ》が脚《あし》を撫《な》でるだけで、シーツが胸の頂《いただき》をこするだけで、高まった欲求がはち切れそうになってしまう。

首を振るたびに頬をかすめる髪の毛にすら声を上げそうになるのだ。

「うぅ……っ」

泣きたくなどなかったが、飢餓感《きがかん》と絶望でおかしくなりそうだった。

歯を食《く》いしばり、ぽろぽろと涙を流すルチアを見て、カイルもわずかに息を呑む。

「あんたの、せいよぉ……っ」

欲望に負けないため、ルチアはあえてカイルをなじった。

「あんたが、こんなとこ、に……、連れて、くる……ら……、あぁ……っ」

「……」

カイルはなにも言わない。

もしルチアが正気であれば、彼がこれ以上ないほど難しい顔で唇を噛《か》んでいるのがわかっただろうが、あいにく今はそれどころではなかった。

「責任……取んなさいよ……、あんたのせいなんだから……、んぅ……っ」

「……取っていいのか？」

不意《ふい》にカイルが口を開いた。

「責任を取ってもいいのか？　後悔しないというなら、望み通りにしてやる」

「……はっ……、んくっ……、あ……」

ルチアはもうまともに会話もできなくなっている。

それどころか恥も外聞《がいぶん》も投げ出して、とうとう自分の胸を掴《つか》んでしまった。

みずから、柔らかな膨《ふく》らみをめちゃくちゃに揉《も》み始める。

指のあいだからのぞく乳首はツンと尖《とが》って、ドレスの生地《きじ》をはっきりと押し上げていた。

「……っ」

カイルの息を呑む音が聞こえた気がする。

次の瞬間には、彼は上着を荒々しく脱ぎ捨て、ルチアの上に馬乗りになっていた。

「いいんだな？」

ルチアの肩を掴み、細い身体を仰向《あおむ》けに返しながら、カイルは脅《おど》すような声で言う。

ふれられたところが熱くなってたまらなくなって、ルチアは悲鳴を上げた。

「早く……っ！」

もはや自分がなにを言っているのかわからぬまま、ルチアは彼に胸を押しつけた。

――唇が重なったのは、次の瞬間だ。

「んんっ――！」

覆《おお》い被《かぶ》さるような口づけに、ルチアは大きく目を見開く。

「はっ……、あふっ、うっ……、うぅん……っ！」

すぐに温かな舌が入り込んできて、危《あや》うく相手を突き飛ばしそうになった。

けれど舌先で歯列《しれつ》をなぞられた瞬間、ぞくぞくするような愉悦《ゆえつ》が這《は》い上がる。

「ンう――っ！」

（なにこれ……っ、気持ちいい……！）

秘薬で充分に高まった身体は、新たな刺激を喜んで迎え入れた。

彼の舌は歯列に留《とど》まらず、上顎《うわあご》や歯肉の柔らかなところまで、滑《すべ》るように舐《な》めていく。

終《しま》いにはルチアの舌をするりと絡《から》め取り、強い力で吸い上げた。

「うンん――ッ！」

その瞬間、ルチアの中で高まった愉悦が弾《はじ》け飛ぶ。

身体が硬直したようにきつく強《こわ》ばり、次の瞬間にはがくがく震えて弛緩《しかん》した。

ぐったりとした彼女の腰を支え、顔を上げたカイルが信じられないという面持《おもも》ちで呟《つぶや》く。

「まさか……口づけだけで達したのか？」

ルチアは答えられない。

初めての絶頂に頭が追いつかず、ぜいぜいと喘《あえ》ぐことしかできなかった。

（なんなの、今の――？　頭が、真っ白になった……）

どこかへ投げ出されるような感覚は、心地いいのに少し怖い。

ルチアは無意識のうちに、カイルの服をきゅっと握りしめていた。

「――っ」

すがりつく力を感じてか、カイルの瞳が大きく揺らぐ。

彼は慎重な手つきでルチアの髪をかき上げると、再びゆっくり唇を重ねた。

ルチアも今度は驚かずに、みずから口を開いて彼の舌を迎え入れる。

（気持ちいい……キスって、こんなに気持ちいいものだったの……？）

初めてとは思えないほど、カイルの唇とルチアの唇はぴたりと合わさる。

むさぼるように相手の舌を舐《な》め回すうち、遠ざかっていた欲求が急速に戻ってきた。

「あ、あ……、こうしゃ、く……っ」

「カイルだ」

ルチアの喉《のど》に口づけ、公爵は少しかすれた声で言った。

「カイル……、わたし、もう……っ」

「わかってる」

カイルは大きな手をルチアの背中に這《は》わせたが、ドレスのボタンに手をかけようとしたところで緩《ゆる》く首を振った。

彼の掌《てのひら》の熱を感じただけで昂《たか》ぶるルチアは、「脱がせて」と叫びそうになって、慌《あわ》てて口をつぐむ。

「……必要以上に辱《はずかし》めたくはない。わたしは、ただおまえを鎮《しず》めるだけだ」

自戒《じかい》するように呟《つぶや》いて、カイルはルチアの肩を両手で押さえつけた。

「ああ、もう……、どうか……っ」

耐えきれず、ルチアは胸を突き出してねだってしまう。

ドレスを押し上げるツンとした突起を見つめながら、カイルは再び身をかがめた。

「あぁ――っ！」

彼の唇がドレスの薄布越しに乳首を挟《はさ》む。

そのまま強弱をつけて甘噛《あまが》みされ、ルチアは大きくのけぞった。

もう片方の乳首も指で挟まれ、膨《ふく》らみごと大胆に揉《も》み上げられる。

あまりの快感に、ルチアはつま先でシーツをかいた。

「いいっ、いいの……っ、気持ちいい……っ！」

終《しま》いには彼の銀色の頭を抱《かか》え込んで、ルチアは立て続けに嬌声《きょうせい》を上げてしまう。

そんな彼女に触発されてか、カイルも強い力で乳首を吸い上げた。

身体中の血が沸《わ》き立つほどの快感が弾《はじ》け、ルチアは再び光の中に投げ出される。

四肢《しし》がびくびくと強《こわ》ばり、しばらくは喘《あえ》ぐばかりだったが、ほどなくまた欲求がつき上がってきた。

「あ、あぁ……っ」

煮え立つような感覚に翻弄《ほんろう》されながら、ルチアはぎゅっと目を瞑《つむ》る。

何度絶頂を味わっても、秘薬の効果は切れない。

快楽という責め苦から逃れるには、やはり彼を受け入れなければならないのだ――

「……泣くな」

ルチアの頬《ほお》を親指でぬぐい、カイルが困ったように呟《つぶや》く。

いったい誰のせいよ、と言い返したかったが、彼の声があまりに頼りなく聞こえて、すんでのところで思いとどまる。

そろそろと目を開けると、眉間《みけん》にわずかに皺《しわ》を寄せ、目元に後悔を滲《にじ》ませた男の顔が映り込んだ。

——まったく、美形というのは罪なものだ。

そんな顔をされると、まるでこちらが悪いことをしているような錯覚に陥《おちい》る。

だがその忌々《いまいま》しさは別として、ルチアはなぜか、彼のそんな表情に胸がきゅんと疼《うず》くのを感じた。

まるで雨の中で震える子犬に出くわしたような気持ちだ。無性《むしょう》に抱きしめてあげたくなる。

そしてルチアは、実際その通りにした。

彼の頭をそっと引き寄せ、胸元に抱え込む。

さらりとした銀髪《ぎんぱつ》が肌をこすり、それだけで火傷《やけど》しそうな快感が生まれた。

息を切らしながらも、彼女は弟妹《ていまい》たちにそうするように、彼の頭頂にちゅっと唇を落としたのだ。

カイルが再び息を呑む気配がする。

ごくりと生唾《なまつば》を呑み込む音が聞こえて、カイルは再びルチアの胸を掴《つか》んだ。

「……いいな？」

喘《あえ》ぎながら、ルチアはこくこくと頷《うなず》いた。

「いいから、早く……、もぅ、むり……っ」

短い時間に二度も絶頂に押し上げられて、もう体力ももちそうにない。

それでも欲求は膨《ふく》れ上がるばかりで、もう頭の芯《しん》がどろどろに溶けてしまった気がした。

口内に絶《た》えず唾液《だえき》が湧《わ》くのに、呑み込んでも呑み込んでも喉《のど》が渇いて仕方がない。

一刻も早く、解放してほしかった。

カイルは片手で胸を愛撫《あいぶ》しながら、もう片方の手をルチアの下肢《かし》に滑《すべ》らせる。

ドレス越しに彼の指が腹を撫《な》でるのを感じ、ルチアは枕を掴《つか》んでのけぞった。

やがてスカートが完全にたくし上げられ、彼の手が脚《あし》のあいだに入り込んでくる。

太腿《ふともも》に掌《てのひら》を感じた瞬間、ルチアは大きく身体を震わせた。

「あぁ、あぁ……っ」

彼の手が右脚の内腿《うちもも》を上っていく。

そうしてとうとう秘められた部分へたどり着き、ドロワーズの裂け目をかきわけ、奥に入り込んできた。

「いやぁぁあっ！」

割れ目を撫《な》でられた瞬間、ルチアは身体を強《こわ》ばらせる。恐怖からではなく再《ふた》び訪れた絶頂のせいだ。

彼の指先がほんの少しかすめただけ……ほんの少し襞《ひだ》を撫でただけで、達してしまったのだ。

「……っ」

カイルも呆然《ぼうぜん》とルチアを見つめている。

再び押し上げられたルチアはすすり泣きながら、身体を小刻みに震わせていた。

ほんの少しふれるだけでも、今のルチアには強すぎる刺激となってしまう。

どうやら秘薬の効果は最大限に引き出されてしまったようだ。即効性の強い薬だけに、このまま放っておけば、後々《のちのち》ルチアの心身に影響が残ってしまう。

だからこそ、カイルもう「いいか?」と聞くことはしなかった。

「あぁっ!」

太腿《ふともも》がぐっと持ち上げられ、両脚《りょうあし》が胸につくほどに折り曲げられる。

ドロワーズを穿《は》いたままとはいえ、そんな恰好《かっこう》にされては恥ずかしいところがしっかり見えてしまう。昨今では股《また》を縫《ぬ》い合わせてあるドロワーズも主流になりつつあるというのに、よりによってこの下着を穿いてきたことを、ルチアは今更《いまさら》ながら後悔した。

だがそれも一瞬のこと。ほどなく覚えのない感覚が身体に入り込んできて、ルチアは大きく目を見開いた。

「あっ、あぁ！　……はぁぁあっ！　いやぁぁあ……っ！」

ぐちゅぐちゅと音を立てながら、カイルの指が割れ目の中へ入り込んでくる。

痛みはまったくない。それどころか、ルチアはこれこそ自分が求めていたものだとすぐに確信した。

これまでの気持ちよさが、確かな形となって子宮を熱く潤《うるお》していく。

もはやあふれ出る蜜は太腿までべったりと汚していて、ほどなくカイルの手首にまで滴《したた》り落ちた。

「あぁ！　はあぁあっ！　だめっ……、あぁ、だめぇぇえっ！」

二本の指でかき回され、ルチアはあっという間に押し上げられる。

カイルは指先に痛みを感じたように眉《まゆ》を顰《ひそ》めた。

ルチアの蜜壺が、彼の指を噛《か》み切らんばかりにきつくきつく締まったのだ。

「はぁっ、はぁっ……、あ、あぁ……っ」

喘《あえ》ぐしかないルチアに、再び唇が重なってくる。

ルチアはなにも考えずにカイルの舌に舌を絡《から》ませ、責め苦の中から一筋の光を感じ取ろうともがいた。たとえば、これから行《おこな》われる行為がただの義務ではないという証拠を――

大きな掌《てのひら》が太腿《ふともも》の裏に添えられる。

焼けるように熱い。それが彼の心情を余すことなく伝えている気がして、ルチアは震えた。

だが、それが恐怖か、期待によるものかはわからない。

――期待している。とろけた蜜口になにかがあてがわれた瞬間、はっきりとわかった。

これからもたらされる快楽の大きさに、そこから伝わる彼の激情に、身体が震えて止まらない。

「カイル……！」

ルチアはたまらずに叫んだ。

彼が一息に押し入ってきたのは、それとほとんど同時だった。

「……っ、はぁぁ……っ！」

がくん、と背筋がのけぞる。

あまりの気持ちよさに声も出ない。

痺《しび》れるような甘い愉悦《ゆえつ》が身体中に満ちあふれて、ルチアはぎゅうっと彼の欲望を締めつけていた。

「ぐっ……！」

カイルが苦しげな声を出す。

それを聞いた瞬間、また昇《のぼ》りつめて、ルチアはふっと瞳を閉じた。

「……い、……おい、しっかりしろ」

頬《ほお》を叩《たた》かれ、ルチアはやっと目を瞬《しばたた》かせる。

どうやら気持ちよさのあまり、意識がどこかへ飛んで行ってしまったようだ。

「あっ……」

身体の奥でうごめくものが伝わって、ルチアはぴくんと小さく震える。

これも秘薬の効果なのか。噂に聞くような痛みは少しも感じなかった。

それどころか、じっとしているのが困難なほど、身体中がぞくぞく震えて、自然と喉《のど》が鳴ってしまう。

「……すまない。痛かったか？」

呆然《ぼうぜん》としたままのルチアを見つめ、カイルの瞳がわずかに曇《くも》る。

薄氷《はくひょう》の瞳が揺れ動く様《さま》はとても美しい。

ルチアは魅《み》せられたように、彼と視線を合わせ続けていた。

「……ううん……、なんだか、浮いているみたい……」

身体中が雲の上でもただよっているような気分だ。

すると、目の前の男がかすかに笑った。

口角がほんの少し引き上がっただけなのに、その笑みの破壊力はすさまじい。

ルチアは自分の心臓が激しく自己主張を始めるのを、否応《いやおう》なく感じていた。

「すぐ楽にしてやる」

ルチアの頬《ほお》を撫《な》で、唇に軽く口づけ、カイルは繋《つな》がったまま上体だけ引き起こした。

どうやら彼は必要以上に彼女にふれるまいと思っているようだ。

けれどいざ腰を動かされると、ルチアのほうから夢中で彼の首筋にしがみついてしまう。

「はぁ、あぁあ……っ、あっ、か、カイル……っ！　んンぅっ！」

「……っ、はぁ……っ」

カイルの息遣いにも余裕がない。

それがなぜかひどく嬉しくて、ルチアは彼の腰に脚《あし》を巻き付けていた。

「ひぁあ……、ま、また……、飛んでいっちゃう……っ」

「いくらでもイけ。鎮《しず》めてやる……っ」

「ンんぅ……っ！」

彼の低い声が肌に染《し》みこみ、ルチアは大きくのけぞった。

絶頂の熱い奔流《ほんりゅう》が子宮から全身へ伝わり、蜜口が再《ふたた》びきつく締まる。

耳元でカイルが唸《うな》るのが聞こえる。

腰に回された腕が、痛いくらいにルチアを強く引き寄せた。

相手への気遣いもできない様子で、彼は激しく腰を打ちつけてくる。

「はぁ、はぁ……っ」

「あっ、あぁっ！　か、カイル……っ、ひあっ！　あぁあっ、あぁ!!」

身体の中で彼の欲望がこれ以上ないほど大きくなる。

先端を最奥にぶつけられ、ルチアは甘い悲鳴を上げてのけぞった。

再び締まった膣壁に誘《いざな》われ、カイルもとうとう精を放《はな》つ。

熱い奔流《ほんりゅう》が下腹を焦《こ》がし、子宮をたっぷり濡らしていくのを感じた瞬間——

ルチアはこれまでにない満足感と充足感を得て、新たな涙を静かにこぼしていた……

# 第二章　白薔薇《しろばら》の誘い

ガツガツという、およそ優雅《ゆうが》とは言えない足音が回廊《かいろう》にこだまする。

王城の――それも王族の私室が連《つら》なる棟《とう》を、そんなふうに闊歩《かっぽ》するなんて何事だ。

その思いで振り返った者たちは、一様に真っ青になって慌《あわ》てて道を譲る。

そんな彼らには目もくれず、一歩一歩に怒りを宿《やど》したカイルは、ようやく目的の部屋へたどり着いた。

ノックもせずに扉をこじ開け、奥の居間《いま》へ入り込む。

「――母上」

「あら、おはようカイル。取り次ぎも待てないなんて不作法《ぶさほう》なこと。可愛《かわい》らしかった子供時代ならいざ知らず、臣籍《しんせき》に降《くだ》った今では許されないことよ?」

息子の無礼を咎《とが》めながらも、部屋の主《あるじ》である王妃はにやにやした顔を崩さない。

侍女《じじょ》に爪を磨《みが》かせ、ゆったりとした部屋着でくつろぐ母親に、カイルの怒りはさらに加速していった。

「もうよくってよ。それから、呼ぶまでお茶は結構。下がっておいで」

カイルの怒りに震え上がっていた侍女たちは、これ幸いと退室していく。

扉が閉ざされふたりきりになると、カイルはさっそく口を開いた。

「いったいどういうおつもりだったのですか」

「それはわたくしが聞きたいわぁ。いったいどうやって純真な女の子を脅《おど》すようにして、王城《ここ》へ連れてきたっていうの？」

悪戯《いたずら》めいた輝きの中に咎める色を見つけ、カイルはぐっと言葉に詰まった。

「……彼女がなにか言ったんですか？」

「いいえ？　そんな不作法な真似《まね》をする子じゃなかったわ。あなたと違って」

ちくちく言う母親にカイルは遠慮《えんりょ》なく舌打ちする。

王妃はそれにころころ笑って、向かいの席を示して見せた。

「まぁ、とりあえずお座りなさい。あなたったらひどい顔よ。タイも曲がっているわ」

カイルははたと襟元《えりもと》に手を伸ばす。

母親を責め立てたい一心で、支度《したく》もそこそこに駆《か》けつけてしまっていた。

「身支度は大切よ。衣服の緩《ゆる》みは気の緩みに通じますからね。ほんの少しタイが曲がっているだけでも、王城ではあれこれ邪推《じゃすい》されてしまうものなのだから」

他にもおかしなところはないか急いで確かめ、カイルはようやく腰を下ろした。

「……承知《しょうち》しています」

「少しは落ちついた？」

憮然《ぶぜん》とした顔を返すと、王妃はまた笑った。

「でも、はっきり言って自業自得《じごうじとく》よ。結婚の了承《りょうしょう》も得ていないお嬢さんを勝手に婚約者だと紹介して、これからの社交シーズンから逃げようとした罰《ばつ》ですからね」

「……なぜ、それがわかったのです？」

カイルの心からの問いに、王妃はさらに笑みを深めた。

「いやねぇ、言わずもがなよ。わたくしはあなたの母親ですからね」

実際のところ、母の言うとおりだ。

カイルはあのマーネット男爵家の娘を、仮初《かりそ》めの婚約者として扱うつもりでいた。

父王は今年の社交シーズン中に、カイルにふさわしい花嫁を見つけたいと公言していた。

その意気込みは山のような縁談から始まり、三桁《さんけた》に上《のぼ》る舞踏会《ぶとうかい》の招待状へと変化した。挙《あ》げ句《く》の果《は》てには「わたくし、ずっと前から公爵のことをお慕《した》いして……」などという文句を使ってすり寄ってくる令嬢たちの数まで増やすことになったのである。

結婚するつもりなどさらさらない。そもそも女など嫌いだ。

そう公言していた彼にとって、ここ数日の父からの攻撃は苦痛以外のなにものでもなかった。

——その状況から逃《のが》れるためには、自分で相手を見つけなければならない。

できれば社交シーズンが始まる前に。

その考えから、昨日はある子爵家主催の舞踏会に足を運んだ。

そうして出逢ったのが、マーネット男爵家の令嬢だったのだ。

勘違《かんちが》いとはいえ、いきなり平手打ちをかまされたのには驚いた。

が、逆にそれを利用できると考えたのは、彼にしてはなかなか冴《さ》えたひらめきだったと思う。

案《あん》の定《じょう》、公爵相手に手を上げた彼女はぐうの音《ね》も上げられず、カイルの茶番に付き合わざるを得なくなったのだから。

——母の了承を得て、ついでに父のことも説《と》き伏せ、さぁこれで今年の社交シーズンは安泰《あんたい》だとカイルはほっとしていた。

実際に彼女と結婚するつもりなどさらさらなかった。

社交シーズンが終わると同時に、性格の不一致《ふいっち》が原因とでも言って、堂々と別れるつもりでいた。

社交シーズンを円滑《えんかつ》に乗り切るために、マーネット家には使用人を遣わしたし、すべてが終わった暁《あかつき》には彼女に手切れ金（という名の報奨金《ほうしょうきん》）を取らせてもいいとさえ考えていたのだ。

――が、結果的にそれがすべて裏目に出た。

カイルは母親の洞察力《どうさつりょく》を侮《あなど》っていた。

母はきっと、令嬢を一目見た時点で、無理やり連れてこられたことに気づいたのだろう。

だからこそカイルを締め出し、彼女とふたりで話をする時間を設《もう》けたのだ。

……と、そこまでは推理できたが、わからないのはそのあとだ。

母はなぜ、彼女に『秘薬』を使ったのだろう？

王族でも限られた者しか知ることがない、あの特別な『紅薔薇《べにばら》の戯《たわむ》れ』を――

「あなたに対するちょっとしたお仕置きよ。自分の都合で周囲を謀《たばか》ろうとするから、こういうことになるの。身に染《し》みてわかったでしょうね？」

頭の中を見透《みす》かすかのごとく、なんでもないそぶりで王妃は肩をすくめて見せる。

カイルは、忘れかけていた怒りがむくりとかま首をもたげるのを感じた。

「だからといって、『秘薬』を使うなど論外です。彼女は……まだ無垢《むく》だったのに」

「そうでしょうね。あなたも男ならば、きちんと責任を取らないとねぇ」

カイルは眉間《みけん》に深々と皺《しわ》を刻んだ。

「……嘘をまことにしろと仰《おお》せですか？　彼女と結婚しろと」

「最初に結婚すると言ったのはあなたでしょ～？　わたくしはそれをあと押ししてあげただけよぉ」

悪びれもなく言い切る母を、カイルは今以上に憎々《にくにく》しく思ったことはなかった。

「というのは冗談だけど。昨夜も言ったでしょう？　わたくしはあの子が気に入ったわ。ぜひ義理《ぎり》の娘になってほしいと思うくらいにね」

「……いったい、なぜそんなことを……」

困惑するカイルに、王妃は「まぁ」と怖い顔をした。

「あなたったら、彼女の魅力《みりょく》をひとつも知らないうちから連れてきたって言うの？まったく呆《あき》れてしまうわね」

彼女の魅力なら知っている。

カイルは咄嗟《とっさ》に、心の中で反論していた。

あの舞踏会《ぶとうかい》での平手打ちがよみがえる。

彼女はそばにいた友人のために、衆人環視《しゅうじんかんし》の中でも恐れることなく、みずからの正義を貫《つらぬ》いたのだ。

それに……昨夜の寝台の中での、彼女の仕草《しぐさ》――

自分の嘘のせいで、彼女は純潔《じゅんけつ》を失わなければならなくなった。その罪悪感から思わず顔を歪《ゆが》めたときのことだ。

なんと彼女は、カイルの頭をそっと抱え込み、労《いたわ》りに満ちた口づけをしてくれたのだ。

あの瞬間、カイルの心はわずかながら救われた。

繋《つな》がることへの抵抗感を、彼女はそうやって溶かしてくれたのだ。

「まぁ、諸々《もろもろ》のことは陛下《へいか》には黙っておきますから。あとはうまくやることね。もう一度言うけど、わたくしはあの子をぜひ義理《ぎり》の娘にしたいわ」

「……失礼します」

明確な返答は避《さ》け、カイルは王妃の部屋をあとにした。

ここへやってきたときとはまるで違う足取りに、すれ違う人々が怪訝《けげん》な顔をする。

だがそんな周囲も目に入らぬほど、カイルは真剣に考え込んでしまっていた。

マーネット男爵令嬢は彼の部屋で未《いま》だ眠っている。

『秘薬』で高まりすぎた彼女の身体は、困ったことに、一度の行為では鎮《しず》まらなかった。

きつい締めつけに促《うなが》されるように、二度、三度と精を放《はな》つと、ようやく彼女も満たされたらしく、気を失うように深い眠りに沈んでしまった。

まだ当分起きることはないだろう。

ぴたりと足を止めたカイルは、そのまま靴先《くつさき》を別方向へ向ける。

そうして、彼女にとってもっとも角《かど》が立たないやり方を実行するべく、迅速《じんそく》に動き出したのだ。

◇◆◇

……身体が重い。

最初に感じたのはそんなことだ。ルチアはゆっくり目を開けた。

ピチピチという小鳥の声が聞こえる。周囲はとても明るい。どうやらとっくに夜は明けてしまっているようだ。

しまった。寝坊した。早く起きて水を汲《く》んで、朝食の支度《したく》をしないと……

……というか、どうしてこんなに身体中が痛いのかしら……？

最近は水汲みにも慣れ、いっぱいにした桶《おけ》をふたつ運んでも、筋肉痛を起こすことなどなかったのに。

顔をしかめながらも、ルチアは眠る前のことを思い出そうとした。

何気なく身体をよじり、きゃっと声を上げる。

脚《あし》のあいだをとろりと伝い落ちるものがあったのだ。

「や、やだ。月のものは先週終わったばっかりなのに」

なにかの病気かと思い、身体の痛みを押し殺して必死に起き上がると——

「……え？」

見覚えのない豪華な部屋に、ルチアは間抜けな声を上げる。

一口に豪華と言っても、華美《かび》でもなければ下品でもない。

青色の壁紙が張り巡らされた、落ち着いた一室だ。家具といえば今、自分が横になっている寝台の他は長椅子《ソファ》とテーブルくらいのシンプルな印象だが、磨《みが》き上げられた光沢と重厚感からその品のよさが伝わってくる。暖炉《だんろ》の上の花瓶《かびん》にはめずらしい花がどっさりと活けられていた。

まとめられたカーテンは深みのある藍色《あいいろ》だ。窓にかかっているレースカーテンには緻《ち》密《みつ》な模様が入っている。どちらも男爵家のものとは比べものにならない逸品《いっぴん》だった。

「わたし……」

なぜこんな場所にいるのかわからず、頬《ほお》に手を当てて呆然《ぼうぜん》とする。

そのとき、深い飴色《あめいろ》の扉がノックされ、ルチアはまた悲鳴を上げた。

「失礼いたします、お嬢様。お目覚めでございますか？」

「はっ……」

「お顔を洗う用意と、お食事をお持ちいたしました。入ってもよろしゅうございますか？」

よろしゅうもなにも、そもそも拒否権があるのだろうか？

「ど、どうぞ」

「失礼いたします」

入ってきたのは、優しそうな顔立ちの細身の女性だった。

年齢はルチアの母より少し上くらいだろうか。地味な色のドレスに前掛《まえか》けをつけている。

「お初にお目にかかります。わたしの名前はラーナ。ゼルディフト公カイル様の乳母《うば》を務《つと》めた者で、今は王宮の奥で働いております」

カイルの名前に、ルチアはハッと記憶を取り戻した。慌《あわ》てて周囲を見回すが、当然の如《ごと》く彼の姿は消えている。

「お嬢様？」

「あっ、い、いえ――初めまして。ルチアです」

「ルチア様。可愛《かわい》らしいお名前でございますね。お世話できて光栄ですわ」

ラーナはにっこりと慈愛《じあい》に満ちた笑みを浮かべる。

つられて笑いそうになったルチアだが、すぐにそれどころではないことに気がついた。

「あ、あの、カイル――いえ、公爵様は……？」

「ずいぶん前にお支度《したく》なさって、お部屋を出て行かれました。城内にいらっしゃると思いますが、こちらへお呼びしたほうがよろしいですか？」

「お願いします」という言葉が口から飛び出しそうになる。

だが王族である彼を呼び出すなど、下手をすれば不敬罪《ふけいざい》を重ねるだけだ。

ルチアは衝動的《しょうどうてき》になりそうな自分を抑え、ゆっくり首を横に振った。

「どうぞ、お顔をお洗いください。入浴の支度もできておりますが、まずはお食事を終えたほうがよろしいでしょう。お顔の色があまりよくありませんからね」

差し出されるまま、手鏡をのぞき込んだルチアは閉口《へいこう》した。

思えば舞踏会《ぶとうかい》から連れ出されて、そのままの恰好《かっこう》で寝台に放り投げられたのだ。

ドレスはもちろん、一部を結《ゆ》い上げていた髪もぐちゃぐちゃで、顔には涙の跡《あと》すらあった。

ラーナはなにも聞かないが、男の寝台でこんな恰好で寝ていれば、なにがあったかは一目瞭然《いちもくりょうぜん》だろう。

恥ずかしさをこらえながらも、顔を洗ったルチアは並べられた食事に手をつけた。

さすが王城の料理だけあって、たかが朝食とはいえ豪勢なものだ。

バターがたっぷり入ったオムレツなど、いつも自分が作っているものが恥ずかしくなるほどふわふわしていて、甘くて美味《おい》しい。

添え物の野菜も温かいスープも舌がとろけるほどで、ぜひとも弟妹《ていまい》たちに食べさせてやりたいと思う料理ばかりだった。

（あの子たち、今頃どうしているかしら）

使用人を手配したとカイルは言っていたが、突然のことに母も弟妹たちもきっと驚いているはずだ。

そうやっていきなり押しかけてきた人間の料理を、彼らは素直に口にするだろうか。

（……するわね。だって、空腹には耐えられない育ち盛《ざか》りばかりだもの）

そう思うとなんだか無性《むしょう》に切なくなる。ルチアはため息をついた。

「さぁ、どうぞこちらへ」

朝食を終えると、ラーナはルチアを奥の扉へ誘《いざな》った。

寝台から下りたルチアは、脚《あし》のあいだになにかが挟《はさ》まっているような痛みを覚えて顔をしかめる。

昨夜、行為中に痛みを感じなかったのは『秘薬』の影響だろう。

今は身体の節々《ふしぶし》が悲鳴を上げている。

それでもなんとか扉を開けると、そこは脱衣所で、奥は湯気《ゆげ》が籠《こ》もった浴室になっていた。

温かいお湯に全身を浸《ひた》すなど何年ぶりか。

夏場は小さい子たちと水浴びし、冬場はお湯で蒸《む》らしたタオルで身体を拭くだけだから、入浴は単純に嬉しかった。

ラーナが手伝いを申し出たが、ルチアは自分でスポンジを泡立てる。

ルチアが手慣れた様子で身体を洗うのを見て、ラーナは「では、御髪《おぐし》を洗いますね」とにっこり笑った。

誰かの手で髪を洗われるのが、こんなに気持ちいいことだとは思わなかった。

薔薇《ばら》の匂いのするお湯に浸《つ》かっていると、たちまちくつろいだ気分になってくる。

「寝台を整えておりますので、ゆっくり温まっていてください」

ルチアの髪を手早くまとめ、ラーナは浴室を出て行った。

（あー、生き返るー）

日々の労働で疲れた身体がふにゃふにゃになりそうだ。

結局、純潔《じゅんけつ》まで失う羽目《はめ》になったのだ。これくらいの贅沢《ぜいたく》は許されて然《しか》るべきだと、ルチアはみずからに言い聞かせた。

「まったく、とんだ災難だわ。わたしはただ勘違《かんちが》いしただけじゃない。なのにどうしてこんなことになっちゃうのよ」

刺々《とげとげ》しい声が天井に反響して消えていく。ルチアはお湯で顔をぬぐった。

……いったいどんな顔をして家に戻ればいいのだろう？

というより、家に帰してくれる気はあるのだろうか？

美貌《びぼう》の青年公爵の顔が頭に浮かび、ルチアはたちまち渋《しぶ》い表情になった。

「……フンッ。身体を繋《つな》げたからって、わたしを懐柔《かいじゅう》できると思ったら大間違いよっ。家に帰してくれないなら、今度はこっちから脅《おど》してやる。誰のせいでお嫁に行けない身体になったと思ってるのよってね！」

とはいえ、言うほどそのことにダメージを受けているわけでもない。

どのみち弟妹《ていまい》たちが独り立ちするまで、彼らの面倒を見続けることを自分に課《か》していたルチアだ。

彼らの世話がいらなくなっても、母の介護がある。

他家に嫁《とつ》ぐなど夢のまた夢。恋をすることなど、とうにあきらめていた。

社交界デビューができないのと同じくらいに。

「……だから別に、悲しむようなことはなにもないわ。そうでしょう？　ルチア」

自分に向けて小さく呟《つぶや》き、ルチアはぬるくなったお湯からゆっくりと上がった。

脱衣所に入ると、清潔なタオルと新しい衣服が用意されている。

絹《きぬ》仕立ての可愛《かわい》らしいナイトウェアだ。素晴《すば》らしい肌ざわりに、ルチアは思わず口元をほころばせた。

「温まれましたか？　では、どうぞこちらへお座りください」

寝室に戻ると、ベッドメイキングを終えたラーナが長椅子《ソファ》を示す。

大人しく腰かけると、ラーナは櫛《くし》や香油《こうゆ》の入った箱を抱《かか》えて、うきうきとルチアの髪を手に取った。

「若いお嬢様の御髪《おぐし》を整えるのは久しぶりですわ。もう何十年も前、王妃様にお仕《つか》えしていた頃以来でしょうか」

「え？　じゃあ、ラーナさんは王妃様の侍女《じじょ》かなにかだったんですか？」

「ラーナで結構ですよ。――ええ、正しくは王妃様がお城に上がる前……ご実家の伯爵家にいらした頃です」

ラーナは慣れた手つきで、生乾きのルチアの髪に香油を馴染《なじ》ませた。

「王妃様がお城に上がるのと同時期に、わたしも嫁《とつ》ぎ先が決まりまして。けれど夫が事故で亡くなり、そのショックで身体を壊して、お腹にいた子も流れてしまったのです」

「まぁ……」

穏やかな口調で語られるが、それがどれほど悲しい出来事かは推《お》し量《はか》れる。

弟妹《ていまい》が多いので、母の出産には何度か立ち会ってきたルチアだ。生まれてくる赤ん坊が冷たくなっていたらと考えるだけで、胸がひどく締めつけられる。

「落ち込んでいたのを見かねて、王妃様はわたしをカイル様の乳母《うば》に抜擢《ばってき》してくださったのですわ。それからはずっと王宮に勤《つと》めております」

「じゃあ、あなたにとって公爵は、亡くなったお子さんを含めた、ふたり分の重みがあるのね？」

するとラーナは手を止めて、ひどく驚いた顔でルチアを見つめた。

「ラーナ？」

「まぁ、失礼を……少し、驚いてしまって。カイル様を、亡くなった息子の身代わりにしているのだろうという声はよく聞かされたのですが、そんなふうに言ってくださった方はあなた様が初めてですわ」

「身代わりなんてひどい言いぐさだわ。あなたは乳母としての務《つと》めを忠実に果《は》たしただけでしょう」

それは亡くなった子供だけでなく、カイルまでをも侮辱《ぶじょく》する言葉ではないか。

しかしラーナはしみじみとした笑みを浮かべた。

「あなた様のお言葉を聞いて、そんなことは気にならなくなりましたわ。さっ、どうぞ横になってお休みください。カイル様もきっと夕方までには戻られるでしょう」

すすめられるまま寝台に落ち着いたルチアは、枕に頭を埋《うず》めて息をつく。

真っ昼間から横になっているだなんて考えられない。

たとえ月のものの痛みがひどいときでも、弟妹《ていまい》たちを食べさせるために台所に這《は》っていったというのに。

（なんだかなぁ……）

そうして何度も寝返りを打っているうち、ルチアは再《ふた》び浅い眠りに落ちてしまった。

◇◆◇

諸々《もろもろ》の手回しを終え、カイルが部屋に戻ってきたのは完全に日が落ちてからだった。

かつて王子時代に過ごした部屋は、未《いま》だ彼の部屋として残されている。

臣籍《しんせき》に降《くだ》ってからは王都に邸宅《ていたく》を構えているカイルだったが、仕事のために城に泊まり込むことも多いので、結局はこの部屋が執務室となっている側面もあった。

「お帰りなさいませ。ずいぶん遅かったですわね」

出迎えてくれたのはラーナだ。

身支度《みじたく》にひとの手を借りることを嫌うカイルは、城に滞在するときは彼女だけをそばに置いている。

「様子はどうだ？」

カイルは端的に尋ねた。

ラーナは微笑《ほほえ》み、寝室のほうを見つめながら小さく頷《うなず》く。

「お疲れだったのでしょう。昼過ぎにお目覚めになって、食事と入浴を済ませてからは、また眠ってしまわれました」

ラーナに上着を預け、カイルは寝室へ続く扉に手をかける。

いつも自分が休む寝台に、マーネット男爵令嬢、ルチアが横になっていた。

亜麻色《あまいろ》の髪が枕の上で柔らかく波打ち、ベッドサイドのランプを浴びて輝いている。

呼吸に合わせて緩《ゆる》やかに上下する胸に、カイルは知らず喉《のど》を鳴らした。

掌《てのひら》にその柔らかさがよみがえる。落ち着け、と彼は自分に言い聞かせた。

（もう二度と、あんな形で彼女を抱くことはしない）

いくら『秘薬』のせいで仕方なくとはいっても、彼女にとって昨夜のことは陵辱《りょうじょく》以外のなにものでもないはずだ。

すると、カイルが近くに寄ったのに気づいてか、令嬢が「うん……」とうめいて寝返りを打った。

長い睫毛《まつげ》に縁取《ふちど》られた、すみれ色の瞳が顔を出す。

カイルはどきりとして、髪を撫《な》でようとしていた手を引っ込めた。

「……カイル？——じゃない、公爵様」

慌《あわ》てて身を起こしたルチアは、驚いたようにカイルをのぞき込んできた。

「カイルでいい。気分はどうだ？」

「気分……」

なだれ落ちる髪をかき上げた彼女は、薄闇の中でもわかるほど真っ赤になった。

「……最悪よっ。あちこち痛いし、だるいし、つらいし。みーんなあなたのせいなんだからね！」

「ああ、すまなかった」

否定する余地もないだけに、カイルは素直に謝る。

だが彼女はそれが意外だったらしく、ただでさえ大きな瞳をさらに見開いてまん丸にした。

「……でも……たくさん眠ったから、もうそんなにひどくないわ」

「それはよかった」

カイルは心から頷《うなず》いた。

ルチアは唇を尖《とが》らせ、気まずい様子で上掛けをたぐり寄せる。

寝台の端に腰かけ、カイルは静かに切り出した。

「マーネット男爵領に使いを送った。端的に言う。結婚しよう」

ルチアはあんぐりと口を開けた。

「……ごめんなさい。もう一度言って？」

「結婚しよう」

すると彼女は片手で顔を覆《おお》って天を仰《あお》ぐ。カイルはわずかに戸惑った。

(なにか気に入らないことでもあったか？　これでも一世一代の告白だったのだが)

「それは……もしかして、わたしの純潔《じゅんけつ》を奪った責任を取りたいっていうことなの？」

「ああ」

昨夜も思ったことだが、彼女はなかなか頭の回転が速い。

感情に任せて声を荒らげるところや、表情がころころ変わるところは、おそらく貴婦人としては失格だろう。

だがなにを考えているかわからないような令嬢や、カイルの顔や地位だけを目当てに迫ってくる令嬢たちと比べれば幾分《いくぶん》マシだ。

少なくとも、妻にしてやってもいいと思うだけのものが彼女には備わっている。

だからこその提案なのに、彼女はやれやれという様子で首を振った。

今まではカイルが目を向けると、令嬢たちはほぼ間違いなく、なにも言わないうちから頬《ほお》を染《そ》めてため息をついていた。が、どうやら彼女は違うらしい。

結婚の申し込みなどされれば、驚きこそすれ多少は喜ぶと思っていただけに、この反応は意外だった。

「まぁ、下手に女をもてあそんで捨てるような男に比べれば、紳士《しんし》的な対応か……。でも、悪いけどお断りするわ」

「なぜ？」

「する理由がないからよ」

彼女はひどくあっさりしていた。

「理由がない……？　わたしと結婚すれば公爵夫人になれるぞ？」

「お断りよ。王族なんてたいそうなものに、わたしのような貧乏貴族がなれるはずがないでしょう？　それに、責任を取ってもらう必要なんてないわ。どのみち結婚する気なんてなかったもの」

カイルはまたもや驚かされた。この世に結婚を望まない女がいるなんて！

「わたしが望むのは家に戻してもらうことだけ。使用人とやらも必要ないわ。望むとおりにしてくれるなら……昨夜のことも水に流すわよ」

ちょっと言いづらそうに、彼女は視線を脇《わき》へ向ける。

拗《す》ねたようなその顔を見ながら、カイルはひどく困惑した。

まさか断られるとは思ってもみなかった。

なにしろ純潔《じゅんけつ》を奪ってしまったのだから、彼女のほうから「責任を取れ」と迫られるとさえ思っていたのだ（王太子である兄が過去、同じような理由で複数の令嬢に責め立てられていたのを、カイルは目撃したことがある）。

なのに彼女は結婚を断るどころか、無事に家に送り届けてくれれば、すべてをなかったことにしていいとさえ言っている。

あり得ない。彼女はカイルが知るどんな令嬢ともまったく違うようだった。

(これはまずい)

なぜだかよくわからないがそんな言葉が頭をかすめる。

非常にまずい。このままでは彼女は、何事もなかった様子で家族のもとへ帰りかねない。

そうなったら二度と社交界に顔を出すことはないだろう——少しでも自分が処女でないことを恥じる気持ちがあるのなら。

(むしろこれ幸いにと、家族の世話をするためだけに生きるようになってしまうんじゃ……)

それはいけない。そんなことはだめだ——カイルの中の、理性とは違う本能的なところで、そんな言葉が渦《うず》を巻《ま》いた。

「カイル?」

すみれ色の瞳が怪訝《けげん》そうに見上げてくる。

そんなふうに見つめられると、否応《いやおう》なく昨夜のことがよみがえってしまう。

むしろ、なぜ彼女は平然としていられるんだ?

取り乱しているのは自分だけかと思うと、カイルはどうにも悲しくなった。

(落ち着け。馬鹿馬鹿《ばかばか》しい。こんなことに振り回されるな)

思いがけない事態が続いて、どうやら焦りが生じているらしい。

カイルは一度深く息を吸い込んだ。

「……だめだ。おまえは今日から正式にわたしの婚約者だ。家には帰さない」

彼女は再《ふたた》び唖然《あぜん》とした顔をした。

だがすぐに目を吊り上げ、きついまなざしでカイルを睨《にら》んでくる。

「これ以上わたしをどうしようっていうのよ！　純潔《じゅんけつ》を散らしたことは大目に見てあげるって言ってるのに、まだ足りないの？」

「全然足りない。おまえにはなんとしてでもわたしと結婚してもらう。……すでにマーネット男爵領にも、昨夜おまえについていた伯爵にも、結婚の許しを請《こ》う親書を送っている」

「親書？」

彼女の声がひっくり返った。

「なんっ、だって、そんなことしてくれたのよ！　いやよっ、なんであんたなんかと結婚しなくちゃならないの！」

「わたしは今年の社交シーズンが終わるまでに結婚するよう父から言われている。王命《おうめい》に背《そむ》くわけにはいかない」

「だったら別のご令嬢を捕まえなさいよ！　もっとふさわしい相手はいくらでもいるで

しょう？」

「いるものか。おまえ以上に最良の相手など――」

勢い込んだカイルは、ハッと口元を押さえた。

ルチアもきょとんとした表情で目を見開くが、やがて狼狽《うろた》えたように身体をぐらつかせる。

「それって、どういう意味……」

「なんでもないっ。それより、結婚を申し込むからにはきちんと筋《すじ》を通す。――おまえ、社交界デビューしたのはいつだ？」

意外なことに、彼女はぱっと頬《ほお》を赤らめた。

「……だよ」

「え？」

「まだしてなかったわよ！　一生しないと思ってたし……どのみち、もうできないでしょ？　今さら白いドレスを着ようなんて思わないわ」

白いドレスは純潔《じゅんけつ》の象徴《しょうちょう》だ。

社交界デビューする令嬢は、王宮の舞踏会《ぶとうかい》では必ず白を纏《まと》うことが義務づけられている。

カイルは小さく息を呑む。

彼女が社交界デビューすらしていなかったことも驚きなら、強がる言葉と裏腹に切なげに瞳を揺らしたことも衝撃的《しょうげきてき》だった。

「……なら、わたしが責任を持っておまえを社交界へ連れて行ってやる」

「え――」

「おまえが純潔を失ったことはわたしと王妃と、ラーナだけが知ることだ。ごまかしようはいくらでもある」

「……本当？」

震える声で彼女は尋ねる。

だが次の瞬間にはハッと口をつぐみ、疑《うたぐ》り深い目でカイルを睨《にら》んだ。

「べっ、別にごまかしてくれなくったって結構よ！　わたしにとってはたいしたことじゃないわ」

「だめだ。わたしの花嫁になる人間が社交界に出ていないのは外聞《がいぶん》が悪い。言うとおりにしてもらう」

「いやよ！　外聞なんて知ったこっちゃないわ！」

カイルは手っ取り早く、議論を避《さ》ける道を選んだ。

「わたしとの結婚を受け入れるなら、おまえの家にさらに多くの使用人を派遣し――腕のいい医師や按摩《あんま》師も派遣する。母上が再《ふたた》び歩けるようにすべく手を尽くす」

彼女の顔から、たちまち怒りや疑念が消えた。

「……本当？」

先ほどと同じ言葉なのに、今度はとても鋭い響きが含まれていた。

マーネット男爵家に起きた不幸のことは、実はカイルもよく知っていた。

なにせ男爵が事故に遭《あ》ったという報《しら》せを一番に受け取ったのはカイルなのだ。

貴族の出産や死亡はすべて王族に届けられ、カイルはそれに最初に目を通す役目を負《お》っている。

奥方がその事故で重傷を負って、脚《あし》を悪くしたことも聞いていた。

残された家族はふたりの治療に多くの時間と金を費《つい》やしたが、男爵は亡くなり、とうとう奥方の治療費も出せなくなったという。

噂程度の知識だったが、彼女の必死な様子を見ればそれが真実であることはわかる。

そして彼女は、残された母親の回復を強く願っていた。それが切り札になることは察《さっ》しがついていたのだ。

「男爵邸が治療に向かないというなら、どこか適当な地に別荘を建てたっていい。南の温泉は保養地としても有名だ。おまえが望むならいくらでも叶える」

もちろん、とカイルは続けた。

「残された弟妹《ていまい》たちの教育や就職にも手を貸そう。寄宿《きしゅく》学校に入れたいならすぐにでも叶えてやる。どうだ？」

ルチアはわずかに眉根《まゆね》を寄せつつ、真剣な顔で考え込んでいた。

できればこんな手は使いたくなかった。

もちろん、彼女が結婚を受け入れるなら、今言ったことはすべて叶えるつもりでいたが——これでは昨日の脅迫《きょうはく》となんら変わりはない。

しかしこうでも言わなければ、彼女は確実にカイルのもとを去るだろう。

そんなことは耐えられない。

カイルは自分が思っていた以上に、彼女に執着している自分に気づいて戸惑った。

これまで女嫌いを公言するほど、どんな令嬢にも惹《ひ》きつけられたことなどなかったというのに……。

「……本当に、家に援助してくれるの？」

物思いに沈んでいたカイルは、ハッと顔を上げた。

すみれ色の瞳が燃えている。あまりに強い輝きに、カイルはわずかに息を呑んだ。

「お母様を助けてくれる？　弟や妹たちを学校に入れてくれる？　あの子たちが社交界に出てもしっかりやっていけるように、うしろ盾《だて》になってくれる？」

「約束しよう」

彼女は静かに息を吐き出した。可愛《かわい》らしい白い歯が下唇を噛《か》んでいる。

やがて彼女は、自分を奮《ふる》い立たせるように頷《うなず》いた。

「……いいわ。それなら、結婚する」

「ああ」

カイルはほっとしながら頷《うなず》いた。

「でも、いいわね？　これは取引よ。この結婚で、あんたはわたしに対して責任を取る。王様の命令を叶える。そしてわたしは見返りとして、家族の世話をしてもらう。それだけよ。他の意味はなんにもないわ」

なぜか挑戦的な彼女の言葉に、カイルは思わず眉根《まゆね》を寄せた。

なぜだろう。もとは自分がまいた種だというのに、彼女がそんなふうに言ってくることには、かすかないらだちと軽い衝撃を禁じ得ない。

だがここでまた言い合いになるのはよくないと思い、カイルは小さく頷いた。

「ああ、それでいい」

すると、なぜか彼女まで傷ついたような顔をした。

驚くカイルから顔を逸《そ》らし、彼女はぱっと上掛《うわが》けを剥《は》ぎ取る。

「お腹が空《す》いたわ。お昼に食べたっきりだもの。もう夕食の時間でしょう？」

何事もなかったかのようにそう尋ねる彼女に、カイルは驚きながらも頷いた。

「ふたりで食べよう。すぐに用意させる」


そうしてふたりの『取引』は始まった。

翌朝、日が昇《のぼ》る前に起こされたルチアは、ラーナによって隅《すみ》から隅まで洗われた。

そうしてレースをふんだんに使った豪華なドレスを身に纏《まと》う。

たっぷりの襞《ひだ》とレースのスカートが、歩くたびにふわふわと広がった。胸元には豪華な宝石のついたネックレスがかけられ、舞踏会《ぶとうかい》に行くわけでもないのに大げさではないかとルチアは恐縮《きょうしゅく》してしまう。

だが着付けたラーナは大満足の様子で、数歩下がった位置でうんうんと何度も頷いていた。

「思った通り、ルチア様にはこういったドレスが似合いますわ。足元はふんわりとしていて、逆にデコルテはすっきりとしたものが。普段から姿勢がよくて、手足がすんなり長いからこそ似合うドレスなのです」

「そ、そうなの？」

「ええ」

平均的な身長に対し、少しだけ長い手足は、悩みの種になることのほうが多かった。女学校時代のダンスの時間では、意地悪な集団から笑われたりもしたものだが（もちろんきっちり嫌味《いやみ》を返してやったが）、見るひとによっては長所になるらしい。

そんなルチアに、ラーナが困ったように苦笑した。

「ルチア様は自己評価が低すぎますわ。こんなに女性らしい身体つきをしていらっしゃるのに。背筋《せすじ》もいつもぴんと伸びていて、そこに立っているだけで見栄《みば》えがしますもの」

「そうかしら」

「ええ。それに目鼻立ちだって可愛《かわい》らしいですわ。もっと自信を持ってください」

そうは言われても、家では家事や育児に大わらわだったルチアだ。自分に構う暇などなかったから、肌も髪もろくに手入れをしてこなかった。

だが、そのあたりはラーナの手によってずいぶんマシになっていた。

姿見に映った自分を見て、ルチアは思わず言葉を失う。

緩《ゆる》く編まれた髪はきらきらと輝くようで、粉をはたいた肌もしっとりと潤《うるお》っているように見えたからだ。ラーナが選んでくれたドレスも、自分で言うのもなんだが、確かによく似合っている。

これが王宮に仕える侍女《じじょ》の腕前なのね、とルチアは感心するが、ラーナはますます困った顔で首を横に振った。

「もとがよくなければそれなりのことしかできませんよ。ルチア様は充分素敵ですわ。ね？」

「おうおう。そなたがマーネット男爵の娘で、カーティス伯爵の姪御《めいご》か。そして——我が息子の妻になるという者」

「ルチアと申します」

迎えにきたカイルと連れだって、ルチアは生まれて初めて、国王陛下《へいか》の御許《みもと》へ挨拶《あいさつ》に向かった。

緊張でガチガチになりながら、陛下の前に出た彼女はなんとか貴婦人の礼を執《と》る。

ラーナの言葉に半信半疑のルチアだったが、少なくとも、国王陛下の目には美しい娘として映ったらしい。

眩《まぶ》しいものを見るように目を細めていた国王は、うんうんと何度か頷《うなず》いて見せた。

「なるほど。マーネット男爵の奥方なら、わしも若い頃に何度か目にしたことがある。彼女もまた美しい令嬢だったが、娘はそれ以上だな。こんなに愛らしい娘が、よもや我が息子の妻になってくれようとは」

やがてそれだけでは収まらなくなったらしい。国王は突然、咆哮《ほうこう》のような声を放《はな》って、袖口《そでぐち》に顔を埋《うず》めてしまった。

「あああ〜っ、なんとも素晴らしいことではないか！　いいお嬢さんがやってきてくれて、わしは、わしはっ、感無量《かんむりょう》じゃああっ！」

「まぁ、陛下《へいか》ったら。嬉しいからって年甲斐《としがい》もなく大泣きしちゃって。おほほほ」

隣に座る王妃がころころ笑う。

唖然《あぜん》とするルチアの前で、涙をぬぐった王は音高く手を打ち鳴らした。

「今宵《こよい》は祝宴《しゅくえん》ぞ！　侍従長《じじゅうちょう》っ、すぐに晩餐《ばんさん》の席を調《ととの》えよ。招待するのはすぐ集まれる者だけでよい。あのカイルを射止めた運命の娘を、城の者たちに披露《ひろう》するのじゃ！」

そうして夜には本当に晩餐会が開かれ、総勢六十名の客人を招いての盛大な祝宴が催《もよお》された。

「本日は無礼講《ぶれいこう》じゃ！　みな心置きなく食べ、歌い、踊《おど》り、我が息子の門出《かどで》を祝ってやっ

てくれ！」

——まだ婚約しただけだというのに、なんと大げさな。

終始引き攣《つ》った笑みを浮かべながら、ルチアは突如《とつじょ》始まった踊《おど》りの熱気にふらふらと倒れ込みそうになっていた。

「ごめんねー。うちの親いっつもこんなふうだからさ。これから苦労すると思うけど仲良くしてやってね」

そんなルチアに飲み物を渡しつつ声をかけてきたのは、カイルの兄でもある王太子ラウル殿下だ。

御年《おんとし》二十五になられた殿下は、色男という形容がぴったり似合う美貌《びぼう》の貴公子。氷の彫像《ちょうぞう》や鋭利《えいり》な刃物にたとえられそうなカイルと違い、人なつこい微笑《ほほえ》みや甘く垂《た》れた目元からは、女心をくすぐる甘いフェロモンがだだ漏《も》れになっている。

それはそれで危険だと身構えながら、ルチアは恭《うやうや》しくグラスを受け取った。

「王太子殿下がご婚約されたときも、こんなふうに祝宴《しゅくえん》が開かれたのですか？」

「いや～、おれの場合彼女が先に妊娠しちゃったから。祝宴どころか結婚式だって駆《か》け足で終わっちゃったよねー」

あっはっはっ、と笑っているが、それで済む問題か？

やはりとんでもない男のようだ。

「もとはと言えばあなたがお悪いんですよ、ラウル？　結婚まで待ってほしいというわたくしの言葉を無視して、無理やり押し倒したりなさるんですもの。自業自得《じごうじとく》ですわ」

そう声をかけてきたのは、柔らかな黒髪を持つすらりとした美女だ。

彼女は扇《おうぎ》を閉じると、にっこりとルチアに微笑みかける。

「王太子妃アデレードよ。夫ともどもよろしくね」

「あ、こちらこそ。お会いできて光栄です、王太子妃殿下」

「どうかアデレードと呼んでちょうだい。といっても、公《おおやけ》の場であまり親しく振る舞《ふま》うのを嫌う方々もいるからね。今はそれで許してさしあげるわ」

軽く肩をすくめる彼女は、王妃同様、とても一児の母親には見えなかった。

「わたくしも夜会に出てくるのは久しぶりなのよ。息子の夜泣きがようやく収まってきたから、今年のシーズンこそは王太子妃らしく働きたいものだわ」

「ああ、愛《いと》しい妃よ。嬉しいけれどそんなに無理はしないで。産後の一ヶ月はずっと寝たきりだったじゃないか」

「今はもう平気よ。そ・れ・に。あなたが行く先々で他の女と噂になっているのを聞くのは、もうこりごりですからね」

「おおっ、それは誤解だって何度も言ったじゃないか！」

「嘘おっしゃい」

アデレードは扇《おうぎ》の先で夫の頬《ほお》をぐりぐりえぐった。

国王夫妻もそうだが、王太子夫妻もなかなかどうして普通じゃない。

もっとも、ルチアも家族とは賑《にぎ》やかに過ごしたいタイプだ。

カイルとは今はまだ知り合ったばかりで遠慮《えんりょ》があるが、時間が経《た》てばきっと自然と馴《な》染《じ》むことができるだろう。

（ある意味、唯一の救いよね）

林檎《りんご》を混ぜた白ワインを飲みながら、ルチアはふぅとため息をつく。

その視線の先には、宰相《さいしょう》と話し込む『婚約者』の姿があった。

蝋燭《ろうそく》の灯《あか》りの下で、彼の銀髪《ぎんぱつ》は本当に目立つ。どんなに離れていてもすぐに姿を見つけられるほどだ。おまけに背が高いので目で追うのも楽である。

そのまっすぐとした立ち姿は祝宴《しゅくえん》の場では異様で、まるで仕事中といった雰囲気だ。

（実際、その程度の気持ちなんでしょうね。『婚約者』を披露《ひろう》するという『仕事』）

はぁ、と知らずため息が出る。

なぜこんなに虚《むな》しい気持ちになるのか、ルチアにはさっぱりわからなかった。

（自分から『取引』だって言ったくせに）

彼との結婚を呑むとき、ルチアははっきり言ったのだ。

言外《げんがい》に、「あんたのことが好きで結婚するんじゃない」という意味を込めて。

それに対し、彼は「ああ、わかった」とあっさり答えた。無論、ルチアの言いたいことは理解していると言いたげに。

なのに、ルチアは満足するどころか、胸の奥が頼りなく震えるような気がして、ひどく戸惑った。

突き放されたような、置き去りにされたような、心細い思いが胸を満たしたのだ。

（ちょっとでも、彼が怒ったり拗《す》ねたりするのを期待していたのかしら？　馬鹿馬鹿《ばかばか》しい！　あの冷酷誘拐犯《ゆうかいはん》にそんな感情があるわけないでしょ？）

現に今だって、ルチアをほっぽり出して難しい話ばかり続けている。

国王の謁見《えっけん》のときだって……いや、部屋を連れ出される前から、彼はルチアのことを視界に入れようとすらしないのだ。

（しっかりするのよ、ルチア！　無視されているからなんだって言うの。これは『取引』。わたしはお母様と弟たちのために仕方なくあいつと結婚するの。それ以上の意味なんてないんだから！）

それでもむしゃくしゃした気分は収まらず、ルチアはついグラスをぐい一っとあおってしまった。

おっ。ルチアちゃん、結構イける口？

ならこっちも呑んでごらんよ。あ、こっちはどう？　これもうまいよね～。

――そんな無責任なラウルの声が徐々《じょじょ》に遠ざかっていく……。

気づけばルチアは、ドレスを脱いで寝台に横になっていた。

「気がついたか？」

冷たいタオルを手にしたカイルが、仏頂面《ぶっちょうづら》でこちらを見ている。

ルチアは飛び起きようとして、頭がくらりと揺れ動くのを感じた。

「ここは……？」

「わたしの部屋だ。祝宴《しゅくえん》は終わった。おまえは呑み過ぎで倒れたんだ」

カイルの言葉は簡潔《かんけつ》だが、なにが起きたかを知るには充分すぎる情報だった。

「うそ……」

にわかに信じられないが、まるで船にでも乗っているように頭がぐらぐらする。

どうやら本当に呑み過ぎてしまったようだ。

「あー……、あんたが、ここまで運んでくれたの？」

「わたし以外に誰がいる」

そりゃそうだ。ルチアは気まずい思いのまま、大人しく再《ふたた》び横になった。

「……迷惑かけてごめんなさい」

「今後一切酒は呑むな」

きっぱり言われ、殊勝《しゅしょう》になりかけていたルチアから『反省』の二文字が消えた。

「……なんでそんなこと言われなくちゃいけないの！　呑み過ぎたのは悪かったけど、そこまで制限されるいわれはないわよっ」

「それなら、今後ひとから酒をもらうのはやめろ。断じてやめろ。それが王太子殿下であろうと国王陛下《へいか》であろうと絶対だ！」

「はぁっ？　殿下たちにすすめられて断るわけにはいかないでしょ？　だいたい、そんなこと言うくらいなら最初からわたしに張りついて見張ってればいいのよ！」

酒がたっぷり残っているせいか、ルチアの言葉は止まらなかった。

「なによ、一日中わたしと目を合わせようともしないで、勝手なことばっかり！　そんなの大人しく従えるわけないでしょ？　わたしはあんたの言いなりになるおもちゃじゃないわっ」

「だが婚約者だ。ちゃんと取引をしたはずだろう」

「結婚してあげる代わりに、わたしの家族を助けてもらうっていうだけのものよ。あんたの言うことを全部聞くとは一度も言っていないわ！」

「いいから言うことを聞け！　今後一切、他の男の前で無防備に倒れるようなことはするな。いいなっ？」

「だからっ、そんなに心配ならずっとわたしに張りついていればいいのよ！」

「できるわけないだろう！　おまえがあれほど盛大に着飾ってくるから、直視するのが難しく――」

「はぁ？　あんたなに言ってんのよ？」

わけのわからないカイルの言葉に、ルチアは眉《まゆ》をぎゅっと上げる。

一方のカイルも自分の言葉を妙《みょう》に思ったのか、一瞬ぴたりと口を閉ざした。

が、すぐに思い直したようにふんぞり返る。

「張りついているなんて無理だ。わたしはそもそも女は嫌いだ」

「あんた、よくそれで結婚なんて申し込む気になったわね……」

ルチアはつい呆《あき》れ混じりのため息をついてしまった。

まぁ、彼にとっては責任を取るための結婚なのだから、そこに私情を挟《はさ》む余地などないのだろうが。

それを思うと、晩餐会《ばんさんかい》でも感じた胸の痛みがツキツキとよみがえってきて戸惑ってしまう。

ルチアはそんな痛みから目を逸《そ》らすように話を変えた。

「そもそも、なんであんたって女嫌いなの？　国王陛下《へいか》が大泣きなさるくらいだもん。今まで縁談を片《かた》っ端《ぱし》から蹴り飛ばしてきたんでしょう？」

「ああ、そうだ。女なんてろくでもない。誰も彼も金と地位ばかりを求めて、ハイエナのように群《むら》がってくる……」

「わたしは違うわよ」

と答えてみたが、彼の援助目当てに結婚を承諾《しょうだく》したのは事実だ。

そう思うときっぱり否定もできないし、彼が責任を取るために結婚を申し出たことも、安易《あんい》に責められなくなってしまう。

「……ごめん。わたしもそうかも」

うなだれるルチアに、カイルは難しい顔をしながらも首を振る。

「おまえは違う。おまえはいいんだ。結婚を申し込んだのはわたしなのだから」

カイルの言葉は、まるで自分自身に言い聞かせるような響きをともなっていた。

「そうだ、おまえは違う……わたしが知っているどの女とも違う。どうしてだ？　おまえだって貴族の娘のはずなのに」

「そりゃ、王宮にしょっちゅう出入りしているようなご令嬢方とわたしじゃ、天と地ほどの差があるわよ。ましてわたしは田舎じゃ使用人よろしく働いていたのよ？　手だって、ほら。とても貴族のご令嬢のものとは思えないわ」

掲《かか》げて見せた両手には、大小さまざまな傷がついている。

包丁を握り始めた頃、加減がわからなくてつけた傷だ。

爪は短く切り揃《そろ》えてあるし、その周りでは白く皮が剥《む》けている。人前に出るときは手袋をつけるから問題ないが、とても自慢にはできない荒れた手だ。

「綺麗《きれい》な手だ」

突き出された手を、カイルは迷うことなくそう評した。

「日に焼けていて健康的だ。それに小さくて愛らしい。わたしは血管が浮いているような青白い手のほうがいやだ」

「……」

……褒《ほ》めているのだろうか？

「それって……好きってこと？」

「は？」

「だから、好きってことなの？」

カイルの座る椅子《いす》が、なぜだかガタンと大きな音を立てた。

「勘違《かんちが》いするなっ。好きだと思ったのは『おまえの手』であって『おまえ』ではない！　あくまで『おまえの手』が好《この》ましいと言っただけだ！」

「いや、そんな全力で否定しなくても……」

必死な様子のカイルに、ルチアは目を白黒させる。

今や彼はいつもの冷《ひ》ややかな表情が嘘のように、耳のほうまで顔を真っ赤に染《そ》めていた。

（もしかして……）

照れているのだろうか？　冷酷誘拐犯《ゆうかいはん》であるこの男が、自分の言葉に。

そう思うと、なんだか口元がむずむずしてくる。

意地を張るカイルがおかしくて、不思議と可愛《かわい》らしく見えてきた。

と同時に、それまで胸にわだかまっていたもやもやとした気持ちが、ゆっくり晴れていくのを感じる。

（ああ、そうか……）

ルチアはようやく、自分のほうこそ妙《みょう》な意地を張っていたことに気がついた。

この結婚を『取引』だと主張して、先に心を閉ざしたのはルチアのほうだ。そうでもしないと、こんな冷酷な男の妻などやっていられないと思い込んでしまったから。

だが実際のカイルは思っていたほど冷酷でも冷静でもないらしい。ルチアの言葉に取り乱しているのがその証拠だ。

それにその真っ赤な顔を見ると、案外彼もルチアに対して、まんざらでもない思いを抱《いだ》いているのかも、とすら思えてくる。

(まあ、それはわたしの希望的観測というだけかもしれないけど)

でも、思った通り彼が、ひと並みの温かい心の持ち主だとすれば……

『取引』のために結婚を決めたとツンツンしているのは、いかにも無駄なことに思えてくる。お互い相手に多少なりとも感情があるなら、それなりに仲良くしていくべきだ。

少なくとも、自分の感情を閉じ込めて、相手の誠意を待つばかりの状況よりは格段にいい。

晩餐会《ばんさんかい》でルチアは、カイルに誠意を期待してしまった。

婚約者らしく、それなりに振る舞ってほしいのに、と。

だが、自分がまったく歩み寄っていない以上、相手にだけそれを望むのはおこがましいことだ。それに気づかず、ひとりでいらいらして、挙《あ》げ句《く》お酒を呑み過ぎてカイルの手をわずらわせてしまった。

なんとも情けないことだけに、ルチアは自分が恥ずかしい。

相手がつれないからと言って、自分までツンツンするなんて、幼《おさな》い子供じゃあるまいし。

もやもやの原因がわかって、ルチアは心から微笑《ほほえ》みを浮かべることができた。

穏やかな笑みを浮かべた彼女に、カイルも驚いたように目を瞠《みは》る。

その薄氷《はくひょう》の瞳を見つめながら、ルチアは真摯《しんし》な気持ちで告《つ》げた。

「ねぇ、カイル。わたし、あんたを好きになれるように努力するわ。だからあんたも、わたしの『手』以外も好きになれるように頑張りなさい」

「は……」

生まれてこの方、女にこんなふうに命令されるのは初めてだったのだろう。カイルは軽く目を見開いたまま固まった。

「そもそも結婚って、本来好き合っている男女がするべきものでしょ？　いろいろ順番すっ飛ばしてきちゃったけど、今からだって充分そうなれる時間はあるわ。でしょ？」

「いや……、そうなのか？」

ルチアの言いたいことがいまいちわからないのか、カイルは首を傾《かし》げる。

ルチアは自信たっぷりに頷《うなず》いて見せた。

「そうなのよ。だから、わたしはあんたを好きになる。だってそのほうがお互いの家族に愛着だって湧《わ》くし、ストレスもなく毎日を暮らしていけるはずだわ」

「そうなのか……？」

「少なくとも『取引だから一緒にいるんだ』って意固地《いこじ》になるよりずっといいわよ。まっ、そういうわけだから改めてよろしく」

ルチアはカイルの肩をぽんぽんと叩いてやった。

「おまえは……本当に、わたしが知っているどの令嬢とも違う」

カイルが少し混乱したまなざしで呟《つぶや》く。

ルチアとしても少々がさつな言い方になった気がしていたので、つい内心で苦笑してしまった。

(本当に、もうちょっと可愛《かわい》げのある言い方ができればいいんだけどね。我ながらお嬢様っぽくないことはわかってるし……)

果《は》たしてこんな状態で、彼に無事好きになってもらえるのだろうか。

一抹《いちまつ》の不安を覚えながらも、ルチアはからりと太陽のように笑って見せた。

「一緒にされちゃ困るわ。わたしはわたし。それ以外の何者でもないんだから」

翌日の午後。さすがに王子の私室を使い続けるのは体裁《ていさい》が悪いということで、ルチアはカイルから与えられた私室の寝台の上で横になっていた。するとそこへ騒がしい訪問者がずかずかと乗り込んできたのだった。

「んっまぁぁ！　そんなことがあったのっ？　まぁまぁ、なんて素敵な話なのかしら！　アデレード、あなたもそう思わなくって？」

「ええ、本当に素敵。なによりそのときの公爵のお顔を見てみたいものですわ。きっととんでもない間抜け面《づら》を晒《さら》していたのでしょうね」

前日の酒が抜け切っておらず頭が重かったが、さすがに王妃と王太子妃相手に身体を起こさぬわけにもいかない。ルチアが上半身をヘッドボードに預けながら昨夜の話をすると、ふたりはおほほほっと笑い合う。ルチアはげんなりした顔を向けて言った。

「あ、あの、おふた方……申し訳ないのですが、もう少し静かにお話しいただけると……」

「あら、ごめんなさい。二日酔いでつらいのよね。お水はどう？」

「結構ですっ。自分で飲みますっ」

王妃が水差しを差し出そうとするのを見て、ルチアは慌《あわ》ててそれをひったくる。

弾《はず》みで頭痛がひどくなったが、隙《すき》をついてまた『秘薬』を盛られるよりは幾分《いくぶん》マシだ。

（あぁ、本当に頭に響いてつらい……。もうこのふたり相手に礼儀なんて不要だわっ）

開き直って声もなく枕に倒れ伏すルチアに、王妃はまたころころ笑った。

「どうやらわたくしは信用されなくなっちゃったみたいねぇ。ちょおっと一服《いっぷく》盛っただけだっていうのに。なんとも悲しいことだわぁ」

「お義母《かあ》様ったら。ルチアのような純真そうな子に、いきなり『秘薬』なんてあんまりですわ。同じことをされたら、わたくしだってきっと警戒しますわよ？」

「あらぁ。でもあなたも『秘薬』でラウルをものにすることができたのだから、あまり偉そうなことは言えないのではなくって？」

あらまぁそんな。

あらあらぁ。

おほほほほっ……

そんなやりとりが延々続いて、ルチアはため息を吐き出した。

「あらっ、わたくしたちったら。未来の家族のお見舞いにきたはずなのに、ついいつもの調子でお喋《しゃべ》りをしてしまったわ」

「いつもの調子……」

「そうよぉ。あなたも正式に嫁《とつ》いできたらわたくしたちの仲間入りね」

（いやだなぁ、それ）

ルチアは失礼にもそう思った。

「本当に、夫のせいでごめんなさいね。ラウルにはきちんとお仕置きしておいたから、もう二度と同じ真似《まね》はしないと思うけれど」

アデレードが謝りながらも、鞭《むち》を振るうように手首を動かす。ルチアは口元を引き攣《つ》らせた。

「お仕置きって……」

「あのひとはそうやって手綱《たづな》を取っていかないとだめなの。いやになるわよねぇ、本当に」

と言いつつ、アデレードの表情はまんざらでもなさそうだ。

「男なんてみんなそんなものですよ。女が舵取《かじと》りしなければ、勝手な方向へふらふら出て行ってしまうのだから。わたくしも陛下《へいか》が若い頃は大変だったわぁ」

「その点、カイルはさほど心配ないと思うけどね。もっともあの子の場合、これまでがしたり顔で頷《うなず》く王妃にしても、若い頃になにがあったというのか。

これまでだったから、心配しようもなかったけど」

「心配しようもなかったって……」

「公爵の女嫌いは有名よ？　あちこちを渡り歩くラウルも困ったものだったけれど、どの花にも寄りつこうとしない公爵のほうが、王宮ではいろいろと問題視されていたわ」

「問題視？」

「後継《あとつ》ぎやらなにやらのことでねぇ」

王妃がかすかなため息とともに、そんな言葉を吐き出した。

ルチアは軽く混乱した。王子がカイルひとりしかいないならわかるが、幸いなことに彼には女好きの兄、王太子がいる。

その彼ももう一児の父親なのだから、今のところ王家の継承《けいしょう》は安泰《あんたい》であるはずなのだが……

「ここだけの話。実は、ラウルは子孫を残しにくい身体だと御殿医《ごてんい》に言われていたの」

王妃がめずらしく真顔になって告白した。

「ラウルは小さい頃はとても病気がちで、一年の半分を寝台で過ごす生活を送っていたの。その影響か、ひとより子種が少ないと診断されてね……。でもこれは本当に限られた者だけが知る事実よ。ラウル本人があちこちに女を作っていたから、女好きの噂は立っても、体質のことまでは知られていなかったわけだし」

（え。じゃあもしかして、王太子殿下が女に奔放《ほんぽう》なのは、そういう身体だという事実をカモフラージュするためだったとか……？）

「いいえ。残念ながらあのひとの女好きは天性《てんせい》のものよ」

ルチアの考えを読んでか、アデレードが低い声で答える。

その手の中で扇《おうぎ》がたわむのを見て、ルチアは慌《あわ》てて王妃に続きを促《うなが》した。

「だからわたくしも陛下《へいか》もラウルの行状《ぎょうじょう》には目を瞑《つむ》っていたわ。というか、それでうまいこと誰かが孕《はら》んだなら、喜んでその娘を妃に迎えるつもりだったし」

母親である王妃が意気込んでそう言うからには、きっとラウルの抱えている問題はかなり深刻なものだったのだろう。

「ただ、どうやったって子供ができない可能性もありましたからね。だからわたくしと陛下は、昔からカイルの結婚相手を探すことに躍起《やっき》になっていたのよ」

王太子であるラウルが世継ぎを残せなかったとしたら、玉座はやがて弟であるカイルに回ってくる。そしてゆくゆくは彼の息子がそれを継ぐことになっただろう。

そう思えば、国王夫妻が早くカイルに妃をあてがおうとしたのは当然の流れだが――

「……まさかその過程で、カイルが女嫌いを発症したとか……？」

「最初からちょっと飛ばし過ぎちゃったみたいでねぇ。ラウルは十五のときにはもう二股、三股を平気でかけていたから、カイルも大丈夫かと思ったんだけど」

ため息混じりの王妃の言葉に、ルチアはひくりと口元を引き攣《つ》らせる。

昨日のカイルの言葉が否応《いやおう》もなくよみがえった。

『女なんてろくでもない。誰も彼も金と地位ばかりを求めて、ハイエナのように群《むら》がってくる』

ルチアは頭の中で、ばらばらだったパズルのピースがぴたりとはまっていくのを感じた。

(要するにカイルは……親の命令で、国母《こくぼ》の座を射止《いと》めようとする女たちの群れに放り込まれて、しなくてもいい苦労をいっぱいさせられたってことなのね)

王族の青い血のせいか、カイルにはとても潔癖《けっぺき》なところがある。

そんな彼が、地位や財産目当てですり寄ってくる女に、嫌悪しか抱《いだ》かなかったのは当然のことだ。

それが高《こう》じて女嫌いになったというのも、わからなくはない話ではある。

……むしろちょっと同情すら覚えてしまう。

「これでも反省しているのよ？　だからわたしも陛下《へいか》も、あの子が成人するまではなにも言うまいと決めていたの。けれどあの子ったら、十八を過ぎても頑《かたく》なままなんですもの。わたくしたちが結婚を急《せ》かすのも仕方がないことでしょう？」

「はぁ、まぁ……あれ？　でも今は王太子様にもお子様がいらっしゃいますよね？　それならもうカイルが無理に結婚する必要はないんじゃ……」

「あら、そんなことはないわよ。今回は運良く息子を授《さず》かることができたけれど、ラウルの病気は完治したわけではないもの。もしかしたらもう子供を持てないかもしれないわ」

少しの寂しさを滲《にじ》ませながらも、アデレードがきっぱり言った。

「王子がひとりではなにかと心許《こころもと》ないわ。もしかしたら父親と同じように病《やまい》を発症するかもしれないし、事故で亡くなる可能性だってある。そういった万一のときに備えて、王家の血を引く者を増やしておくのは悪いことじゃないのよ」

「アデレード、あまり自分を追い込むようなことを言ってはだめよ」

「あら、お義母《かあ》様。心配なさることはありませんわ。わたくしは宰相《さいしょう》の娘。物心ついたときから、まず第一に王家のことを考えるようしつけられていますもの」

アデレードは言葉通り誇《ほこ》らしげに笑う。

きっと彼女はルチアと違い、生まれたときから王太子妃候補として育てられた女性なのだろう。

だからこそ自己の感情に惑わされず、大局《たいきょく》を見ることができるのだ。

ルチアは素直に感心したが、女としての彼女の心中《しんちゅう》を思い、少し切なくなった。

「まぁ、いろいろと難しいことを言いましたけど、ラウルの息子に年の近い従兄弟《いとこ》がいたら賑《にぎ》やかでいいわねぇというのが一番の理由ですよ。家族は多いに越したことはないわ」

王妃はあっけらかんと話をまとめる。

その発言だけを聞くといい加減だなぁと思えるのに、沈みかけていた空気は一瞬にして砕けたものへと戻った。これも王妃の手腕《しゅわん》かと思うと舌を巻いてしまうルチアである。

「大丈夫ですわ、お義母《かあ》様。きっとその日は近づいてましてよ。だって、あの公爵相手に『自分を好きになれ』と迫るようなお嬢さんですもの」

「それもそうね。うふふっ。ねぇアデレード、それって単純に『好きです』と告白するより、ずーっとロマンチックな文句じゃないかしら？」

「ええ、ええ。それくらいでないとあの堅物《かたぶつ》公爵の心を動かすことなんてできませんわよ」

そうしてまた、おほほほほっ、と笑い合うふたりにルチアは唖然《あぜん》とする。

つい先ほどまで深刻な話をしていたのに、なんという変わり身の早さか。

（わたし、本当にこの家族に馴染《なじ》んでいけるの？）

晩餐会《ばんさんかい》で考えたことと正反対の心配を覚え、ルチアはうーむと唸《うな》ってしまった。

そのあとも取り留めもない話が続き、やがて女官が王妃を迎えにきてお開きとなった。

「そうそう、今日はお見舞いとお近づきの印《しるし》にと思って、これを持ってきたの」

去り際、アデレードが小さな包みをサイドテーブルに置いた。

「これは？」

「城下で流行している香水よ。さほど匂いは強くないけど、今はまだ頭が痛いでしょうから、あとでつけたほうがいいわね。花のいい香りがするのよ」

嗅《か》いでみる？　とすすめられ、ルチアはそろそろと瓶《びん》の口を鼻に近づけた。

ただよってくる香りは意外と爽《さわ》やかなもので、普段香水をつけないルチアでも抵抗なく使えそうなひと品だった。

「ありがとうございます、アデレード様」

「いいのよ。あなたはわたしの義妹《いもうと》になるのだから」

嬉しそうに笑って、アデレードと王妃は颯爽《さっそう》と退室していった。

その後、ルチアはラーナがすすめるまま、夕食の時間までうつらうつらとまどろんだ。

目が覚めたときには頭痛は完全に引いていて、急にお腹が減ってくる。

「お夕食まではまだありますわ。先に湯をお使いになりますか？」

「そうするわ。さっぱりしたいから」

寝ているあいだにたっぷり汗をかいたのだろう。ナイトウェアがべったりと肌に張りついていた。

髪を洗う余裕はなかったが、顔を洗っただけでもすっきりした。

肌を整える乳白色の薬湯《くすりゆ》に浸《つ》かったせいか、全身がつやつやと輝いている気がする。

ルチアはすっかりいい気分になって、鼻歌まじりにドレスに着替えた。

「カイル様は今日はお仕事で遅くなるそうです。夕食は先に済ませるようにとのことですわ」

「もう日が暮れるのに、まだ仕事をしているのね」

窓の外に輝き始めた星を見上げつつ、ルチアは目を丸くした。

軽い夕食を終えたあと、ルチアは居間でラーナとたわいもない話に花を咲かせた。

その多くはカイルの小さな頃の話で、意外なやんちゃぶりを耳にするたび、ルチアは遠慮《えんりょ》なく笑い声を響かせた。

「本当に。あのカイル様が花嫁を娶《めと》ると思うと、感慨《かんがい》深くてなりません。ましてルチア様のような方がお相手だと思うと嬉しくて嬉しくて……」

「大げさよ、ラーナ。涙ぐむほどのことじゃないわ。それにしても、本当にカイルったら遅いわねぇ」

ルチアも実家にいた頃は遅くまで働いていたが、就寝までの数時間はゆっくりできた。弟妹《ていまい》たちの勉強を見たり、母とお喋《しゃべ》りをするのは楽しいひとときだったのである。

（みんな元気にやっているかしら？）

一度くらい田舎に帰って、家族が元気にしている様子を見届けたいものだ。

「先にお休みになりますか？」

「ううん……もう少し待ってみるわ。頼みたいことができたから」

婚約者として国王陛下《へいか》に挨拶《あいさつ》までしたのだ。カイルももうルチアが逃げ出すとは考えないだろう。

きちんとお願いすれば、田舎まで馬車を出してもらえるかもしれない。

とはいえ彼がいつ帰ってくるかわからないので、ルチアはとりあえず寝室に引き上げることにした。

「では、カイル様がお戻りになったらお知らせいたしますので」

「よろしくね」

頭を下げて見送るラーナと別れ、ルチアはベッドメイクを終えた寝台に倒れ込んだ。

待っているあいだ、本でも読んでいようかとサイドテーブルに手を伸ばす。

と、そこにはアデレードからもらった香水がそのまま置かれていた。

「……せっかくだから、ちょっとつけてみようかな」

ルチアとて、おしゃれや化粧《けしょう》に興味がないわけではない。

女学校時代は主にそういった話題で友人たちと盛り上がっていたものだ。

少しわくわくした気分で瓶《びん》を取り上げたルチアは、改めて匂いを嗅《か》いで笑みを浮かべる。

やっぱりとても爽《さわ》やかでいい香りだ。田舎の母にもすすめてやりたい。

香水はどこにつけるのがよかったのかしら……友人たちと回し読みした婦人雑誌を思い出しながら、ルチアは掌《てのひら》にほんの少しだけ香水を垂《た》らした。

「確か耳の裏とか、うなじがいいって書いてあったわよね。手首と足首なんかにも……」

指先につけた小さな雫《しずく》を、身体のあちこちにちょんちょんと擦《す》り込む。

ただよってくる香りはほんのりと甘く、後味がすっきりとしたジュースのようだ。

ルチアはすっかり楽しくなって、寝台から下りてくるりとターンした。

「さほど強くない香りだし、瓶のデザインも素敵だし。さっすが王太子妃様のお見立てね！　今度あのお肌の艶《つや》はどうやって出すのかご伝授《でんじゅ》願おうかしら？」

世の中には美しさを保《たも》つ秘訣《ひけつ》を秘密にする女もいるというが、アデレードならきっと喜んで教えてくれるだろう。

「あとでお礼を言いに行かなくちゃね～」

あ、でもそのときはお返しになにか持っていったほうがいいのだろうか。

王太子妃様への贈り物はなにがいいのだろう。

そう思うと浮かれてばかりではいられなくなり、ルチアは悩ましげな唸《うな》りを上げた。

「……ま、それもカイルに相談してみよう。早く帰ってこないかしら」

カイルの私室はこの部屋のすぐ側《そば》にある。

結婚前なのにこんなに近くの部屋でいいのかと思うのだが、王妃曰《いわ》く、なるべくカイルの側にいたほうが『安全』ということだった。

『いつの時代にも無粋《ぶすい》な厄介者《やっかいもの》は存在しますからね。どのみち結婚することが決まっているのですから、遠慮《えんりょ》することはありませんよ』

と言っていたが、あの言葉の真意はどこにあるのだろうか。

とはいえ当《とう》のカイルも難色《なんしょく》を示している様子はないから、これでいいのだろう。

それに結婚前にどうこうという問題は、もうとっくに手遅れだ。そう思えばルチアも早々に開き直ることができた。

幸い、カイルも結婚前に再《ふたた》び手を出そうというつもりはないらしい。

就寝前は婚約者らしく挨拶《あいさつ》しにくるが、おやすみと言うだけのそっけないものだ。

「せめて会話くらい……そう、お茶を飲むくらいなら、別にいいと思うけど」

そうでなければ、お互いを好きになることなどとてもできないだろう。

「あーもう、早く帰ってこないかしら」

終《しま》いには寝台に仰向《あおむ》けになり、ルチアはごろごろと毛布の上を転がった。

「失礼いたします、ルチア様。起きていらっしゃいますか？」

扉がコンコンとノックされ、ルチアは慌《あわ》てて起き上がった。

「ラーナ？」

「はい。ただいま侍従《じじゅう》がまいりまして、カイル様がもうすぐこちらへいらっしゃるとのことです」

顔をのぞかせたラーナは、あら？　と首を傾《かし》げた。

「なんだかいい香りがいたしますね。香水かなにか、お使いになりましたか？」

「ええ。昼間アデレード様にいただいたものをね」

「とても爽《さわ》やかでよい香りですわ。ルチア様にはぴったりですわね」

さすが王太子妃殿下のお見立て、とラーナは得心《とくしん》がいったように頷《うなず》いた。

「お返しになにをしようか、カイルと相談しようと思うの」

「それはようございますわね。あとで結果をお聞かせください」

ラーナは嬉しそうに微笑《ほほえ》んだ。

「そうするわ。ラーナも、今日はもう下がって大丈夫よ」

「はい。では、明日は朝食の前にこちらへまいりますので」

おやすみなさいの挨拶を交《か》わし、ラーナは侍女《じじょ》のためにあてがわれた小部屋へ下がっていった。

ルチアはめくれ上がった裾《すそ》を直し、椅子《いす》に引っかけてあったガウンを羽織《はお》る。さすがにナイトウェア姿のまま彼の前に出るのはマナー違反だ。

彼もこの匂いが気に入るといいが……そう思いつつ待っていると、ほどなく扉がノックされた。

「どうぞ」

「頼み事があると聞いたが――」

昼の服装のまま入ってきたカイルは、いきなり本題を切り出してくる。

だが途中ではたと口をつぐみ、くん、と鼻を動かした。

「アデレード様にいただいた香水なの。気になるかしら?」

「いや……、いい香りだと思うが……」

その言葉とは裏腹に、カイルの口調は冴《さ》えない。彼自身が不思議に思っているような面持《おもも》ちで首を傾《かし》げた。

だが部屋の奥に進むにつれ、その顔がひどく険《けわ》しくなっていく。

ルチアは出会ったばかりのことを思い出して少し怖くなった。

「ちょ、ちょっと、いい香りだと思うならそんな怖い顔をしないで」

「もともとこんな顔だ。それより……おまえ、この香水……」

やっぱり匂いが気になるらしい。

それならお世辞《せじ》なんて言わなければいいのに。むくれたルチアは、寝台に上がってサイドテーブルから香水瓶《びん》を取り上げた。

「これよ。素敵なデザインの瓶でしょう？」

きゅらきゅらと蓋《ふた》を外して、ルチアは半ばいやがらせのつもりで香水を彼の鼻先につきだした。

わずかにのけぞった彼は、次の瞬間大きく目を見開く。

そしてすぐにうしろへ大きく飛び退《の》いた。

「それを早くしまえ……！」

かすれた声で叫ばれ、ルチアは驚いた。

「なっ、なによ。そんなにいやな匂いだったの？」

「そうじゃな……っ」

カイルは言葉半《なか》ばで、その場にがっくり膝《ひざ》をついた。

「カイル!?」

ルチアは仰天《ぎょうてん》して寝台から飛び下りる。

慌《あわ》ててそばにしゃがみ込むが、なぜかカイルは彼女から距離を取ろうとした。

「近寄るな……っ」

「そ、そんなこと言われたって……」

おろおろするルチアは、助けを呼ぶべきかどうか迷う。

いつの間にかカイルは眉間《みけん》にきつく皺《しわ》を寄せ、肩で息をしていた。上気した頬《ほお》を汗が滑《すべ》り落ちていく。

「熱でもあるの？　いったいどうしたのよ？」

ルチアは咄嗟《とっさ》に彼の額《ひたい》に手を当てた。

その瞬間、カイルが唸《うな》り声を上げてルチアの手首を掴《つか》む。

あっという間に引き寄せられ、勢い余って彼の胸に額をぶつけてしまった。

「痛い！　ちょっとカイ、ル……っ!?」

れろ、と生温《なまあたた》かい感覚が首筋を這《は》い、ルチアは鳥肌を立てる。

慌《あわ》てて起き上がろうとするが、先ほどまでの拒絶に反して、カイルの腕は痛いくらいにルチアを抱きしめていた。

「カイル……！　やめて、離してっ！」

ハッと耳元で息を呑む声が聞こえ、拘束《こうそく》が緩《ゆる》む。

ルチアは彼の胸をいっぱいに押し出し、床の上を這《は》いずった。

「はぁ、はぁ……っ！」

信じられない思いでカイルを見つめる。

目が合うと、彼は音が鳴るほど歯ぎしりして顔を背《そむ》けた。

「いったいなんなの……なんなのよ……！」

ルチアがおびえる間にも、カイルは苦しそうに身体を折り曲げ、自分の腕に爪を立てている。

その指先が肌まで傷つけそうになっているのを見て取り、ルチアはそれを止めようとした。

「なにやってるの！　どこか痛いのっ？」

「違う……」

カイルはかろうじて答えた。

「じゃあなんなの。いきなりどうしたの。わたし……どうしたらいいの」

寝台にもたれたカイルは、忌々《いまいま》しい目つきでサイドテーブルを見やった。

「その香水……原因はそれだ」

「香水？」

ルチアはわけがわからない。

「たっ、倒れ込むほどいやな匂いだったたっていうの？」

「違う。そうじゃない……そこに『秘薬』が混ぜてある」

「えっ」

ルチアは思わずサイドテーブルから飛び退《の》いた。

「ひっ、『秘薬』が？　うそっ。だって、食べ物じゃないのに……」

「王家の『秘薬』は『紅薔薇《べにばら》の戯《たわむ》れ』だけじゃない。あれは体内に摂取するタイプの『秘薬』だが、もうひとつの秘薬……『白薔薇《しろばら》の誘い』は、相手に嗅《か》がせることで効果を発揮《き》するものだ」

「うそっ……！」

ルチアは慌てて自分の全身を見下ろした。

「で、でもっ、わたしはこの匂いを嗅《か》いでもなんともないわよっ？　……そうよ。ラーナだって、いい香りとは言ってたけど、特におかしいことにはならなかったわ！」

「それは、『白薔薇《しろばら》の誘い』が男にだけ効く『秘薬』だからだ。逆に『紅薔薇《べにばら》の戯《たわむ》れ』は女にしか効かない」

「そんな……！」

ということは、だ。

カイルは今、この香水の匂いを嗅いだことで、かつてのルチアのようにたまらない疼《うず》きに襲《おそ》われているということだ！

「ど、どうすればいいのよ……！」

ルチアは真っ青になった。

前回は彼の精をしこたま注《そそ》がれることで収まった疼きだが、男の場合はどうなるのか。精を出せばいいのだろうか？　ルチアは自然と彼の股間を見つめるが、衣服に隠れてそこがどうなっているかはわからなかった。

「ど、どうすればいいの……」

ルチアは再《ふたた》び尋ねる。今度は幾分《いくぶん》落ち着いた声が出た。

「どうやったら、その……『秘薬』の効果は切れるの？」

「……同じだ。すればいい」

カイルの答えは簡潔《かんけつ》だった。

「それって……やっぱり女の中でこと？」

「……」

カイルは答えない。が、おそらくそれが正解だ。

ただ吐精《とせい》するだけではだめなのだ。女の胎内《たいない》に出さなければ収まらない。そこがおそらく王家の『秘薬』と普通の媚薬《びやく》の違いなのだろう。

カイルはまとわりつく匂いを振り払うように頭を振って、天蓋《てんがい》の柱にすがって立ち上がった。

「ちょ……どこ行くのよ」

「くるな」

思いがけず強い口調でカイルは言った。

ひるみかけたルチアだが、こんな状態の彼を黙って見送るわけにはいかない。

「どこに行く気？　動くのもつらいくせに」

「……『秘薬』の効果を消しにいく」

それはつまり、女を抱きに行くということだ。

ルチア以外の女を。

その瞬間、ルチアの頭にカッと血が上《のぼ》った。

「ふざけないで……！　婚約者がいるのに他の女を抱きにいくとかサイテー！　だいたいあんた女嫌いじゃなかったの？」

「じゃあどうすればいいって……！」

「わたしを抱けばいいじゃない！」

ルチアは自分の発言の大胆さに驚いたが、おかげで腹が決まった。

「嫌いな女を抱くくらいなら、わたしでなんとかして。……もう一回やっちゃってるんだから、回数が増えようとどうってことないわ」

しかしカイルは、薄氷《はくひょう》の瞳を大きく見開いて息を呑む。

咎《とが》めるような視線に、ルチアはついひるみそうになった。

「なに、文句でもあるのっ？」

「……なんで……」

「え？」

聞き返すルチアに、カイルは一度強く唇を引き結ぶ。

だがすぐに厳しいまなざしになって、吐き捨てるように告《つ》げた。

「誰が、おまえなんか抱くものか。……おまえのような……行為に不慣れな女を。城下の娼婦《しょうふ》のほうがまだ多少はマシだ」

その言葉に、ルチアは胸の奥が粉々になるような、鋭い痛みを覚えた。

「な、なによ……っ」

泣きたくなんかないのに、鼻の奥がツンと痛んでたまらなくなる。

（そんな言い方することないじゃない……！）

確かに、ルチアはまだ一度しか男性に身体を開いたことはない。娼婦と比べれば技巧《ぎこう》的に拙《つたな》いのも間違いないだろう。

だが……彼の苦しみを取り除いてあげたい、楽にしてあげたいという思いはまぎれもないものなのだ。それを否定するような言葉を浴びせられ、ルチアはひどいショックを受けた。

悔しくて悲しくて、自分が惨《みじ》めにすら思えて、奥歯をきつく噛《か》みしめる。

普通の令嬢なら、ここで泣き崩れるものだろう。真心からの行動をよけいなお世話だとはねのけられれば、どんな人間だって絶対に傷つく。

ルチアも例外なく打ちのめされたが……ここで泣き寝入りしないのが、彼女の性分《しょうぶん》であり、欠点でもあり、なにより一番の美点だった。

あふれる涙を必死にこらえ、ルチアはキッと顔を上げる。

そして、早々に寝室を立ち去ろうとしていたカイルの身体に、腕を回して抱きついた。

「ッ!!」

ふれられるだけでもつらいのだろう。カイルの身体がたちまち強《こわ》ばる。

その一瞬の隙《すき》をつき、ルチアは彼を寝台に突き飛ばした。

「っ！　なにを……」

カイルが目を剥《む》いてルチアをはねのけようとする。

その手をぴしゃりと叩《たた》き落として、ルチアは彼の上に馬乗りになった。

「やってやろうじゃない！　娼婦《しょうふ》がお望みならそれらしく演じてやるわ。受けて立ってやるんだから……！」

「おい……！」

制止の声を振り切り、ルチアはカイルの上着に手をかける。

カイルはぎょっとした顔で起き上がろうとしたが、彼女がボタンを外してしまうほうがわずかに早かった。

「うっ……」

ズボンの中で主張している彼の膨《ふく》らみを見つけ、ルチアは声もなく真っ赤になる。

カイルも焦った様子で、彼女を引き剥《は》がそうとした。

「やめろっ。妙《みょう》な真似《まね》はするな」

「い、いやよっ」

躊躇《ためら》いを振り切り、ルチアはズボンに手をかけた。

前を開くと、いきり立ったそれが跳ね上がるように顔を出す。隆々《りゅうりゅう》と天を向いたそれは、すでに先走りで熱く濡れていた。

（こっ、こんなに大きいものなの……!?）

ルチアは意識が遠くなる。

弟たちとの水浴びで見慣れているから大丈夫、なんてとんだ間違いだった。成人した男のそれは、弟たちの可愛《かわい》らしいそれとはまるで別物である。

（『秘薬』の助けがあったとはいえ……よくこんなのが中に入ったものだわ）

初めてのときのことを思い出し、ルチアは羞恥《しゅうち》に目の前が真っ赤に染《そ》まるような思いだった。

「ルチア……」

カイルのかすれた声が聞こえる。

それは果《は》たして「やめろ」という懇願《こんがん》だろうか。それとも「早く」という催促《さいそく》だろうか。

どのみち、ルチアの中のなにかを揺さぶるには充分すぎる呼びかけだった。

だって。

(初めて名前、呼んでくれた……っ)

だからどうしたと言われればそれまでだが、ふたりの距離が近づいたようで純粋に嬉しい。

この縮まった距離を投げ出したくない。ルチアはその一心で、自身のガウンの紐《ひも》に手をかけた。

勢いよく結び目を解《ほど》き、脱ぎ捨てたそれを床に落とす。

ナイトウェアだけの姿になると、彼女は脚《あし》を開きながら裾《すそ》をまくり上げた。

「なにを……」

「黙って」

ルチアはそっと彼の分身に手を沿えた。

指の中でそれはびくびくと脈打つように震えている。早く解放されたくて仕方ないのだ。

ルチアは下唇を噛《か》みながら、丸い先端を自分の恥部にあてがった。

「やめっ……」

「んぅっ……！」

一息に挿《い》れようとしたが、それはまるで逃げるようにルチアの割れ目を滑《すべ》っていく。

先走りの熱さが恥部をこすり、ルチアの息も自然と上がってきた。

だが固く閉ざされた割れ目は異物を受け入れようとせず、ルチアの手の中でそれはさらに硬さを増す。

あきらめずに何度も繰り返してみるが、焦りのせいか慣れないせいか、ほんの少し咥《くわ》えることすらできなかった。

「……はぁ……っ、無理するな……、慣らしてもいないのに、入るわけがない……」

「で、でも、このままじゃ……」

彼がこの部屋に入ってきてからずいぶんな時間が流れている。

すでにカイルは汗だくで、上気した頬を玉のような汗がいくつも滑っていた。欲望を抑えるためか、その片手はシーツをきつく掴《つか》んでいる。

つらそうな様子を見るとルチアまで胸が痛くなってくる。早くしないといけないのに、思うようにできない自分がもどかしい。

情けなさに、忘れかけていた涙が戻ってくるようだ。

「……泣くな」

以前と同じように、カイルが短く呟《つぶや》いた。

「泣きたくて泣いてるわけじゃないわ」

ルチアは強がるが、語尾がどうしても震えてしまう。

「ああ、カイル……っ」

「腰を……そのまま止めておけ」

「え……」

「中に挿《い》れなくていい。どのみちもう、限界だ。一度出させてくれ――」

食《く》いしばった歯のあいだからカイルが懇願《こんがん》する。

どういうことかわからぬまま、ルチアはカイルの脇《わき》に両手をついて中腰の姿勢を保《たも》つ。

カイルはシーツを掴《つか》んでいた手でルチアのナイトウェアをまくり上げると、きつく尻を掴んできた。

そうしてゆるゆると腰を動かし始める。

「あっ、あぁ……っ」

ルチアは思わず声を上げた。

脚《あし》のあいだを、彼の硬い欲望がぬるぬると行き来している。

割れ目をこするように、彼はみずからの昂《たか》ぶりをそこに擦《す》りつけた。

膨《ふく》らんだ亀頭が茂《しげ》みに隠れた肉芽をかすめ、甘い痺《しび》れにルチアは声を上げてしまう。

焦りのあまり少しも濡れなかった恥部が、わずかに湿り気を帯《お》びた気がした。

「は、あ……っ、あぁぁ……、なにか、おかし、ぃ……っ」

「感じている証拠だ……、ルチア……」

「あっ、あぁっ……、はぁあぁ……っ！」

低い声で名を呼ばれるとぞくりとして、ルチアは背筋を震わせる。

いつの間にかカイルの腰の動きは速くなって、こすられる部分からちゅくちゅくとした水音が立ち上《のぼ》ってきた。

「あっ、あぁあん！」

不意《ふい》にカイルの片手が胸に伸び、ナイトウェア越しに乳首を捻《ひね》られる。

すでにそこは硬く勃《た》ち上がり、薄い生地《きじ》の上からでもわかるほど色濃く息づいていた。

「はぁ、あぁぁ……っ」

「……っ、一度、出すぞ……、ルチア……っ」

「はっ、あぁ……、あぁあぁ……っ！」

ぐっと尻が強く掴まれ、身体を強く引き寄せられる。

次の瞬間、先端から勢いよく精が飛び散った。

「あぁ……っ！」

飛沫《しぶき》はルチアの腹にも飛んで、ナイトウェア越しに感じるその熱さにぶるりと震える。

精の大半はカイルの衣服へ飛び散っていた。一息ついた彼は荒々しく残りの服を脱ぎ捨てる。

シーツの上に座り込んでいたルチアは、たちまち露《あら》わになった男の身体に目を瞠《みは》った。

やはり弟たちのものとは違う。ランプの灯《あか》りに照らし出された彼の肉体はとても美しい。しなやかな筋肉が胸にも腕にもついている。

息をするたびに腹筋が上下する様《さま》は彼の興奮を表しているようで、ルチアは声もなく再《ふたた》び真っ赤になった。

「おまえも脱げ。汚れるぞ」

「えっ」

ルチアは思わず自分の肩を抱きしめる。

だがカイルは一度吐精《とせい》したことで腹をくくったらしく、迷うルチアを仰向《あおむ》けに押し倒した。

そうして荒々しく唇を重ねてくる。

初めてではないとはいえ、前回のときは正気を失っていた。

けれど今は違う。恥ずかしさのあまり頭は沸騰《ふっとう》しそうだが、一部分はちゃんと冷静だ。

ルチアのその冷静な部分が、彼女の忘れかけていた恐怖心を呼び覚ました。強引さを見せ始めていたカイルもその動きを止める。

思わず唇が震えるのを、彼も感じ取ったのだろう。それまで夢中でルチアの舌を吸っていたカイルは、ゆっくりと身体を離す。

その薄氷《はくひょう》の瞳には、はっきりと後悔の色があった。

「すまない――」

カイルはかすれた声で謝った。

ルチアの胸がずきんと痛む。

そもそも彼をその気にさせたのはルチアなのだ。それなのに謝らせてしまうなんて……

彼はなにも悪くないのに。

かといって彼を他の女のもとに行かせるほど寛容《かんよう》にはなれない。秘薬に冒《おか》された彼が自分以外の女を求めることなど、想像しただけで胸が苦しくなった。

（まるで独占欲のかたまりだわ……）

カイルはルチアの胸元に顔を埋《うず》め、身体の昂《たか》ぶりを鎮《しず》めるように、激しい呼吸を繰り返した。

熱い吐息が胸の谷間を焦《こ》がし、ルチアの心臓をも駆《か》け足にさせる。

彼女はぎゅっと目を瞑《つむ》って、一度カイルを引き剥《は》がした。

ナイトウェアの裾《すそ》に手をかけ、頭から一気に脱ぎ捨てる。

下着を身につけていないから、ナイトウェアを落としてしまえば生まれたままの姿だ。

カイルはみずからの欲求をも忘れたように、じっとルチアの身体に魅入《みい》っていた。

「……あんまり見ないで」

さすがに気恥ずかしくなって呟《つぶや》くと、カイルは呪縛《じゅばく》が解《と》けたようにしきりに目を瞬《しばたた》かせる。

だがルチアが逃げ出さないと見て、ゆっくり体重をかけてきた。

「……いいのか？」

また、初めてのときと同じ問いかけ。

ルチアは思わず微笑《ほほえ》んだ。

「この前、あんたはわたしを助けてくれたわ。だから今は、わたしがあんたを助けるの」

ルチアは彼の首に腕を回し、自分から彼に口づけた。

合わさった唇のあいだからカイルのうめき声が漏《も》れる。

彼は躊躇《ためら》うことなく口づけを深め、ルチアの舌を引き寄せるように絡《から》め取った。

「うっ、ふ……、はふっ……、んぅ……っ」

歯列《しれつ》をなぞられ、頬《ほお》の柔らかなところを押され、ルチアも次第に昂《たか》ぶってくる。

湿っていた恥部が再び熱く疼《うず》き始め、ルチアは自然と腰を彼の腰に押しつけた。

彼の分身はすでに硬さを取り戻している。こすりつけると、彼も耐えきれないように腰を揺らめかせた。

お互いの恥部をこすり合わせるだけでも充分な快感だ。

耳元をかすめるカイルの吐息が艶《つや》を含んでくる。

焼けるように熱い掌《てのひら》が胸の膨《ふく》らみを覆《おお》い、ルチアは甘いうめき声を漏らしてしまった。

「はぁ、はぁっ……！」

「すまない……、痛いか？」

「ちが…、違うの、……あぁ、そこ……」

乳輪のふちを指先でなぞられ、湧《わ》きあがる愉悦《ゆえつ》にルチアはため息を漏らした。

強く引っ張られるとさすがに痛いが、優しく撫《な》でられるぶんには気持ちよくて仕方がない。

前回はこれだけの刺激で達してしまったが、今回はさすがにそんなことはなかった。

代わりにむず痒《がゆ》さともどかしさが徐々《じょじょ》に募《つの》って、もっと強い刺激を、と身体が勝手に揺れ始めてしまう。

「ルチア……っ」

カイルも苦しげなうめき声を漏《も》らす。

彼の震えがふれたところから伝わってきて、ルチアは何度か頷《うなず》いた。

「挿《い》れて……、もう大丈夫だから……」

「まだだめだ……、あぁ、でも……」

カイルは不意《ふい》にルチアの手を取ると、小さな手を自分の欲望に添えさせた。

「握って。しごいてくれ」

ルチアは躊躇《ためら》うことなく彼の一部を握りしめる。

直接ふれて感じる脈動は力強く、それだけでルチアも震えてしまった。

「こ、こう……？　あっ、あぁ……、だめ……っ」

彼の唇が乳輪を咥《くわ》えてきて、ルチアは首を振る。

カイルは音を立ててルチアの乳首を舐《な》め上げながら、彼女の手をゆっくり上下に動かし始めた。

「もう少し強く握っていい。……そうだ。そうやって……もっと速く……っ」

「はぁ、あぁ……、はぁっ……！」

乳房への刺激に耐えながら、ルチアは夢中で彼の剛直《ごうちょく》をしごいていく。

やがて手の中に大きな脈動を感じ、ルチアは再《ふたた》び熱いほとばしりを肌に受けた。

噎《む》せ返るような匂いがふたりのあいだに満ちていく。

いやになるどころか、さらに興奮する匂いと熱さだ。癖《くせ》になりそうで少し怖い。

思わずぶるりと震えるルチアだが、カイルは小さく舌打ちした。

「出しているのに、よけいにひどくなるばかりだ……っ。まるで早く中で出せと言わんばかりに」

「出して、中で……っ」

しかしカイルは首を振った。

「まだおまえがイっていない」

「わたしはいいから……」

「だめだ」

なんのプライドなのか、カイルはきっぱり答えた。

そうこうしているうちに手の中のものはさらに硬くなって、ルチアの腹をぴたぴた叩《たた》いている。とんでもない回復力だ。

「……っ、はぁ……、本当は、おまえを愛撫《あいぶ》するのに集中したいが……、厄介《やっかい》な『秘薬』がそれをさせようとしない……っ、……くそ……っ」

「だから、わたしは大丈夫だって――」

ルチアを黙らせるように、カイルは無言で口づけてきた。

「……口で……」

不意《ふい》に顔を上げたカイルは、なにかを思いついた表情でルチアの唇を見つめる。

だがすぐに渋《しぶ》い表情になり、そんなことをひらめいた自分に腹を立てたように低く唸《うな》った。

「なに……？　言って。なんなの？」

「言わない。おまえをこれ以上苦しめたくない」

苦しめると言われ、ルチアは軽く衝撃を受けた。

「わたしは苦しんでなんかないわ。苦しんでるのはあんたじゃない……っ。いいから、なにかいい方法があるなら教えて。なんでもするわ」

「だめだ」

「カイル！」

「だめだっ」

ルチアは頭にきて、彼を再び押し倒した。

「ルチ……っ」

カイルが大きく目を瞠《みは》る。

ルチアは彼のものを掴《つか》むと、多少潤《うるお》った割れ目に力任せにねじ入れようとした。

「ッ！　痛っ……！」

引き裂くような痛みが身体を貫《つらぬ》き、ルチアは思わず涙ぐんだ。

剛直《ごうちょく》はまだ半分も入っていない。それどころか、切っ先がわずかに沈んだだけだ。

それだけでもひどい痛みが身体を突き抜け、腰を引くことも進めることもできなくなる。

「くぅ……っ」

「ルチア、よせっ」

それでも腰を沈めようとすると、カイルが焦ったように身体を引く。

引き攣《つ》れた痛みが走り、ルチアは悲鳴を上げる。

同時にカイルもうめいた。たったそれだけの刺激で、彼はまた射精していたのだ。

白濁はルチアの中ではなく、脚《あし》のあいだを濡らし尽くす。

太腿《ふともも》を伝うどろりとした感触に、ルチアは無性《むしょう》に泣きたくなった。

「わたし……」

「泣くな。おまえのせいじゃない」

カイルは抱え込むようにルチアの頭を引き寄せ、たぐり寄せた自分のシャツでルチアの脚《あし》のあいだを丁寧にぬぐった。

「わたしが悪かった。だから泣くな」

「泣いてない……っ」

強がったものの、とうとう涙があふれてしまった。

カイルはいたたまれない様子でルチアの目元に口づけ、涙を吸い上げてくれる。

「……わたしの言うとおりにできるか？」

ルチアは鼻をすすって、目線で頷《うなず》いた。

「脚、こっち」

「……？」

わけがわからぬまま、ルチアはカイルが望む通りに身体を動かす。

だが彼の頭をまたぐような体勢を取らされたときには、さすがに驚きを禁じ得なかった。

わずかに潤《うるお》った秘裂が、仰向《あおむ》けになった彼の眼前に晒《さら》される。

一方、ルチアの目の前にはすっかり気力を取り戻した彼自身がある。

お互いの秘所を眼前に突きつけるような体勢に、ルチアは大きく息を呑んだ。

「ど、どうすればいいの」

おろおろするルチアに答えず、カイルは彼女の腰を掴《つか》むと、わずかに顔を上げて秘所に吸いついてくる。

「ひっ！」

熱い舌がぬるりと割れ目を舐《な》め上げて、ルチアはついのけぞってしまった。

「はっ、あぁいや……っ、だ、だめよ、そんなところ……！」

お世辞《せじ》にも綺麗《きれい》とは言えない部分に吸いつかれて、ルチアは悲鳴を上げる。

だが理性がいやだと主張する一方、身体の素直な部分は彼の舌に甘い声を上げ続ける。

入り口を広げるように舌先でくすぐられ、指先でその周辺をそっと撫《な》でられると、痛みも波のように徐々《じょじょ》に引いていった。

それどころか、熱い疼《うず》きに蜜があふれ出してくる。

膣壁がさらなる刺激を求めてうねり、腰が溶けるような快感が這《は》い上がってきた。

「だ、だめぇ……っ」

身体ががくがく震えて、腕から力が抜ける。

思わずカイルの腹に突っ伏したルチアは、そそり立つ彼の欲望を目にし、ごくりと唾を呑み込んだ。

なにも、彼がルチアを愛撫《あいぶ》するためだけにこんな体勢を取らせたとは思えない。

もう一度ごくりと喉《のど》を鳴らして、ルチアは震える指先で竿《さお》の部分を掴《つか》んだ。

「……ふ、っ……」

カイルがかすかな声を上げる。

彼の舌先の動きがそれまで以上に執拗《しつよう》になり、ルチアも腰を震わせた。

だが自分ばかりが快楽に浸《ひた》っているわけにもいかない。

どうやるかは今のカイルを見ればわかる。ルチアは躊躇《ためら》いながらも、吐き出した精に濡れた彼の先端に唇を押しつけた。

びくんっ、と手の中でそれが跳ねる。

脈動するように震えるそれを、ルチアは唾液《だえき》を含めた舌で懸命に舐《な》め上げた。

「くう……っ」

彼の敏感なところも、ルチアと同じく舌の愛撫に弱いらしい。

自分に与えられる快楽に屈《くっ》しないためにも、ルチアは一心不乱にそれを舐め続けた。

「はぁ……っ、あぁ、ルチア……」

「ふっ、く……、んんっ……」

反《そ》り返る欲望のくびれたところを舐め上げると、カイルの腰がびくんと震える。

ルチアは驚きながらも、舌先でそこを突っついてみた。

「うっ」とカイルのうめきが聞こえ、少量の精がぴゅっと先端からほとばしる。

（ここが気持ちいいんだわ……）

感心するルチアだが、カイルも負けじと新たな刺激を送ってくる。

不意《ふい》に、舌ではない硬いものが割れ目の中へと潜《もぐ》りこんで、ルチアは思わず悲鳴を上げた。

「きゃぁぁう……っ」

うごめくものが彼の指先とわかって、ルチアはぶるぶる震える。

痛みはほとんど感じない。しかし膣内をなにかがうごめく感覚は慣れないもので、腰が引けそうになってしまった。

だがカイルは指を突き立てるだけでは終わらせない。

彼は空いた手で淡《あわ》い茂《しげ》みをかきわけると、包皮を剥《む》いて、膨《ふく》らんだ花芯をそっと露《あら》わにした。

敏感なところが外気にふれ、ルチアはびくんと肩を震わす。

「あ、いや……、なに……？」

おびえるルチアに構わず、カイルは露《あら》わになった花芯に唇を押しつけた。

「っ――!」

ルチアは声にならない声を放《はな》った。

「あっ、あ……、あぁぁぁっ! いや……、いやぁぁあ……っ!」

くちゅ、ぬちゅ、と音を立てながら、カイルは丸い花芯を唇で愛撫《あいぶ》する。

挟《はさ》むように、擦《す》りつけるように愛撫され、ルチアは腰から砕けていきそうな悦楽《えつらく》に翻《ほん》弄《ろう》された。

快楽が強すぎて、もう膣内をうごめく指の感触も気にならなくなる。

むしろそれすらも気持ちよく感じられて、ルチアは喉《のど》を反《そ》らして嬌声《きょうせい》を上げた。

「あぁぁ、いやっ、はぁぁ……っ! だめぇ、もう……、も、ぅ……っ!」

崩れ落ちるのをこらえようとして、ルチアは手の中の欲望を強く握りしめてしまう。

「ぐぅ……っ」

カイルが苦しげな声を出し、わずかに腰を突き出す。

ルチアは愉悦《ゆえつ》のあまり涙ぐみながらも、ハッと手元に目を落とした。

(だ、だめ。わたしが気持ちよくなってる場合じゃないんだから……っ)

懸命に身をかがめ、嬌声をこらえながら再び彼の一部を舐《な》める。

敏感な部分を舌先でこすり、竿《さお》の部分を指先でしごくと、カイルも猫の子のように喉を鳴らした。

「ルチア……、もっと深く……っ」

カイルが喘《あえ》ぎながら言う。

その吐息すら刺激になって、ルチアは「あぁん！」と声を上げた。

（深くって……）

朦朧《もうろう》とする頭で必死に考え、ルチアはなんとか答えを出す。

だがあまりに卑猥《ひわい》な要求に、目の前が真っ赤になった。

次の瞬間、カイルの唇が音を立てて花芯を吸い上げる。

同時に舌先でぬるりと舐め上げられ、ルチアは危《あや》うく達しそうになってしまった。

「ひあぁぁ……っ！　あっ、あぅ……っ」

次から次へあふれる愉悦に恐怖すら覚えながらも、ルチアは操《あやつ》られるように顔を伏せる。

あふれ出た唾液《だえき》をごくりと呑み込み、ルチアは大きく唇を開いて、彼の剛直《ごうちょく》を口に含んだ。

「くぅう……っ！」

カイルがいったんルチアを離してうめきを漏《も》らす。

彼の指が尻の柔肉《やわにく》に食《く》い込み、ルチアは痛みとも痺《しび》れともつかない感覚を覚えた。

負けじと軽く頭を上下させながら、唾液《だえき》を塗りつけるように舌を動かし、彼をいっぱいに愛撫《あいぶ》する。噎《む》せ返るような雄《おす》の匂いに気がくじけそうだ。

だが舌を動かすたびに伝わる脈動に励《はげ》まされて、ルチアは懸命に頭を動かした。

手でそうするように、頬《ほお》をすぼめて彼の肉棒をしごき上げようとする。

「あぁ……、ルチア、くっ……！」

再び絶頂が近づいているのか、カイルの声に情欲が滲《にじ》んだ。

「だめだ、出る……っ、ルチア……！」

ルチアはほとんど無意識のうちに、吐精《とせい》を促《うなが》して彼を強く吸い上げていた。

「――ああぁっ！」

カイルが叫ぶ。同時に口の中いっぱいに剛直《ごうちょく》が膨《ふく》れあがり、ルチアは目を見開いた。

次の瞬間には熱い精が喉《のど》へと飛んで、ルチアは思わず顔を離す。

半開きになった口内にも顔にも、白濁が勢いよく飛び散った。

これまで以上の激しい射精に、ルチアは目にしみる精の痛みも忘れて呆然《ぼうぜん》と見入ってしまう。

だが驚きが収まると身体の奥が熱く揺らいで、再《ふたた》び喉を鳴らしてしまった。

「……くそっ」

突然カイルが毒づいた。

驚くルチアの尻を、彼は強い力で掴《つか》んでくる。

舌をうごめかせられ、ルチアの身体はあっという間に再燃した。

「ひあぁっ！　だ、だめぇ……っ！　今そんなにしたら……！」

彼の腹に突っ伏していやいやと首を振るが、カイルの攻めは止まらない。

剥《む》き出しの花芯を舌でねぶられ、すっかり潤《うる》んだ蜜口を指でかき混ぜられて、たまらない愉悦《ゆえつ》が子宮の奥から立ち上《のぼ》った。

「あっ、あっ……、あぁぁ！　いやぁぁあっ！」

シーツに爪を立てて、ルチアはぐっとのけぞった。

ちゅうっと音を立てて花芯を吸われ、その裏側を指先でぐっと押し上げられて――

「はぁぁあぁっ……！」

身体の奥で熱が弾《はじ》け、うねるような愉悦が指先まで駆《か》け巡った。

痙攣《けいれん》するように身体が引き攣《つ》り、次の瞬間にはがくがく震える。

腰を上げていることもできなくなって、ルチアは彼の脇《わき》に崩れるように倒れ込んだ。

「はぁっ、はぁ……、……ふっ……」

大きすぎる愉悦《ゆえつ》に、身体の震えが止まらない。

全身から汗が噴き出し、桃色に上気した肌が灯《あか》りの下でしっとりと輝きを放《はな》った。

カイルも大きく息を切らしながら、腕を突っ張って身体を起こす。

そしてルチアを仰向《あおむ》けに寝台に押しつけると、今度は彼が上になった。

「ルチア――」

「んぅ……っ」

唇が重ねられ、ルチアは自然に唇を開いていた。

少し塩辛《しおから》い味のする舌を絡《から》め合うと、カイルはわずかに眉《まゆ》を顰《ひそ》める。

「……ひどい味だな」

おそらくルチアの口内に残る精を舐《な》め取ってしまったのだろう。

ルチアもそこは反論はしないが、彼ほど嫌悪を覚えることがないのだから不思議だった。

「そのまま楽にしていろ。力を抜いて……」

言われなくても、絶頂の余韻《よいん》で身体は痺《しび》れて動かない。

だが脚《あし》のあいだに彼の昂《たか》ぶりを感じて無心ではいられず、ルチアはこくんと唾を呑み込んだ。

「大丈夫だ――」

カイルの呟《つぶや》きに胸が震える。

次の瞬間には、絶頂で柔らかくなった襞《ひだ》のあいだに剛直《ごうちょく》が潜《もぐ》りこんできた。

「うぅ……っ」

前回はものすごい快楽を得たものだが、さすがに今回はそうすんなりとはいかない。

だが彼の熱がじりじりと膣壁を焼く感覚は心地よく、ルチアは息を吐いて彼を深く迎えようとした。

ルチアの強《こわ》ばりが解《と》けた瞬間を狙って、カイルは強く腰を押し出してくる。

「――あぁぁ！」

ずん、と深くまで押し入られて、ルチアは大きくのけぞった。

「はっ……、あぁ……っ」

「くっ……」

締めつけが苦しいのか、カイルの眉間《みけん》から汗がしたたった。一秒も耐えられないと言いたげに、素早く腰を打ちつけてくる。

力強い抽送《ちゅうそう》に揺さぶられ、ルチアは「あっ、あっ」となす術《すべ》もなく声を上げた。

「すまない、こんな……、乱暴にはしたくないのに……っ」

ルチアの声を苦悶《くもん》と取ってか、カイルが本当にすまなそうな声で言う。

だがその裏には紛《まぎ》れもない情欲が潜《ひそ》んでいて、ルチアは不覚にもぞくぞくしてしまった。

「あっ、い、いいから……っ、好きにして……、あんっ、気持ちよくなっ、て……っ！」

「……くそっ」

カイルはまた毒づく。そしてルチアの腰を両腕で抱《かか》え込むと、一心不乱に腰を使い始めた。

汗ばんだ肌同士が激しくぶつかり、ぱんぱんと小気味《こきみ》よい音を響かせる。

ルチアはほとんど悲鳴じみた声を上げながら、彼に揺さぶられるままその熱を感じていた。

身体の中も外も、彼とふれあっているところは焼けるように熱くて苦しいほどだ。

彼の乱れた呼吸が耳元をくすぐり、ルチアもまた興奮してくる。

「うくっ……！」

カイルは痛いくらいの力でルチアを引き寄せ、息を止める。

身体の中で彼が跳ね上がるのを感じ、ルチアも思わず息を震わせた。

下腹の奥に、熱がゆっくり広がっていく。

（やだ……。気持ちいい、かも）

前回は自分の快楽を鎮《しず》めることばかりに気を取られていて、気づかなかった。

精がじんわりと子宮を濡らす感覚は、なんとも言えない満ち足りたものがある。

足りないものを埋《う》めてもらったような、そんな幸せななにかが……

「あふっ……、あっ、あぁ？」

だが感慨《かんがい》に浸《ひた》る間もなく、カイルが再《ふたた》び動き出す。

ルチアもそうだったが、どうやらカイルも一度の行為では収まらないらしい。

ものも言わず腰を打ちつける彼に、ルチアはまた身体を震わせた。

激しく抜き差しされるたび、彼が放《はな》った精があふれて抽送《ちゅうそう》を助ける。

濡れた感覚が身体を出入りするのは思った以上に気持ちよく、ルチアの奥からも蜜がこぼれだした。

「あっ、あぁ、いいの……っ、カイル、気持ちいい……！」

明確な快感にルチアは叫ぶ。

花芯を舐《な》められたときはまた違う激しい愉悦《ゆえつ》に、身体の奥が再び溶けていきそうだ。

だが果《は》たしてカイルにその声は聞こえているのか。いつの間にか彼は凶悪な腰使いでルチアを攻め立ててくる。

子宮口を突き上げるように何度も何度も深く穿《うが》たれ、ルチアは呼吸もままならないほど感じてしまう。

「あぁっ、あぁア！　カイ、ル……っ、カイル！」

「ルチア……っ！」

カイルも叫び、再《ふたた》び強くルチアの身体を引き寄せた。

裸の胸が重なり、勃《た》ち上がった乳首が擦《す》れる。

激しい愉悦《ゆえつ》が湧《わ》き起こって、目の前がちかちかと明滅した。

「はぁぁあぁっ――――！」

ほとばしった精が腰を熱く溶かしていく。

どろどろにとろけてしまった身体が大きく震え、さらなる快感を得ようと膣が激しく収縮した。

それに促《うなが》されるように、カイルはまた精を奥に放《はな》つ。

量があまりに多いためか、繋《つな》がった部分から泡だった白濁がごぷりとあふれた。

その感覚すら気持ちよくて、ルチアは絶《た》えず声を上げながら、カイルの熱を一心に感じ取ろうとしたのだった。

# 第三章　青薔薇《あおばら》の誓い

いったい何度上《のぼ》りつめたのだろう。

途中からはもう数えていなかった。

ずっと精を放ち続けていたような感覚すらある。それが本当なら恐ろしいことだが。

いつもの時間に目覚めてしまったカイルは、身体が強《こわ》ばっているのを感じて息をついた。

一晩のあいだにあれほど腰を使ったのは初めてだ。

体力には自信があるほうだが、それにしてもこれはつらい。きつい。

彼でさえそう思うのだ。腕の中ですやすやと眠っている彼女は、おそらくもっときついだろう。

「……ルチア」

かすれた声で呼びかけると、カイルの腕を枕にしていたルチアはかすかに眉《まゆ》を寄せた。

彼女もまた早起きの習慣が抜けないのだろう。少し肩を揺さぶってやると、たいした抵抗もなく瞼《まぶた》を上げる。

子供のように目元をこすった彼女は、すぐ近くにカイルを見つけてわずかに驚いた顔をした。

「カイ……っ」

口を開いた彼女は、すぐに咳《せ》き込む。

さんざん喘《あえ》いだ後遺症だろう。その声はひどくかすれていた。

「水、飲むか？」

彼女が頷《うなず》いたのを見て、カイルはサイドテーブルの水差しを掴《つか》む。

喉《のど》が渇《かわ》いているのはカイルも同じだ。水差しの口を含むと、まず自分の喉を潤《うるお》す。

コップを引き寄せるのが面倒だったので、水を含んだまま彼女に口づけると、ルチアはすみれ色の瞳をまん丸に見開いた。

……可愛《かわい》い。不謹慎《ふきんしん》にもそう思いながら、口移しで水を与えてやる。

ルチアは喉を鳴らして水を飲み込み、カイルが「もっとか？」と尋ねるとすぐ頷いた。

「……身体は大丈夫か？」

もちろん大丈夫ではないだろう。

けれど身をよじった彼女は、わずかに顔をしかめただけで「平気よ」と答えた。明らかに強がりである。

「この前のときは最悪だと言っていたのに」

「……そりゃ、あのときは初めてだったもの。でも、今日は筋肉痛だけよ」

平気と答えつつあちこち痛いのはごまかしようがないらしい。

カイルは思わず、小さく噴き出してしまった。

「わ、笑わないでよ」

頬《ほお》を赤らめながら、ルチアは唇を尖《とが》らせる。……やはり可愛い。

カイルは初めて、女性のことを『可愛い』と感じている自分に気づいた。

今まで女性というものは『面倒』で『うざい』もので、可愛いどころか綺麗《きれい》だとか美しいなどと思ったこともなかったのに。

（……それだけ、この娘が特別になったということ、なのか？）

改めて自問してみて、カイルは情けないことに狼狽《うろた》えてしまう。

これまで自他共に認める女嫌いだったというのに、なんという変わりようか。

（いやいや、このわたしが女を好きになるだなんてあり得ない……いくらルチアが変わり種だとしても……これまでの経験を思えば……）

途端《とたん》に『これまでの経験』がぶわっとよみがえって、カイルはぞーっと鳥肌を立てる。

女たちの媚《こ》びを含んだまなざし、けばけばしい化粧《けしょう》の匂い、おぞましい媚態《びたい》。それらが一瞬にして彼の神経を掻《か》き乱し、目の前を真っ暗にさせた。

「……あの、カイル？　どうしたの？」

一点を見つめたまま固まった彼を見て、ルチアが訝《いぶか》しげに尋ねてくる。

ハッと我に返ったカイルは、慌《あわ》てて過去の残像を消そうと首を振りたくった。

そしておそるおそるルチアに視線を戻す。

胸元を毛布で隠した彼女は、困惑を目にありありと浮かべてカイルをじっと見つめていた。

先日の彼女の言葉がどこからともなく聞こえてくる。

『わたし、あんたを好きになれるように努力するわ。だからあんたも、わたしの『手』以外も好きになれるように頑張りなさい』

──頑張る必要なんてない。その以前から、カイルはもう彼女の虜《とりこ》になっていた。

たぶん、衆目《しゅうもく》の中で平手打ちされたあの瞬間から──これまで会ってきたどの女とも違うことを、真っ向から仕掛けてきた彼女を見たときから、惹《ひ》かれていたのだ。

だからこそ昨夜は、彼女を抱きたくなかった。

秘薬に冒《おか》された身体はとにかく熱くて、自制が利《き》かないほどに滾《たぎ》っていた。そのまま彼女を抱けば、乱暴にしてしまうことは間違いないと思えるほどに。

欲望のまま抱いてしまえば、ルチアをまた苦しませることになる。

それに、秘薬を含んだ人間が変わっただけで、これでは最初に抱き合ったときと同じだ。

滾る欲望を鎮《しず》めるためだけに、仕方なく相手を抱く――

カイルは二度と、彼女に対してそんなことをしたくなかった。

行《ゆ》きずりの相手だったら、違った考えだっただろう。

だが、カイルの中で彼女はもう、それができないほど特別な相手になっていて……

（嘘だろう……？　このわたしが、重度の女嫌いであるわたしが、ルチア相手だと違うふうになるというのか……？）

それは認めるにはあまりにむず痒《がゆ》い感情で、カイルはついぷいっとそっぽを向いてしまった。

「カイル、ねぇ……」

「なんでもないっ。ラーナを呼んでくるから、そのまま横になっていろ」

恥ずかしさと気まずさから、カイルはつい命令するような声を出してしまう。

ルチアが鋭く息を呑んだが、自分の照れを隠すことに必死だった彼は、それに気づくことができなかった。

軋《きし》む身体を起こし、逃げるように寝台から下りる。

すると、ルチアが短く声を上げて毛布をかぶった。

もう隅々《すみずみ》まで見せ合ったのに、まだ恥ずかしいのだろうか。

そう思うとまた妙《みょう》な気持ちになりそうだ。しかしふとみずからの股間に目をやって、彼女が顔を背《そむ》ける理由はこれか、と頭を抱《かか》えたくなってしまった。

朝だから、と言えばそうなのだが……あれだけやって、まだ勃《た》つとは。これでは驚かれても無理もない。

（……重症だな……）

正直すぎる自分の身体に苦悩が芽生《めば》える。

これまで経験したことがない思いだけに、ひどく悶々《もんもん》としながら、服を適当に着込んだカイルは足早に寝室を出るのだった。

◇◆◇

「あらまぁ。うふふっ。お肌がつやっつやになっちゃって！」

「うらやましいわ。ただでさえ若いから張りがあるっていうのに」

王妃と王太子妃にそろって言われて、ルチアは口元を引き攣《つ》らせた。

「……無責任に笑い合わないでください！　もうおふたりからはどんな贈り物も受け取りませんわ！」

「あらぁ、そんなつれないことは言わないで？　今日は新しいお菓子を持ってきたのよ？　めずらしいお茶も一緒に」

「わたしも城下で流行の化粧水《けしょうすい》と乳液《にゅうえき》を……」

「どちらにも『秘薬』が仕込んであるんでしょう？　もうその手には乗りません！」

ルチアはきっぱり宣言した。

つまらないわねぇ、察《さっ》しがいいのも困りものねぇ、と王妃とアデレードはぶちぶち言い合う。

ルチアは貴婦人のたしなみも忘れて、椅子《いす》の上でフンと鼻を鳴らした。

「まぁからかうのはこの辺にしておいて。今日は招待状を持ってきたのよ」

王妃がテーブルの上に招待状を載せる。その裏側は、王家の紋《もん》で封《ふう》が為《な》されていた。

目線で促《うなが》されて封を切ると、中から王宮舞踏会《ぶとうかい》の案内状が顔を出す。

「今年の社交シーズン最初の舞踏会よ。そこであなたの社交界デビューと、お披露目《ひろめ》を同時に行《おこな》うことになりましたからね」

王宮主催の舞踏会《ぶとうかい》——開催数は毎年異《こと》なるが、初夏に開かれる最初の舞踏会では、社交界デビューする令嬢たちが白のドレスとティアラを身につけ訪れるのが慣例だ。

社交界デビューなど夢のまた夢。つい最近までそう思っていたはずなのに、今ではそれがずいぶん昔のことに思えてくる。

もっとも、ただデビューするだけであれば、単純に楽しみという思いで済んだだろう。

王妃は今、はっきりと『お披露目《ひろめ》』と口にした。

ということは、だ。

(その舞踏会の挨拶《あいさつ》で、わたしとカイルの結婚を公《おおやけ》にするってことなのね)

いよいよ『結婚』の二文字が現実味を帯《お》びてきた。

にわかに緊張するルチアの胸に、心許《こころもと》ない思いがそっと忍び寄る。

(結婚かぁ……わたしが、あのカイルと……)

今朝のカイルの姿を思い出し、ルチアは困惑に眉《まゆ》を顰《ひそ》めてしまう。

昨夜、『秘薬』に冒《おか》された彼は、苦しみながらも「誰がおまえなんか抱くものか」とルチアを突っぱねようとした。

あまりの言葉に衝撃を受け、半《なか》ば意地になって彼を押し倒したが……果《は》たしてカイルは、そんな婚約者をどう思っているのか。

他の女のところに行かせるなんて冗談ではないと思ったが、そう言って押し倒してくるような女も、彼にとっては甚《はなは》だ迷惑だったのではないだろうか。

（だから今朝も、素っ気ないというか……ちょっと、冷たかったのかしら）

水を飲ませてくれたときはとても優しかったのに、そのあとの彼は少し怒っているようにも見えた。話しかけようにもすぐ部屋を出て行ってしまって、追いかけることもできなかったのだ。

（なにか怒らせるようなことをした？　うーん……全然思い当たらない）

昨夜の情事だって悪いものではなかった、と思う。

『秘薬』に冒《おか》され、相当つらい状態であっただろうに、カイルはルチアのことをちゃんと気遣ってくれた。

おかげでルチアも気持ちよくなれたし、カイルとの距離もかなり近づいたように思えたのに……

けれどカイルとしては、昨夜の情事がよかったから、今朝もそれなりに優しくしてやろうという気持ちが芽生《めば》えただけなのかもしれない。

彼にだって婚約者を気遣うくらいの気持ちはあるのだろう。

最初は彼をどれほど冷酷な人間なのかと思っていたが、そうではない一面があることを、ルチアはすでに知っている。

成《な》り行《ゆ》きで決まった婚約者とはいえ、あれだけ密に身体を重ねたのだ。相手に多少の情が芽生えるのは当然のこと。

けれど身体を重ねたことで心も近づいたと思ったルチアとは違い、カイルのほうはまだまだ彼女に心を許してはいないのかもしれない。だから寝室から出て行くときのカイルは、ルチアの目には素っ気ないように見えたのだ。

ルチアは冷静な心で、そう結論づけた。

だが、なぜだか胸の痛みはキリキリと大きくなる一方で、ルチアは今までにない自分の気持ちに大いに狼狽《うろた》えてしまう。

思い悩む表情が、恋する乙女のように見えたのだろうか、王妃とアデレードがからかい混じりに声をかけてきた。

「まぁ、早くもマリッジブルーなの？　そんなに心配することはないわ。なにかあったとしても、カイルがうまくやるはずよ。というか、それくらいのことができなければ一人前の男とは言えないわ。アデレードもそう思うわよね？」

「ええ、もちろん。でも公爵もずいぶん顔つきが変わっていたし、当日はなんの心配もないのではありませんこと？」

いつの間にかうつむいていたルチアは「え?」と顔を上げた。

「カイルの顔つきが変わっていた……?」

「なんだかすっかり頼もしい感じになって、色男ぶりがさらに増したって感じかしら?」

色男ぶり……

朝日に照らされた彼の裸身が、なぜだか頭にぽっと浮かぶ。

「あらあら。ルチアだけじゃなく、カイルも相当変わったようね」

「うらやましいですわねぇ。若いってやっぱりいいことですわ」

またおほほほほと笑い合う王妃とアデレードに、ルチアは恥ずかしくてたまらなくなってしまった。

「もうっ、からかわないでください!」

「あぁら、からかっているつもりはなくってよ? とにかく、舞踏会《ぶとうかい》の開催は二週間後ですからね。今日から忙しくなるわよぉ」

どこかうきうきした様子の王妃に、ルチアは本能的な危機感を覚えた。

「あの、王妃様……忙しくなるって」

「それはもう、ドレスの準備から礼儀作法の見直しから、やることは山ほどあるわ! 大丈夫。わたくしもアデレードも力になりますからね!」

「わたくしのしごきは厳しくってよ」

目を輝かせながら拳《こぶし》を握る王妃と、したり顔をして扇《おうぎ》で風を送る王太子妃。

そのふたりにじっと見据《みす》えられ、ルチアはこめかみからたらりと冷や汗《ひあせ》が伝うのを感じたのだった。


それからというもの。

王妃と王太子妃によるしごき……もとい貴婦人教育が毎日ルチアの身を襲《おそ》い、日が暮れる頃にはへとへとになってしまった。

舞踏会の時期は城の人間も忙しくなるのか、カイルの戻りも毎日遅い。

それでも早めに戻れたときは必ずルチアのもとに顔を出し、時々は夕食をともにした。

そういうとき、ルチアは今後への期待も込めて、自分からあれこれと話しかけるように心がけていた。

だが相変わらずカイルは素っ気なく、その薄氷《はくひょう》の瞳をついと逸《そ》らしてしまうこともある。

そんなときは自分でも驚くほどのダメージを覚えたルチアだが、ここでめげては終わりだと自分に言い聞かせ、あえて明るく振る舞うように心がけた。

そうした気まずい空気の中、王宮舞踏会《ぶとうかい》を翌日に控《ひか》えたその日——

明日のために早めに就寝するよう言われたルチアのもとに、カイルが顔を出した。

「母上から、ティアラは用意していないと聞いて」

そう言って彼が差しだした箱には、燦然《さんぜん》と輝くティアラが鎮座《ちんざ》していた。

大きさ自体は掌《てのひら》程度のものだが、その中央には小粒のダイアモンドがいくつも輝いている。

あまりに豪華な代物に驚きのあまり、ルチアは危《あや》うく箱を取り落としそうになった。

「こ、こ、これ……っ」

「社交界デビューには必須だろう？」

確かに、社交界デビューの際には白いドレスと小さなティアラと決まっている。

今はティアラにも色々な形や種類があるらしいが、ルチアに贈られたのは伝統的な形のものだ。中央が山なりになっており、羽ばたく白鳥を模《も》している。

「これ……っ、カイルが用意してくれたの？」

王妃とアデレードがドレスに関してきゃぴきゃぴ騒ぐ傍《かたわ》ら、ティアラのことを口に出さないのはどうしてだろうとは思っていた。

どこからか借りるのだろうと踏んでいたが……まさかカイルが用意してくれていたなんて。

「一応、婚約者だからな」

素っ気なく答えるカイルだが、その頰《ほお》は心なしか赤い。

それを見たルチアもたちまち真っ赤になってしまった。

「あ、あのっ……。あ、あ、ありがとう」

嬉しさと驚きのあまり声がひっくり返ってしまう。

カイルは「ああ」とやはり素っ気なく応じ、たちまちふたりのあいだに沈黙が降りた。

(こ、こんなふうに気まずくなるんじゃなくて……っ。ちゃんと喜んでるって、伝えたいのに！)

もどかしさにルチアは唇を噛《か》む。

けれど口を開けばまた妙《みょう》な言葉を口走ってしまいそうで……考えた末、ルチアはそっとカイルに歩み寄った。

訝《いぶか》しげな顔をしたカイルに、精一杯背伸びをしてそっと口づける。

唇の表面をふれあわせるだけの口づけだったが、カイルは薄氷《はくひょう》の瞳をまん丸にして驚きを示した。

（……や、やっぱり……だめだったかな？）

そのまま固まってしまったカイルを前に、ルチアは間違ったことをしたのかと落ち着かない。

だが、そんな彼女を、カイルは実にぎこちない動作でぐっと胸元に引き寄せた。

たくましい両腕にすっぽりと抱きしめられ、今度はルチアが目を丸くする。

彼の胸から、どくどくと速い鼓動が耳に直接伝わってくる。

なんだかルチアまで気恥ずかしくなってくるような、駆《か》け足の鼓動だった。

「ルチア……」

そっと名を呼ばれ顔を上げると、羽のような口づけが降ってくる。

ルチアは嬉しくなって、つい頬《ほお》を緩《ゆる》めてしまった。

「明日だが、緊張はしていないか？」

ルチアを再《ふたた》び抱き込みながら、カイルが囁《ささや》いてくる。

「……そんなには。王妃様とアデレード様が、全力でサポートするって請け合《う》ってくださったし」

とはいえ、あのふたりのサポートというとかえって不安を感じなくもない。

カイルも同じことを思ったのだろうか。抱擁《ほうよう》がわずかに強くなった気がした。

「わたしは緊張している」

「カイル？」

「情けない話だが……これまで、舞踏会《ぶとうかい》なんて一番に避《さ》けてきたところだからな。そもそもどう振る舞っていいかわからない」

ああ……とルチアは納得の表情を浮かべる。

舞踏会なんていわば男女の出会いの場だ。女嫌いのカイルにとってはもっとも逃げ出したい場に違いない。

けれども今回は違う。婚約者として紹介されるルチアのために、それらしく動かないといけないと思っている。だから柄《がら》にもなく緊張してしまっているのだろう。

「そんなに、気負わなくても大丈夫よ。なるようになるわ。国王陛下《へいか》の紹介を待って、ふたりで招待客に頭を下げて、あとは普通に楽しめばいいだけでしょ？　簡単よ」

ルチアはぽんぽんとカイルの背中を叩《たた》いてやる。

ついさっきまでその『簡単』なことに彼女自身緊張していたが、カイルも一緒にいてくれると思うと、不思議と気が楽になった。

カイルも同じだったのだろう。わずかにほっとした面持《おもも》ちで、肩から力を抜くのがわかった。

「おまえがそう言うと、本当に簡単に思えるから不思議だ」

ルチアが思ったのと同じようなことを口にして、カイルは再《ふた》び身をかがめた。

唇を重ねるだけの小さなキスが続き、やがて躊躇《ためら》いがちに舌が差し入れられる。

おやすみの挨拶《あいさつ》をするとき、ちょんと唇を合わせることはあったが、こんな深い口づけは久しぶりだった。

驚きつつも受け入れると、カイルはゆっくりとした動きでルチアの口内を探っていく。

「ん……っ」

舌先が口蓋《こうがい》の敏感なところをこすり、ルチアはついぴくんと反応した。

カイルがハッとした面持《おもも》ちで顔を上げる。

ルチアははしたなくも、もっとしてほしいと顔に出しそうになって、慌《あわ》てて口元を引き結んだ。

「すまない……」

ルチアの髪を梳《す》きながらカイルは小さく呟《つぶや》く。

それでも名残惜《なごりお》しそうに耳元に口づけていく。きっと彼も物足りないのだ。

「……いいの。大丈夫だから」

「……」

しかしカイルは、ルチアの髪を指先に絡《から》ませるだけで、それ以上は動かない。

ルチアも彼の胸に頬《ほお》を埋《うず》め、じっと彼の鼓動を聞いていた。

お互いの体温を感じられるほど、身体はこんなに近くにあるのに。

肝心な部分はどうにも埋まらなくて、じりじりと胸を焦《こ》がすばかりだ。

ルチアは、細くため息を吐き出した。

（こうして抱きしめてくれるんだから、嫌われているわけじゃないだろうけど……かといって好きになってくれているのかと思うと、それもまた微妙なのよね）

今日はずいぶん優しい気がするが、普段のカイルは相変わらず素っ気なくて、ルチアばかりが彼に夢中になっていくように感じて虚《むな》しくなってくる。

カイルは自分をどう思っているのだろう。もし少しでも好いてくれているなら、いっそ強引に奪うくらいのことをしてほしいと思うのに。

（……ううん。カイルにばっかり期待するのはいけないことよ。そもそもわたしが『取引』とか、面倒なことを最初に突きつけたせいかもしれないし……）

そのときはまさか、彼をこんなに近くに感じるようになるなんて思ってもみなかった。

だからこそ、ある意味簡単に『取引』などと口にすることができたのに。

（自分からこじらせているんだから世話ないわ。でも……）

いずれは、彼をもっと近くに感じられるようになりたい。

結婚するからとか、家族を援助してもらっているからとか、そんな理由は抜きにして、ただ彼と親しくなりたいのだ。そう願ってしまうくらい、ルチアはカイルに惹《ひ》かれていた。

出逢いは決して褒《ほ》められたものではなかった。そのあとのことだって、カイルはもちろん周りにも、さんざん振り回されてきたという自覚があるのに——

(それでもわたしは、あんたと一緒にいたいと思うのよ、カイル。だからこれから時間をかけて、ゆっくりでもいいから、この微妙な距離を埋めていきたい)

そのためにも、明日の舞踏会《ぶとうかい》では、きちんと婚約者としてふさわしく振る舞わなければ。

もし彼が戸惑うようなことがあったら、自分がしっかり支えてあげよう。

そうやって足りない部分を補《おぎな》っていけば、きっとふたりはうまくいく。

(そしてそのときにはちゃんと振り向いてもらえるように、わたしも頑張るんだから)

初めての舞踏会だからと及び腰になってはいけない。

ルチアは改めて気合いを入れ直す。

が、もう少しだけカイルの体温を味わっていたくて、彼が離れるまでその胸に顔を埋めていたのだった。

王宮舞踏会。

噂だけなら女学校時代にいくらでも仕入れることができた。

だが改めて自分の目で見るのとでは、まるで別物だ。

(夢の世界にでも入り込んだ気分よ……)

また自分が広間ではなく、王族たちが並ぶ一段高いフロアにいるというのがさらに不思議である。

「今宵《こよい》はみな、よく集まってくれた。今年の社交シーズンの始まりを祝し、乾杯！」

国王陛下《へいか》の堂々たる挨拶《あいさつ》に合わせ、集まった人々は乾杯と口々に述べる。

全員がグラスを空《あ》けると、どこからともなく盛大な拍手が響き渡った。

「今宵はみなによき報《しら》せがある。このたび、ここにいる我が子息《しそく》、ゼルディフト公爵の婚約が相整《あいととの》った。お相手はマーネット男爵家のルチア嬢。みな、若きふたりに祝福の拍手を」

割れんばかりの歓声が上がり、それまで以上の拍手が広間を埋め尽くした。

ちらりと見た限りでは、ほとんどの人々は喜びではなく驚きの表情を浮かべている。

カイルの女嫌いは、おそらく社交界では有名なのだろう。

そんな彼を射止《いと》めた令嬢はどんな女性なのかと、あちこちで憶測《おくそく》の言葉が交《か》わされるのが聞こえてきた。

興味津々《きょうみしんしん》の視線が突き刺さり、ルチアの笑顔は危《あや》うく引き攣《つ》りかける。

「さぁ、宴《うたげ》の始まりじゃ。みな大いに飲み、歌い、踊り、今宵《こよい》を楽しんでほしい」

国王陛下《へいか》が大きく手を打ち鳴らすと、楽団が待ってましたとばかりに曲を奏《かな》でる。

流行の曲に誘われ、さっそく最初のダンスが披露《ひろう》される。

あっという間に、広間は華やかな舞踏会《ぶとうかい》の雰囲気に包まれた。

「このたびはご婚約、おめでとうございます。公爵閣下《かっか》のさらなるご健勝《けんしょう》を祈って！」

「ああ」

ひっきりなしに挨拶《あいさつ》に訪れる貴族たちに、カイルは短く頷《うなず》いていく。

隣で聞いているルチアのほうが「それでいいのか」と突っ込みたくなるくらい素っ気ない返事だ。

とはいえ丁寧に返せばそれだけ手間がかかることも、なんとなくわかった。

そんな彼女はカイルの隣でひたすらにこにこしながら、遠巻きに交わされる会話を耳にしては少しばかり落ち込んでいた。

『マーネット男爵家ってご存じですか？　聞いたことのない家名《かめい》ですけれど……』

『噂では地方の貧乏貴族とかなんとか。とても王族に嫁《とつ》げる姫君ではないらしいですわ』

『ではどうやって公爵の妻の座を射止めたのかしら？』

『純情そうに見えて、意外とやり手ということでは……？』

（ある程度予想はしていたけど、ひどい言いぐさね）

マーネット男爵家が地方貴族であることは本当だし、家が貧乏なのも本当だ。

だから、そのことについて悪《あ》し様《ざま》に言われるのは仕方ないと、ルチアも半《なか》ばあきらめている。

だが『やり手』などと言われるのは心外もいいところだ。どちらかというと罠《わな》にはまったのはルチアのほうなのだから。

「ゼルディフト公爵、申し訳ないのですが、ちょっとご相談したいことが……」

一通り挨拶が終わった頃、機会をうかがっていたのか、文官がカイルに声をかけた。

カイルがわずかに眉《まゆ》を顰《ひそ》める。

舞踏会中に持ってくるほどだ、急ぎの話なのだろうと察《さっ》して、ルチアは先に助け船を出した。

「じゃあ、わたしは王妃様のところに行っているわ。終わったら迎えにきて」

「悪いな」

カイルは離れがたい様子を見せながらも、文官に付いてそっと舞踏会《ぶとうかい》を抜け出していった。

ルチアは言葉通り王妃のもとへ向かおうとするが、彼女の周りには大勢のひとだかりができていて、とても入っていけそうにない。

アデレードは王太子ラウルと中央で踊っているので、そちらに行くこともできなかった。

そうこうしているうちに、若い令嬢集団がわらわらと周りに集まってくる。

「ルチア！　あなた田舎に引っ込んだと思ったら、いつの間に公爵閣下《かっか》の婚約者になっていたのよ⁉」

よく見れば彼女たちは女学校時代の同期生で、いずれも白いドレスに思い思いのティアラを身につけていた。

「いったいどうやって公爵様のお心を射止《いと》めたの？　よりにもよって、女嫌いで有名なあのゼルディフト公爵の！」

「え。ええと、その、成《な》り行《ゆ》きっていうか……」

「田舎にいたはずのあなたに、どんな成り行きが待っていたって言うのよ⁉」

まさか横《よこ》っ面《つら》を引っぱたいたからとは言えない。カイルの名誉のためにも秘密にすべきだ。

だが他に説明しようもなく、ルチアは曖昧《あいまい》な微笑《ほほえ》みを浮かべて首を振った。

「く、詳しいことはわたしと公爵様だけの秘密よ。これ以上は言えないわ」

かろうじてそれだけ捻《ひね》りだし、ツンとそっぽを向いたルチアは、集団の向こうに懐《なつ》かしい面影《おもかげ》を見つけて歓声を上げた。

「ヴィレッタ！　久しぶりねぇ！　元気にしていた？」

所在なさげにたたずむ従姉妹《いとこ》のもとに、ルチアは迷わず近寄った。

清楚《せいそ》な白いドレスに身を包んだヴィレッタは、ほっとした面持ちでルチアに近づいてくる。どうやら令嬢たちが邪魔で迂闊《うかつ》に動けなかったようだ。

「あっちのほうに行きましょう。飲み物もあるみたいだし」

ルチアはヴィレッタの手を掴《つか》んで、率先《そっせん》して食べ物が並ぶテーブルへ移動した。

「元気そうでよかったわ。もう変な男に泣かされたりしてないでしょうね？」

「もう、ルチアったら。わたしのことなんて心配している場合じゃないでしょう？」

飲み物を受け取りながら、ヴィレッタはおずおずと微笑んだ。

「あなたが公爵様に連れ出されてから、舞踏会は騒然《そうぜん》となったのよ？　翌日には父のもとに公爵家の紋《もん》が入った書状が届けられるし、本当に急なことで驚いたわ」

「あー……、まぁ、いろいろあってね。それより、わたしの家族には会った？　お母様たちが元気にしているか知ってる？」

「ええ、もちろん。書状が届いてすぐに、お父様はあなたの家を訪問したの。叔母《おば》様も子供たちも驚いていたけれど、公爵様の采配《さいはい》でやってきた使用人たちにとても懐《なつ》いて、元気にやっているわ」

「そう……よかった」

一番気になっていた家族の安否《あんぴ》が保証され、ルチアは肩の力をゆっくり抜いた。

カイルはきちんとルチアの家族に責任を持ってくれたのだ。約束を破るような人物ではないとわかっているが、改めて言葉にされると安心感は桁違《けたちが》いである。

ただ、嬉しい反面、ひどく寂しい思いも込み上げてくる。

もう自分はあの家に戻らなくてもいいのだ。ルチアがいなくても、使用人たちがすべての面倒を見てくれる。

ありがたいことではあるが、自分の居場所が取り上げられたようで、少し切なくもあった。

「でも、叔母様はとても心配していたわ。あなたがちゃんと城でやっていけるのかどうかとか、公爵夫人が務《つと》まるのかとか……」

「それはわたしも不安よ。でも、今のところ王妃様も王太子妃様も優しくしてくださるし、それに……公爵も、なんだかんだ言って頼れるひとだから」

軽く肩をすくめたルチアに、ヴィレッタは目を丸くした。

「ここへくるまで半信半疑だったけど、ルチア、あなた本当に公爵様といい仲になっていたのね」

「いい仲だなんて」

そんなことないわよ、とルチアは明るく笑い飛ばそうとした。

だが言葉は途中で喉《のど》に引っかかって、表情もわずかに沈んでしまう。

生まれたときからの付き合いであるヴィレッタは、そんな従姉妹《いとこ》の変化を見逃さない。

「……公爵様と、うまくいっていないの？」

「あ、ううん、大丈夫よ。ただ、うーん……」

頬《ほお》をポリポリかきながら、ルチアは曖昧《あいまい》な笑みを浮かべた。

「すごく、よくしてもらってるんだけどね。それとこれとはまた別問題というか……、なんて説明すればいいのかなぁ」

「まぁ……」

歯切れの悪いルチアに、ヴィレッタが目を丸くする。

普段から思ったことをぽんぽん口にするのがルチアだ。その彼女がこんなふうに思い悩むことは滅多にない。

それだけに、ヴィレッタはすぐに、一口では言い表せぬ事情があるのだろうと察《さっ》してくれたようだ。

「よくわからないけれど、わたしでいいならいつでも相談に乗るわ」

「ありがとう、ヴィレッタ」

察しながらも、無理に聞き出そうとしないのがヴィレッタのいいところだ。ルチアは感謝を込めて微笑《ほほえ》み、そっと彼女の肩を抱擁《ほうよう》した。

そのとき——

「ちょっと失礼。ゼルディフト公爵のご婚約者とは、あなたのことですの？」

鋭い声がふたりのあいだに割って入ってきた。

驚いたルチアは思わずヴィレッタを背にかばうようにして一歩を踏み出す。

振り返ってみれば、そこには肉感的な肢体《したい》を惜《お》しげもなく晒《さら》した、黒髪の美しい令嬢が立っていた。

「そうですが、あなたは……？」

思わず聞き返すと、令嬢は目元に一筋の皺《しわ》を刻んで、扇《おうぎ》をパチンと掌《てのひら》に打ちつける。

「近衛騎士団《このえきしだん》隊長アゼフト伯爵の娘、ロクサーヌですわ。覚えていてくださらなかったようね」

「えっ……」

こんな肉感的な美女、一度見たらそうそう忘れられるものではないはず。

どこで会ったっけ……と黙り込むルチアに、ロクサーヌはいらいらと扇を開いたり閉じたりした。

「覚えていらっしゃらなくて？　ギネア子爵の邸宅で行《おこな》われた舞踏会《ぶとうかい》で、わたくしはあなたのことを確かに拝見いたしましたけれど」

ギネア子爵邸の舞踏会。それはルチアがヴィレッタたちの厚意で参加させてもらった、例の舞踏会のことだ。

人生初となる社交の場で、ルチアは到着してものの五分も経《た》たないうちに会場から連れ出された。

他でもない、ゼルディフト公爵カイルの頬《ほお》を、勘違《かんちが》いからぶっ飛ばしたためである。

そのときの記憶がルチアの頭にまざまざとよみがえる。

確かにあのとき、カイルは黒髪の美しい艶《あで》やかな美女のそばにいた。

その様子を見て、ルチアはヴィレッタを泣かせた男に対する怒りをさらに燃え立たせ、あと先考えずに突っ込んでしまったのである。

「──あのときカイルに抱きついていたご令嬢……!?」

「んっまぁ、呆《あき》れた。公爵様とご婚約なさった方の台詞《せりふ》とは到底思えない言いぐさですわね」

確かにそうだろう、とルチアはむっとしつつも口を閉じた。

少なくとも、貴婦人というのはあからさまな驚きを顔に出したりはしないし、人差し指で相手を思いきり指さすこともないのだから。

「……その、あのときは、……公爵を横からかっさらうような真似《まね》をして、申し訳なかったと思いますわ」

うまい言い方が思いつかず、ルチアはついついストレートな物言いをした。

ロクサーヌの頬《ほお》にさっと赤みが差す。やはり、彼女はあのとき、肉体を武器にカイルに迫っていたのだろう。そこにルチアが割って入ったものだから、邪魔をされたと根に持っているわけだ。

(面倒くさい相手に目をつけられちゃったわ……)

こういう女はどこまでも執念深い。女学校にも似たような輩《やから》はたくさんいたから、ルチアは本能的にそれを察知できた。

もっとも女学校時代は、そういう相手からのいやがらせは片《かた》っ端《ぱし》からやり返したので、深く恨まれる前に逃げられてしまう場合がほとんどだったが。

（でもここは女学校じゃなくて、社交界だもんなー。下手なことしてカイルはもちろん、王妃様やアデレード様の顔に泥《どろ》を塗るわけにはいかないし……）

被害が自分ひとりで済むならまだしも、周囲を巻き込んでは大変だ。

ルチアはちらりと王妃とアデレードの様子を確認した。ふたりとも相変わらず楽しそうに会話やダンスにいそしんでいる。

抜け目のないふたりのことだから、こちらの様子も目の端には捕らえているだろうが、なんの手助けもないということは、ひとりで勝手になんとかしろということだろう。

『できる限りフォローはするけど、わたくしたちにも自分たちの社交がありますからね。ちんけな因縁《いんねん》をつけてくる輩《やから》は、今のうちにうまくあしらえるようになっておきなさい』

ここ数日のしごき……もとい貴婦人教育の中の一節がよみがえる。

ルチアは「よし」と腹を据《す》え、再びロクサーヌに目を戻した。

「それで、本日はどのようなご用件ですの？」

「まぁ、さすが礼儀をわきまえないだけあって、無礼な言いようですのね。公爵がお聞きになったらどんなにお嘆《なげ》きになるか、想像もつきませんわ」

いちいち面倒くさい奴ねと思いつつ、ルチアは目線で続きを促《うなが》した。

「わたくし、ここにいらっしゃる皆様の間違いを正しにまいりましたのよ」

ロクサーヌが、それまでより心持ち大きな声を張り上げた。

歌姫と見まごう身体つきの彼女から発せられる声は深く、喧噪《けんそう》の中にあってもよく響く。

案《あん》の定《じょう》、近くに集まっていた人々は、対峙《たいじ》するうちのひとりがゼルディフト公爵の婚約者と気づいて、興味をそそられたように振り返り始めた。

そうやって周囲の視線を集めてから、ロクサーヌ嬢は勝ち誇《ほこ》った笑みでルチアに扇《おうぎ》を突きつける。

「あの子爵邸の舞踏会《ぶとうかい》で、あなたはあろうことか、ゼルディフト公爵の横面《よこつら》を張り倒したのですわ。公爵様にはなんの罪もなかったのに——ただ、このわたくしとともにいたという事実に嫉妬《しっと》して！」

「はっ？」

ルチアは思わず間の抜けた声を出した。

誰がなにに嫉妬したって？

理解が追いつかずぱちぱちと瞬《まばた》きを繰り返すルチアだが、周囲の人々はざわりと不穏《ふおん》な気配を纏《まと》った。

「ゼルディフト公爵を張り倒した……？」

「まさか。殿方に手を上げるなど、淑女《しゅくじょ》の風上にも置けない所行《しょぎょう》ですのに……」

「それも公爵のパートナーに嫉妬したために？」

「まぁっ、なんて野蛮《やばん》な！」

（ええっ、そういう解釈になっちゃうわけ？）

さざ波のように広がる風評に、ルチアは大いに混乱した。

「ちょ、ちょっと待ってよ。わたしは別にあなたに嫉妬したから、あんな暴挙《ぼうきょ》に出たわけじゃなくて……」

「まぁっ、皆様お聞きになりましてっ？　この方ったら、みずから公爵に手を上げたことをお認めになりましたわよ。なんてはしたない！」

ロクサーヌが芝居《しばい》じみた声で叫び、汚いものでも見るような顔でルチアからあとずさる。

周りの人々のまなざしもはっきりとした非難の色に変わり、ルチアは胸中で「やばっ……」と呟《つぶや》いた。

（わたしとしたことが、まんまと乗せられちゃった）

「ル、ルチア……」

「ヴィレッタ、あんたはちょっと離れてて。さすがに暴力沙汰《ざた》にはならないだろうけど、一緒にいるのはまずいわ」

「でも、あなたはあのとき、わたしのために泥《どろ》をかぶったのに……」

「そりゃそうだけど、そんなこと言えるはずもないし」

袖《そで》を引くヴィレッタに耳打ちしながら、ルチアはどう弁解しようか必死に考える。

周りの空気はすっかり険悪モードだ。殿方はみな気にいらない表情で顔をしかめているし、ご婦人方は扇《おうぎ》の陰から遠慮《えんりょ》なく「野蛮《やばん》ねぇ」「田舎者はこれだから」と毒づいていらっしゃる。

(……あぁ、その扇、思いっきり叩《たた》き落としてやりたい気分っ！)

とはいえ、そんなことをしたら悪評《あくひょう》に拍車《はくしゃ》をかけるだけだ。

ルチアはパニックを起こさないよう深呼吸して、それとなくヴィレッタをうしろに追いやった。

「確かに、わたしはゼルディフト公爵に手を上げましたわ」

歩み出たルチアは、堂々と言い放《はな》った。

周囲の空気が再《ふたた》びざわっと乱れる。とんでもないという顔をする者もいれば、いきなり罪を認めたルチアに目を丸くする者もいた。

「でも、それはあなたに嫉妬《しっと》したからでは決してないわ。わたしは、そんな理由で誰かを傷つけるような真似《まね》はしないもの」

「なっ……」

これにはロクサーヌのほうが驚いた顔をした。

「い、いいかげんなことを言って！　ならばどうして公爵閣下《かっか》に手を上げたのよ！」

「わたし自身の正義に従って行動したまでよ。少なくとも、嫉妬なんてくだらない理由では絶対にないわ。――あなたのように、狙っていた男を横からかっさらわれたからって、公衆の面前でひとを辱《はずかし》めるようなことをわたしは絶対にしない」

「んなっ……！」

ロクサーヌが引き攣《つ》った顔をしたまま硬直する。

フン、と鼻息を荒くしたルチアだが、さすがに言いすぎたかとちょっと反省した。

だがこのくらい言わなければ、相手はもっとつけあがるに決まっている。

カイルを叩いたことが噂されるのはもう仕方がないが、それが嫉妬のためと言われるのは避《さ》けたかった。そのためには、堂々と宣言するしかなかったのである。

（――とは言っても、どうせこのことはおもしろおかしく広まっちゃうんでしょうけなにやらぺちゃくちゃと扇《おうぎ》の陰でさえずり合っている。

すでに近くにいた令嬢たちは興奮しきった顔で、自分たちのいいように脚色して触れ回るつもりだろう。まったく迷惑なことこの上ない。

きっとひとりの男をめぐって対峙《たいじ》する女たちの争いを、

（いいわよ。言いたければ言えばいいわ。ゼルディフト公爵の婚約者はとんでもない女だってね！　倍にしてお礼まいりしてやるわ）

ルチアは迷いを振り切るように腹を決めた。

「このっ、言わせておけば調子づいて――！」

顔を真っ赤にしたロクサーヌ嬢がつかつかと歩み寄ってくる。

ルチアの意趣《いしゅ》返しはなかなか功を奏《そう》したらしい。その足取りは荒く、美しい目元には真っ赤な怒りが滲《にじ》んでいた。

（くるならこい）

ルチアもさりげなく足を引いて臨戦態勢を取る。

しかし――

「ルチア」

凛《りん》とした声がその場に響き、ルチアもロクサーヌもはっと動きを止める。

ふたりを囲んでいた人垣が自然と割れ、長身の青年がすっと入り込んできた。

「カイル……」

カイルはぐるりと周囲を見渡すと、いつもと変わらぬ表情をルチアに向けた。

「なにかあったのか？」

無表情の中にも、ほんの少しの労《いたわ》りが見える瞳と声。

ルチアはふっと肩の力が抜けるような気がした。なぜだかわからないが、彼の顔を見た途端《とたん》、どっと安堵《あんど》が押し寄せてきたのだ。

どうやら自分は思った以上に気を張っていたらしい。

「えっと、実は……」

震えそうになる声を抑えながら、ルチアは状況を説明しようとしたのだが――

「そ、そのご令嬢の過《あやま》ちを嘆《なげ》いていたのですわ！　ゼルディフト公爵様」

一歩踏み出したロクサーヌが、ややひっくり返った声音で叫んだ。

カイルはゆっくりとそちらを振り返り、なにかを考えるようにかすかに首を傾《かし》げる。

そして。

「失礼だが、どちらのご令嬢でしたか？」

「申し訳ないが、舞踏会《ぶとうかい》でお会いするご令嬢はそれこそ星の数ほどいるもので、どこでお会いしたか思い出せないのだが」

しれっとしたカイルの言い分に、あっけにとられていたロクサーヌは、徐々《じょじょ》にわなわなと震え始めた。

一方のルチアも内心で『うわー』といてしまう。

(そもそも舞踏会自体そう行かないくせに、ひどい言い訳の仕方ね)

これではロクサーヌでなくても、彼に思いを寄せていた令嬢たちは激しく傷つくことであろう。

「わ、わ、わたくしは……!」

「いえ、名乗らなくても結構。それより、我が婚約者の過《あやま》ちとはいったい……?」

冷たく突き放《はな》したカイルは、さっさと本題に入ろうとばかりにじっとロクサーヌを見つめる。

たび重なる非礼に、ロクサーヌは顔を真っ赤にしてぶるぶる震えた。

そして、そもそもの元凶《げんきょう》はおまえだとばかりに、ギッと鋭い視線でルチアを睨《ね》めつけてくる。

「なっ――」

「わたくし、この方が舞踏会で公爵様に手を上げるのを、しかとこの目で拝見いたしましたわ！　それも公爵様にはまったく非がなかったというのに、謝ることすらせずに会場をあとにした姿も、きちんと見ておりましたもの！」

（いや、一応謝ったわよ。そのあと会場をすぐに出たのは拉致《らち》されたからよ）

ルチアは胸中で突っ込んだが、さすがに声に出すのはやめておいた。今はカイルがどう返事をするかが気がかりだ。

ちらりと目をやると、カイルはそれまでと変わらぬ表情でロクサーヌを見ていることがわかる。呼吸も落ち着いていて、言われたことに怒っている様子もない。

ロクサーヌもそのことに気づいてか、怪訝《けげん》なまなざしでカイルの顔色をうかがった。

「こ、公爵様？」

「あなたは、なにか勘違《かんちが》いをなさっているようだ。我が婚約者がわたしに手を上げたのは、非礼でもなんでもない。なぜなら、先に彼女に無礼を働いたのはわたしのほうだからだ」

予想外の答えに、ルチアもロクサーヌと一緒になってカイルを凝視《ぎょうし》してしまう。

周りを囲む人々も驚いた様子で、ひそひそとどういうことか話し合いを始めてしまった。

「そ……そ、んなことはございませんっ。わたくしは……わたくしは、確かに、殿下がそのご令嬢に対し『どうやら勘違《かんちが》いだったようだな』とお声をかけたのを耳にしましたわ……」

「確かに、そんなことも言ったかもしれないな。そのときは彼女に無礼を働いたとは思っていなかった。いや、正しくは彼女の身内に、だったが……」

そこでカイルは人垣の一点に目を向ける。つられてそちらを見やったルチアは「あっ」と小さく声を上げた。

そこにはヴィレッタがたたずんでいた。両手を胸の前で組んで、じっとルチアに視線を注《そそ》いでいる。

ルチアと目が合うと、彼女は「大丈夫」というようにこくりと頷《うなず》いた。

「ど、どういうことですの……」

ロクサーヌがヴィレッタとカイルを交互に見ながら眉《まゆ》を寄せる。

ルチアもまったく同じ気持ちで、答えを促《うなが》すようにカイルの瞳を見つめてしまう。

「なんということはない。我が婚約者は、そこにいる従姉妹《いとこ》のヴィレッタ・カーティス伯爵令嬢にわたしが行《おこな》った非礼を許すことができず、彼女のために果敢《かかん》に立ち向かってきただけのことだ」

「ヴィレッタ・カーティス……？」

ロクサーヌの呟《つぶや》きに、人々のざわめきが大きくなる。

みなルチアの父マーネット男爵は知らなくても、中央にそこそこ顔が利《き》く伯父《おじ》カーティス伯爵のことは知っているようだ。そして今の言葉で、彼らは間接的にルチアが伯爵の姪《めい》であることも知ることになった。

（でも、いったいどういうこと？　ヴィレッタに無礼なことを言ったのはカイルじゃないわ。なのにどうして……）

ヴィレッタに目を向けると、彼女は祈りの姿勢のままじっとルチアを見つめ返してくる。

まさか、とルチアがハッと目を瞠《みは》ったときには、カイルは朗々《ろうろう》とした声音で居並ぶ人々に説明を行っていた。

「ギネア子爵邸の舞踏会《ぶとうかい》に参加する前、わたしは別の貴族の邸《やしき》のパーティーにも参加していた。そこで、そちらのヴィレッタ嬢にひどい言葉をぶつけてしまった。なんと言ったかは令嬢の名誉を守るため口にはできないが、彼女を侮辱《ぶじょく》することだったとは言っておこう。我が婚約者は、そのことで心を痛める従姉妹を気の毒に思い、従姉妹を悲しませたわたしに対し義憤《ぎふん》を覚えたのだ。それがあの平手打ちに繋《つな》がった」

（カイル……！）

ルチアはカイルの考えを見抜いて目を見開く。

彼はあの平手打ちの件に関し、自分が泥《どろ》をかぶるつもりでいるのだ。ルチアの行動を正当化するため――ひいては彼女の名誉を守るために！

（でもその言い方じゃカイルが最低野郎になっちゃうし、ヴィレッタだって……っ、心ないことを言われて傷ついたっていう不名誉なことが周りに知られることになっちゃう……）

だがヴィレッタはルチアの視線をとらえると、かすかに首を振って応《こた》えた。

どうやらルチアがロクサーヌに対峙《たいじ》しているあいだ、彼女はカイルと協定を結んだらしい――ルチアを助けるために、自分たちが泥をかぶろうと。

（ヴィレッタ……っ）

「我が婚約者は正義感が強く、寛大《かんだい》で家族思いだ。それゆえ、わたしに泣かされた従姉妹《いとこ》を放っておくことができなかったのだ。あとあと聞いたことだが、我が婚約者は罰《ばっ》せられることを覚悟でわたしに抗議したということだった。彼女は自分の名が傷つくことになろうとも、従姉妹の名誉を回復させたいと願うほど、まっすぐな心根《こころね》をした令嬢なのだ」

カイルの凛《りん》とした言葉に、周囲の人々はぼうっと聞き入る。

ただでさえカイルの美貌《びぼう》は群を抜いているのだ。そんな美しい王子がこれほど力説しているのに、聞き入らない者がいるはずがない。

カイル自身そのことをよく理解しているのだろう。居並ぶ人々をじっと見回すと、おもむろにルチアの肩を抱き寄せ、堂々と宣言した。

「その美しく気高い心根に、わたしは心底惹《ひ》かれたのだ。だからこそ、彼女を妻にと強く望んだ。みなも我が王室に、彼女のような清廉《せいれん》な令嬢を迎えることになった幸福を祝ってほしい」

これまで女嫌いで通っていた公爵の、熱烈とも言える愛の言葉に、わっと興奮気味の歓声が上がる。温かな拍手が鳴り響き、乾杯の音頭《おんど》まで聞こえてきた。

カイルがさっと手を上げると、楽団がすぐに楽器を構え、それまで以上に楽しげな曲を奏《かな》で始める。

「さぁ、宴《うたげ》は始まったばかりだ。みな、心ゆくまで楽しんでいってくれ」

カイルの言葉に、居並ぶ人々も笑顔で散り散りになっていく。

分《ぶ》が悪いと踏んでか、憤怒《ふんぬ》の形相《ぎょうそう》でルチアを睨《にら》みつけていたロクサーヌも、さっとドレスの裾《すそ》を翻《ひるがえ》して人混みに消えていった。

「……カイル、あんた、わたしのために――」

「これくらいのことはなんでもない」

カイルはさらりと答えた。

「ルチア、ああよかった。大丈夫だった？」

「ヴィレッタ……」

慌《あわ》てて駆け寄ってきた従姉妹《いとこ》の手を、ルチアはきゅっと握った。

「わたしより、ヴィレッタのほうはそれでよかったの？　結果的に、あなたを馬鹿《ばか》にしたのはカイルだってことになっちゃったけど、それだって決していいことだとは……」

「わかっているわ。でも、地方貴族に馬鹿にされたと噂されるより、あのゼルディフト公爵に声をかけていただいたということのほうが、きっと自慢できると思わない？」

従姉妹の悪戯《いたずら》めいた微笑《ほほえ》みに、ルチアは舌を巻いた。

「あなたも言うようになったわね」

「ルチアのおかげよ。あなたがわたしのために怒ってくれたから……わたしも、もっと強くならなくちゃって思えたの」

ヴィレッタはカイルにも深々と頭を下げた。

「ゼルディフト公爵も……我が従姉妹の名誉のために、ありがとうございました」

「婚約者の名誉のためだ。これくらいはなんでもない」

カイルは再《ふたた》びさらっと言って、おもむろにルチアの手を取った。

「踊るぞ」

「えっ。ちょっとカイル！　ヴィレッタ……っ」

ルチアは思わず従姉妹に助けを求める。だがヴィレッタは嬉しげな様子で、ひらひらとふたりに手を振った。

そうしてホールの中央に踊り出たふたりは、新たな曲に合わせてゆっくりステップを踏み出す。

主役たちを慮《おもんぱか》ってか、ふたりの周りにはちょっとした空間ができる。

おかげで多少よろめいたり、ターンがぎこちなくなってもぶつかることはない。

「……あんた、ダンス、下手ねぇ……」

「うるさいっ」

しみじみとしたルチアの言葉に、カイルが間髪容《かんはつい》れずに答える。その頬《ほお》は心なしか赤く染《そ》まっていた。

ルチアは苦笑を浮かべる。それでも、ぎこちないカイルのステップに合わせて、それなりに優雅《ゆうが》に見えるよう一生懸命ターンした。

お互いを気遣いながら、ふたりは踊り続ける。

それが周囲の人々の目には実に初々《ういうい》しく、そして華々しく映ったのであった。

「もちろん、アゼフト伯爵令嬢があなたに突っかかっていくところは見ていたわ。けれどあの程度の輩《やから》なら、あなたひとりでも充分撃退できると思っていたの。それなのになに？　あなたったら、公爵に手を上げていたの？　そんなこと知らなかったから、わたくしもついつい聞き入ってしまったわ」

「アデレード様……」

舞踏会《ぶとうかい》で起きた騒ぎを思い出してか、アデレードは実に楽しげな様子でくすくす笑った。

どうやら王太子妃は未来の義妹《ぎまい》を助けるよりも、一傍観者として騒ぎを楽しむほうを選んだらしい。フォローすると言っていたくせに、薄情にもほどがある。

そんな話をしつつ、ゆったりと歩いて行くふたりを、木漏《こ も》れ日が優しく包み込む。

舞踏会の翌日はどこか気怠《けだる》げな雰囲気であふれていて、みんな少なからず夢見心地だ。

初夏の午後に王太子妃と王城を散歩するというのも、これまでの人生を思えば、本当に夢みたいな話なのだが。

「とはいえ、これであなたと公爵は晴れて婚約者同士。よっぽどのことがない限りそれが取り消されることはないでしょうから、いろいろと覚悟しておくことね」

「……たとえば、舞踏会の翌日にこうして庭に引っ張り出されて、義姉《ぎし》のおしゃべりに付き合うこととかを、ですか？」

「あなたも言うようになったこと」

アデレードはころころ笑った。

「それだけの気概《きがい》があるなら王宮でも立派にやっていけるわね。……昨日のことで落ち込んでいたり、変にプレッシャーを感じているんじゃないかと思って連れ出してみたけれど、杞憂《きゆう》だったみたいね。よかったわ」

「アデレード様――」

「では、わたくしはこのあと貴婦人方のお茶会に誘われているから。あなたもきたければきてもいいけど……」

「あ……いえ、わたしはもう少しお庭を散歩します」

「昨日の今日だものね。それがいいわ。じゃあ、また夕食のときにでもね」

アデレードはそう言ってドレスの裾《すそ》を翻《ひるがえ》すと、優雅《ゆうが》な足取りで木立《こだち》を抜けていった。

(なんだかんだ言って、気を遣ってくださっているのよね)

去っていく王太子妃のうしろ姿に微笑《ほほえ》みかけて、ルチアは再《ふたた》び道を歩き出した。

王宮には大小を含め多くの庭があったが、女性の住まいが連《つら》なる棟の庭は特に優美に作られている。今の時期は薔薇《ばら》が見頃で、噎《む》せ返るような匂いがあちこちからただよってきていた。

あまり長く嗅《か》いでいるとくらくらしそうだ。ルチアは薔薇から離れた水辺のほうへ足を運ぶ。大理石作りのベンチやブランコが備えられているそこは、周りが茂《しげ》みに囲まれていることもあり、羽を伸ばすには絶好の隠れ家なのだ。

「ふぅ。やっぱり水の近くは涼《すず》しくていいわ」

石のベンチに腰かけて、ルチアはうーんと両手足を伸ばす。

豪華なドレスにも華奢《きゃしゃ》な靴《くつ》にもだいぶ慣れてきたが、たまにはこういう息抜きが必要だ。

「とはいえ、あんまり遅くなるとラーナが心配するし。ちょっと風に当たったら戻ろうかな」

きっとラーナはお茶とお菓子を調《ととの》えてルチアを待ってくれているだろう。

「もう少しで王城ともおさらばか～」

結婚したあとは、王都にあるカイルの邸宅に移ることになっている。

まぁ肝心のカイルは城で仕事をしているから、邸宅に帰ることは稀《まれ》なんだそうだ。だが結婚後は一ヶ月近い休暇を与えられるらしいので、夫婦の時間を楽しむことはいくらでもできるだろう。

「やだっ、夫婦の時間なんて、変なこと期待しているみたい」

かぁあっと人知れず顔を熱くしながら、ルチアは思わず両手で頬《ほお》を挟《はさ》み込んでしまう。

だが浮き足だった気分はそうは続かず、ルチアはみるみる寂しげな表情になってしまった。

（なんだか……）

昨夜ヴィレッタにカイルとの仲を聞かれたときも、今と同じ気持ちになった。

寂しいような、心許《こころもと》ないような、なんとなく切ない気持ちが静かに胸に広がっていくのだ。

抜けない棘《とげ》のようにチクチクと心を刺激するこの感情は、一度意識してしまうと無視することは難しくなる。

（最近、カイルのことを考えるとこうなっちゃうのよね。うじうじ悩むなんて、わたしらしくないのに）

そもそもなにに悩むことがあるのだろう。

『取引』と言い張っていた頃ならまだしも、紆余曲折《うよきょくせつ》を経《へ》た今、ルチアはカイルを生涯の伴侶《はんりょ》としてしっかり見つめることができている。

最初はなんて冷酷なやつだとカイルを警戒していたけれど、彼のいいところを見つけていくにつれ、可愛《かわい》いところもあるかも、とまで思えるようになった。

けれど……彼のほうは、ルチアをどう思っているのか。

『白薔薇《しろばら》の誘い』のせいで身体を繋《つな》げたときのことも、ルチアの胸にはちょっとした傷になって残ってしまっている。

他でもない、「誰がおまえなんか抱くか」というカイルの言葉がそれだ。

翌朝の素っ気なかった態度も、折にふれて思い出しては、ぐじぐじと落ち込んでしまう。

「おまえなんか、か……」

水面《みなも》に映る自分自身をのぞき込み、ルチアはらしくもなくため息をついた。

確かに自分は女性として魅力的《みりょくてき》とは言い難《がた》い姿をしている。特別胸やお尻が大きいわけでもないし、亜麻色《あまいろ》の髪もすみれ色の瞳も、地味といえば地味だ。

これまで自分の容姿に劣等感《れっとうかん》を抱《いだ》いたことはなかったが、あんなふうに言われるとやはり多少落ち込んでしまう。

それ以上に厄介《やっかい》なのは性格のほうだ。思ったことをぽんぽん口に出す彼女の気質は、貴族の令嬢としてはあるまじきこと。女学校時代は頭の固い教師から何度もお叱りを受けたほどだ。

思い込んだら突っ走るところも悪癖《あくへき》のひとつ。売られた喧嘩《けんか》は迷わず買うのもまたしかりだ。

だからこそ、いやがるカイルを無理やり押し倒して、半《なか》ば襲《おそ》うような真似《まね》をしてしまった。

なのにうまくできなくて、結局はカイルに言われるまま動くのが精一杯だった。

呆《あき》れられてもおかしくないところだ。けれどカイルは怒るどころか、身体がつらくて動けないルチアに口移しで水を与えてくれた。

あの日だけではない。

昨日の舞踏会《ぶとうかい》だって、わざわざ自分が泥《どろ》をかぶってまで、ルチアの名誉を守ろうとしてくれた――

(どうして、あんなふうに優しくしてくれるようになったんだろう。やっぱり身体を重ねた相手だから、多少は情が湧《わ》いたってこと？　あのカイルが……？)

出会った頃の冷徹《れいてつ》な彼と、最近の優しい彼が心の中でせめぎ合う。

どちらが本当のカイル？

どちらも本当だというなら、彼は今、ルチアにどちらの姿を見せたいと思っているのだろうか。

（わたしを助けてくれたのは、婚約者としての義務感から？　それとも……）

風に揺れる水面《みなも》を見つめながら、真剣に考えていたときだ。

「――ごきげんよう、マーネット男爵令嬢様。今、よろしいかしら？」

木立《こだち》から聞こえた声に、ルチアは驚いてがばっと顔を上げる。

ひとがいることに気づかず、ついつい考えに沈んでいた。

反省しつつ振り返ったが、小径《こみち》から歩いてきた令嬢を一瞥《いちべつ》した途端《とたん》、殊勝《しゅしょう》な考えはたちまちどこかへ消えてしまった。

「……どうも、コンニチハ」

ついつい気のない挨拶《あいさつ》をすると、姿を現した相手――誰であろう、黒髪の印象的な美女ロクサーヌ嬢は、「おほほほ」と口元に手を当てて軽快に笑った。

「そのように警戒なさらないでくださいませ。わたくしたち、知らぬ仲ではないでしょう？」

（だからこそ身構えちゃうんだけどね）

ルチアはそれとなく立ち去る用意をしながら、しずしずと歩いてくるロクサーヌをさっと観察した。

（向こうもひとり？　お付きの人間とかいないわよね？）

喧嘩《けんか》慣れしていないご令嬢が相手で、周りに人影がないのなら、いざとなれば蹴り倒して逃げることも可能。頭の中で素早く計算したルチアは、間合いを詰めてくるロクサーヌをじっと見つめながら口元を引き締めた。

「えっと、なんのご用でしょうか？」

「昨夜の舞踏会《ぶとうかい》でのことですけれど……」

きた、とつい呟《つぶや》いてしまう。もっともこの美女の振る話題などそれ以外にないだろうが。

「昨日のことでしたら、お互い不問ということにいたしませんか？　結局、どちらも恥をかくことになったのですもの。おあいこですわ」

最終的にはロクサーヌが完敗した形だったが、その前にルチアが非難を浴びていたのも事実だ。

ロクサーヌはちょっと目を瞠《みは》ったのち、またころころと笑った。

「マーネット男爵令嬢様は寛大《かんだい》なお心の持ち主でいらっしゃるのね。昨夜のことでしたら、わたくしが悪かったと謝りにきたところですのに」

ルチアは思わず目を瞬《しばたた》く。果《は》たしてロクサーヌは本心で語っているのだろうか？

「そんなに疑わないで」

親しげな笑みを向けられるが、それがかえってよけい怪しく見える。……王妃やアデレードに鍛《きた》えられたせいで、常よりずっと疑《うたぐ》り深くなってしまっただけだろうか？

だが謝りたいと言っている相手を「いらない」と突っぱねるなど愚《おろ》かなことだ。

姿勢を正したルチアは、じっとロクサーヌの言葉を聞いた。

「昨夜はわたくしの思い込みであなた様にご迷惑をおかけしたこと……まことに申し訳なく思っておりますわ。できればこののちは、どうかその寛大《かんだい》なお心で接していただけますよう……」

おまけにドレスの裾《すそ》をつまみ、正式な礼をされては、ルチアも黙ったままでいることはできなかった。

「……顔を上げてください。昨夜のことでしたら、さっき言ったとおり不問にいたしますから。お互いなかったことにいたしましょう」

「ありがたきお言葉……」

ロクサーヌが慣例に従ってルチアの手を取る。

男性なら甲にキス、女性なら額に押し頂くのが礼儀だが――なんと、ロクサーヌはルチアの指先を手にすると、ぐいっと自分のほうへ強く引っ張った。

反動で前のめりになったルチアは、危《あや》うくすっ転びそうになる。

なんとか踏ん張り、池に頭から飛び込むことは避《さ》けられたが、ロクサーヌが耳元で「チッ」と舌打ちするのがしっかり聞こえてきた。

「ちょっ！　いったいなにするのよ!?」

「それはこちらの台詞《せりふ》ですわ！　大人しく池に落ちてくれれば手間が省《はぶ》けましたものを！　ええ、これはあなたのせいでしてよ！」

「なんの話!?」

大人しく池に落ちてくれれば……って物騒《ぶっそう》にもほどがある！

慌《あわ》てて体勢を整えたルチアは、咄嗟《とっさ》にロクサーヌに飛びかかろうとする。

だがロクサーヌも素早い動きでうしろによけ、形のよい指をぱくりと唇に含んだ。

次の瞬間、彼女の口元からピイィィー！　と指笛の音が響き渡る。

「レオン！　ノルド！　いらっしゃい！」

ロクサーヌが宙《ちゅう》に向けて叫ぶと、どこからかシュタシュタッと素早い足音が聞こえてくる。

（この足音って……！）

ルチアは思わず青ざめる。

こういう類《たぐい》の足音は、実家で畑仕事に従事《じゅうじ》していた頃、結構な頻度《ひんど》で耳にしていた。

果《は》たして、ルチアがくるっと振り返った先の木立《こだち》が、がさがさと揺れ動く。

そこを軽々と飛び越え、大型の猟犬《りょうけん》が身軽に着地したのは、ほとんど同時のことだった。

「ひっ。な、なによこいつら――！」

「ほほほっ。この子たちはわたくしの父が調教した番犬でしてよ。国王陛下《へいか》から特別に許可をいただき、城の警備に当たらせているんですの。もちろん、調教師であるわたくしとお父様の言うことには忠実に従うよう仕込まれておりますわ」

猟犬を仕込むなんて、令嬢の所行《しょぎょう》ではないだろう！

ルチアは周囲を素早く見回した。下手に動くことはできないが、逃げ道くらいは確保しておかなければ――

「無駄でしてよ！」

いったいどこから取り出したのか、ロクサーヌは長い鞭《むち》を地面に向けてピシリと振り下ろした。

それを合図に、猟犬たちは一斉《いっせい》に牙を剥《む》いてルチアめがけて走ってくる。

「うっそぉ!?」

まさか大型犬に追い回される日が来るとは思っていなかった。

しかしルチアの足は、こんなときもしっかり動くようにできている。

なにせ実家にいた頃は山から下りてきた狼《おおかみ》たちと遭遇《そうぐう》したことだってあるのだ。

もっとも彼らの目的は飼っていた鶏《にわとり》だったので、一目散《いちもくさん》に逃げれば追いかけてくることはなかったが（おかげで鶏小屋はさんざんに荒らされたけど）。

なので猟犬に出くわしても腰を抜かすようなことはない。しかしこのまま逃げたところですぐに追いつかれるに決まっている。ただでさえ動きにくいドレス姿なのだから。

（あー、もう！　汚すのは本意じゃないけど仕方ない！）

逃げ続けるのは無理だと判断したルチアは、ちょうどいい大木を見つけて飛びついた。

ロクサーヌがうしろで「まぁっ!?」と仰天しているのが聞こえる。彼女のような深《しん》窓《そう》の令嬢にとっては、ドレス姿でするすると木を登るルチアは猿のように見えるのだろう。

枝に裾を引っかけながらも、ルチアは高いところまで登り切る。太い枝に両手両足でしがみついて、彼女はようやく「はーっ」と詰めていた息を吐き出した。

足元では、猟犬がガウガウと凶暴《きょうぼう》な威嚇《いかく》の声を発している。

「し、し、信じられませんわ！　あなたそれでも貴婦人の端《はし》くれですの!?　ドレス姿で、あろうことか——き、き、木に登るだなんてっ！」

「わたしにとっちゃ猟犬《りょうけん》使いのご令嬢のほうが信じられないわよ！　さっさとこの犬たちをどうにかして！　下りられないじゃないの！」

ガウガウという威嚇《いかく》の声のあいだで、ふたりは大声で怒鳴り合う。

するとロクサーヌは自分の優位を思い出したらしく、得意げなまなざしで木の上のルチアをせせら笑った。

「ほほほほっ！　だ～れが言うとおりにしてやるものですか！　もとはといえばあなたが悪いんですのよ！　わたくしの横からゼルディフト公爵を奪い去り、あまつさえ婚約者の座に納まるなんて……！　本当はわたくしが公爵の妻になるはずでしたのに！」

よほど腹立たしいのか、地面に鞭《むち》を打ちつけてロクサーヌは歯ぎしりした。

「そのためにお父様を説得して、陛下《へいか》に公爵の結婚を急がせるように、それとなく打診してもらいましたのに……！　その計画が、あなたのせいですべてぶち壊しになったんですわ！　あなたが現れたばっかりに、公爵は間違った道を進もうとしておいでなのです！」

「はあぁっ？」

ルチアは素《す》っ頓狂《とんきょう》な声を上げる。

唇を噛《か》みしめるロクサーヌは一見気の毒に見えるが、言っている内容は完全なる逆恨《さかうら》みだ。

（ぶっちゃけ、言われても困る、そんなこと）

「間違いは正さなくてはなりませんわ。そのためにも……あなたにはしばらく、そこで大人しくしていただく必要があります」

無様《ぶざま》に枝にへばりつくルチアを見上げ、ロクサーヌは勝ち誇《ほこ》った笑みを浮かべた。

「ちょっと……あんた、いったいなにする気？　わたしを木に登らせただけじゃ飽き足らないっていうの？」

不吉な予感にルチアは、ひくりと口元の筋肉を震わせる。

「おほほ、なにを言っているのかしら。あなたには少しのあいだ、そうして大人しくしていてほしいだけでしてよ。この子たちも、所定の場所からいなくなっているとわかれば、狩猟番《しゅりょうばん》がちゃーんと探しにきてくれますわ。そのときにでも助けを求めたらいかが？」

「あんた――」

「もっともその頃には、すべて終わっていることと思いますけれどね」

瞳をうっとりと細めて宣言したロクサーヌは、そのまま踵《きびす》を返して木立《こだち》の中へと姿を消した。

「ちょ、ちょっと、このまま放置していくつもり？　こらー！」

ルチアの声にもおほほほっという高笑いが返ってくるばかり。

ルチアはなんとか下りようとしたが、少しでも動くと猟犬《りょうけん》がガウガウ吠えたくってくるので、動くに動けなかった。

「どうすればいいのよ、これ。あの子、いったいなにを企《たくら》んでいるのよ……！」

どんどん募《つの》るいやな予感に、ルチアは焦燥《しょうそう》のあまり冷《ひ》や汗《あせ》をかいた。

◇◆◇

「しかしおまえが結婚するとはねー。人生なにが起こるかわかんないもんだよな」

「……それは褒《ほ》めているんですか？　けなしているんですか？」

「単純に思ったことを言ったまでさ。おまえの女嫌いは半端《はんぱ》なもんじゃなかったし、このまま女のひとりも知らずに寂しく生きていくのかなぁ～って、兄貴としては心配していたわけよ」

署名した手紙をせっせと文箱《ふばこ》に投げ入れながら、王太子ラウルは気安く言った。

その隣で各領地からの手紙を検《あらた》めていたカイルは、思わず渋面《じゅうめん》になってしまう。

「兄上がわたしを心配していたなんて初耳ですね」

「わざわざ言うようなことじゃないだろ？　気持ち悪い。あっ、そっちの書類交ざらないようにしとけよ」

「そんなヘマはしません。兄上こそ、いいかげんあっちこっちになびかずに、王太子妃殿下を大切にしてさしあげたらいかがですか？」

「わかってないね。おれとアデレードの愛の絆《きずな》はものすごーく強いんだぜ？　それこそ、多少の浮気じゃ揺るがない程度にな」

「自慢にもなりませんが」

「まっ、ねー。おまえは嫁さんひとりを大事にするタイプだろうし。まぁルチアちゃん可愛《かわい》いから気持ちもわかるけどねー」

兄の『可愛い』の一言に、カイルはぴくっと肩を揺らす。

思わず凶悪《きょうあく》なまなざしで兄を睨《にら》みつけると、ラウルは「きゃ～」と大げさにのけぞった。

「そんな目で見なくても手ぇ出さないよっ」

「手だけでなく、口も顔も、姿すら彼女の前に出さないでください。またわたしの見ていないところで酒など呑まされたら、たまったものではありません」

「おい、おまえまだそのこと根に持ってんの？　いや～ん、執念深～い。それこそ女みたいだぞ」

「手紙の仕分けが終わりましたので、今日はこれで失礼します」

「待て待て待て、悪かったよ。まぁ座れって。もうちょっと手伝っていけって。な？」

舞踏会《ぶとうかい》にかこつけてサボっていた仕事が山積みであるため、ラウルとしてはなんとしてでも弟の力を借りたいところだ。

それを「貸しだ」と言いながら一応カイルが付き合っているのは、曲がりなりにも相手が王太子殿下であるからに過ぎない。

もしこれが単に身内のことであれば「自業自得《じごうじとく》だ」と突き放《はな》してやるところである。

「……二度とこんなに仕事をためないでくださいよ」

低い声で釘《くぎ》を刺しながらも、カイルは新たな文箱《ふばこ》を手元に引き寄せた。

だがそれを開こうとしたところで、執務室の扉を侍従《じじゅう》がノックしてくる。

「失礼いたします。ゼルディフト公爵はこちらにいらっしゃいますか？」

「ここにいるぞ。どうした？」

「ご婚約者様から、カードが届いております」

書類をめくるカイルの手がぴたりと止まった。

「ルチアちゃんから？　ヒューヒュー！　お熱いねぇ」

「うるさいっ」

ここぞとばかりに囃《はや》し立てる兄を一喝《いっかつ》し、カイルは書類をいったん閉じた。

侍従《じじゅう》を下がらせてから、カイルはカードの内容を一瞥《いちべつ》する。

「呼び出しかい？　色男のカイル君？」

「……そのようです」

カイルの答えに、ラウルのにやにや笑いがぴたりと止まった。

「……それってなんかクサくない？」

「兄上もそう思いますか？」

カイルからカードを受け取ると、ラウルは鼻の上に皺《しわ》を寄せて文面を読んだ。

「『ふたりきりで話したいことがあります。お手すきのときに、東の庭の東屋《あずまや》までお越しください』……」

内容を声に出したあと、ラウルはむぅっと唇を尖《とが》らせる。

「丁寧な言葉遣いって、なんかルチアちゃんのイメージに反するね」

「なにか言付《ことづ》けしてくるときは、さすがにこういう口調で書いてきますけど」

「手紙やカードを受け取ったことがあるなら、この字はどうなの？　ルチアちゃんの字？」

「似てはいます。語尾で撥《は》ねるときの癖《くせ》とか、同じですね」

「まぁ、王宮に住んでいれば直筆の手紙くらい手に入れることは簡単だからなぁ」

ラウルはカードをぽいっと脇《わき》にのけ、そのままの姿勢で椅子《いす》にもたれかかった。

「兄上は、どうしてこの手紙が怪しいと？」

「だってルチアちゃんなら、話したいことがあれば直接言いにくるでしょ。それか次におまえと顔合わせるまで黙っておくか。あの子の性格ならそうするはずさ」

きっぱりとした兄の言葉に、カイルはわずかに感心する。さすが多くの女性と無駄に関係を持ってきたわけではない。

「わたしもそう思います。だからこそ、この手紙が誰の差し金《さしがね》なのかが気になる」

「ルチアちゃん、案外厄介《やっかい》ごとに巻き込まれているかもしれないよね」

「可能性はあります……」

カイルは投げ出されたカードを今一度手に取り、それを胸ポケットにしまった。

「少し出てきます」

「おう。おまえのぶんの仕事は夜にでもやってくれればいいからな」

自分でやれ、という一言をかろうじて呑み込み、カイルはせわしなく執務室をあとにした。

待ち合わせ場所の東屋《あずまや》には、なぜかお茶の支度《したく》が調《ととの》えられていた。

「まぁ、ゼルディフト公爵様。お待ちしておりましたわ」

首を傾《かし》げながら東屋に入ったカイルは即座に渋面《じゅうめん》になる。

奥の椅子《いす》から立ち上がったのは溌剌《はつらつ》とした婚約者ではなく、黒髪に肉感的な肢体《したい》を持った、見も知らぬ令嬢だったからだ。

（いったい誰だ、この女）

昨日の今日だというのに、カイルはもう彼女のことを忘れていた。

基本的に、女のことは一晩経《た》つと忘れるように頭ができている。そうでなければ、女たちの群れに投げ込まれたときに、早々に精神崩壊をきたしていたに違いないのだ。

だがその類《たぐい》の女たちが、どういうまなざしで自分を見るかは重々承知している。

胸元で手を組み、うっとりとカイルを見上げる目の前の令嬢も、まさにそういう瞳で自分のことを見つめていた。

見返すだけでもぞわっと鳥肌が立つような、肉食獣の目である。

「……なぜここにいる？」

不機嫌顔のカイルに、黒髪の令嬢、ロクサーヌはにっこりと微笑《ほほえ》んだ。

「閣下《かっか》の婚約者様にお願いして、閣下に謝罪するための場を設《もう》けていただきましたの。

昨夜のことは本当に申し訳ございませんでした。どうやらわたくしの早とちりだったようで……お恥ずかしいことですわ」

カイルはようやく、目の前の令嬢が昨夜の騒ぎの元凶《げんきょう》だったことを思い出す。

眉間《みけん》の皺《しわ》をますます深めて、カイルはいつでも出て行けるように出入り口のそばに陣取った。

「わたしの婚約者に頼んだというなら、ルチアは今どこにいる？」

「自分がいてはお邪魔になるだろうからと、先ほどお部屋にお戻りになりましたわ。わたくしのためにわざわざカードまで出していただいて……本当に、お優しい方でございますわね」

心にもないことを、よくもまぁ。

カイルは表面上「そうですか」と素っ気なく答えた。

「婚約者がいないというなら、わたしは部屋へ戻らせていただこう。まだ仕事が残っている」

「まっ。お待ちくださいませ。せっかくですからお茶をご一緒いたしませんか？　わたくし、騎士団《きしだん》で隊長を務《つと》めている父から、殿下のことをいろいろと聞いておりますの。ぜひ一度お茶をご一緒したいと思ってまいりましたのよ！」

(隊長の娘……アゼフト卿《きょう》の令嬢か。面倒な)

突き飛ばして出て行くにはいささか問題のある娘だ。本人もそれがわかっているから、わざわざ父親の役職名を口にしたのだろう。

(あー、面倒くさい)

もう一度呟《つぶや》いてから、ではほんの数分だけ、という意味を込めて、カイルは出入り口近くの柱にもたれかかった。

「南国から直輸入した良質の茶葉をご用意いたしましたの。ぜひ一杯だけでも……」

「では、その一杯を飲んだら戻ります。本当に忙しいので」

ありがとうございます、とロクサーヌは花のような笑みを浮かべる。

同じ『笑顔』でも、ルチアの弾《はじ》けるような笑顔のほうが万倍いいとカイルは思った。

まぁ、言うとおりにしてやれば、この令嬢も強く引き留めることはできないはず。

お茶の一杯で解放されるなら安いものだ。そう自分に言い聞かせ、カイルは穏便《おんびん》に事を運ぶことにした。

(終わったらルチアのところに顔を出すか……)

本当に彼女がカードを出したのかどうかも気になる。

もし真実だったとしたら、まどろっこしい方法は二度ととるなと言ってやらなければ。

彼女の訪問なら、昼間でも仕事中でも邪魔に思うことはまずないのだから。

(だいたい、婚約者を別の女とふたりきりにするか？　普通……)

――あとから思えば、それは女嫌いのカイルにしては冴《さ》えた考えであった。

「さぁ、お茶が入りましたわ。どうぞおかけになってください。お菓子もありますのよ」

「いえ、わたしはここで」

「あら……残念ですわ」

長居する気はないと暗に示すカイルに、ロクサーヌは残念そうな顔をしたが、思い直したように微笑《ほほえ》みを浮かべ、カップをソーサーごとカイルに手渡した。

「いただきます」

湯気《ゆげ》の立つお茶を、カイルはぐいーっと一息に飲み干した。

淹《い》れたてだけに火傷《やけど》する寸前だったが、そんなことはおくびにも出さずにカップを置く。

「ごちそうさまでした。では」

「まぁっ、お待ちになってくださいな、公爵様」

カップを置くなり東屋《あずまや》を出ようとしたカイルに、ロクサーヌは大胆にもぎゅっと抱きついてきた。

背中越しとはいえ、女の柔らかな身体を感じ、カイルはぞわっと鳥肌を立てる。

思わずぶん殴りそうになったが、相手は貴婦人。ぐっとこらえて奥歯を食《く》いしばった。

「……ご令嬢、あまりはしたない真似《まね》は慎《つつし》まれたほうがよろしいでしょう」

「でも……わたくし、わたくし、ずっと以前から、閣下《かっか》のことをお慕《した》いしてまいりましたの」

「あいにくわたしには婚約者が」

「わかっておりますわ。ですから……閣下に恋する憐《あわ》れな娘に慈悲《じひ》を与えると思って、もう少しだけ、このまま……」

冗談じゃない。そんなものは他を当たれ。

という暴言をかろうじて呑み込み、カイルはそれとなく令嬢を引き剥《は》がそうと苦心した。

そのとき……

(……？　なんだ？　やけに身体が熱い……)

身体、それも下肢《かし》が妙《みょう》にじんじんと疼《うず》く……。

覚えがありすぎる症状に、カイルはさっと血《ち》の気《け》を引かせた。まさか、この女——

「うふふ。効いてまいりましたでしょう？」

カイルの胴《どう》に回していた手をそれとなく下へ滑《すべ》らせて、ロクサーヌが艶然《えんぜん》と微笑《ほほえ》んだ。

「申し訳ございません、閣下。けれど閣下もお悪いんですわ。父の再三《さいさん》の要請に応《こた》えず、わたくしを無視し続けていらしたから……」

さわさわと動く彼女の右手にぞーっと鳥肌を立てながら、カイルは頬《ほお》の筋肉をひくつかせた。

「……っ、アゼフト卿《きょう》が、娘をこんなあばずれに躾《しつ》けていることを知っていたら、一族ともども更迭《こうてつ》してやるところだったな」

「まぁ、それが閣下におできになりまして？　我が父は国王陛下《へいか》の覚えもめでたく、王妃様とは遠縁《とおえん》とはいえ親戚同士に当たりますのよ？　いくら閣下でもそんなことはできませんでしょう？」

「離せ……っ」

「ですから、最初からわたくしを選んでいらっしゃればよかったのです。……ご安心ください。ご婚約者様のことは、わたくしがきちんと処理しておきますわ。誰にでも一時的な気の迷いというものはございます。こと、女がらみの場合には……」

「っ！　ルチアをどうしたんだっ？」

「女の心配をしている場合ですの？　もうこんなに切羽詰《せっぱつ》まっていらっしゃるのに」

ロクサーヌの手がとうとう下肢《かし》にふれ、ズボンを突き破るように腫《は》れ上がった一部分をくすぐってきた。

「……っ！」

気持ち悪いのに、腰が砕けそうになってしまう。

どうやら彼女がお茶に仕込んだ媚薬《びやく》は、なかなか効果が強いもののようだ。

「うふふ。快楽をこらえておいでのお顔もとっても素敵。閣下《かっか》、なにも考える必要はございませんわ。その衝動《しょうどう》に身を任せてくださいませ。その後の処理は、すべてわたくしと父が行《おこな》いますゆえ……」

ロクサーヌはうっとりとカイルを見上げ、こめかみを伝う汗をついと唇ですくい上げた。

（ひぃっ）

濃い紅をひいた唇と強く香る香水に、カイルは思わず逃げ腰になる。

女っていうのは、どうしてこうけばけばしくて臭《くさ》いんだ……！

（ルチアは違う。彼女から香るのは、日だまりや草木のような自然の匂いだ。化粧《けしょう》なんかしなくても、その笑顔だけで充分可愛《かわい》らしい）

カイルは目の前の誘惑を振り払うためにも、婚約者の姿を強く思い浮かべた。

が、これは逆効果だった。

ルチアのことを思うと、媚薬に高められた欲求がさらに昂《たか》ぶっていってしまう。目の前にいたら、ところ構わず押し倒したくなるほどだ。

（くそったれ……っ）

「どうぞお力を抜いて？　わたくしがよくしてさしあげますから……」

カイルの背を長椅子《ソファ》に押しつけ、ロクサーヌは彼の身体をまたぐように馬乗りになってくる。

長い黒髪が頬《ほお》をくすぐり、ドレス越しに下肢がこすりつけられた途端《とたん》、カイルの忍耐と堪忍袋《かんにんぶくろ》の緒《お》はぷっつりと切れた。

「きゃあっ!?」

甲高《かんだか》い声を上げ、ロクサーヌが長椅子から床に落ちる。

容赦《ようしゃ》なく彼女を蹴り飛ばしたカイルは、未《いま》だ口をつけられていないお茶のカップを取り上げる。

「な、なにを……もがっ」

ロクサーヌの頬を片手で掴《つか》み、その顎《あご》を無理やり開かせる。

そしてほとんどぶっかけるようにして、カップの中身を彼女の口に流し込んだ。

顔中びしょ濡れになったロクサーヌは反射的に目を瞑《つむ》り、喉《のど》をゴクンと上下させる。

それを見届けたカイルは、からになったカップを乱暴に放り投げた。

「な、な、なにを……っ」

柱に当たって粉々になったカップを見下ろし、ロクサーヌがわなわなと震える。

「こちらの台詞《せりふ》だ。王族に媚薬《びやく》を盛るなど、不敬罪《ふけいざい》に問われる覚悟はできているんだろうな？」

詰め襟《えり》を緩《ゆる》め大きく息を吐き出しながら、カイルは吐き捨てるように言った。

愛する男の突然の豹変《ひょうへん》に、ロクサーヌはぽかんと間抜け面《づら》になる。

が、すぐに我に返って、憤怒《ふんぬ》の表情で顔を真っ赤に染《そ》め上げた。

「わ、わたくしにこのような真似《まね》をして、許されると思っておりますの⁉　わたくしはただ、媚薬で苦しんでおられる殿下をお慰《なぐさ》めしようとしただけで……！」

「自分で薬を盛っておいてよく言う。それと、あいにく……この手の症状に悩まされるのは二度目だ。前のほうがずっと強力だったしな」

思い出すのも忌々《いまいま》しいことだが、一般に出回っている媚薬と王家秘伝の『秘薬』では、その効力は桁違《けたちが》いだ。

この媚薬も相当の強さだが、秘薬を嗅《か》いだときの酩酊《めいてい》するような状態と比べれば、まだ理性を保《たも》っていられる。

（いや、あのときは……目の前のルチアがいた。だからよけいに、耐えられないほど効能を強く感じたんだ）

心配そうにたたずむルチアを、押し倒したくて仕方なかった。

だが最初にあんな形で抱いてしまった手前、また『秘薬』が原因で彼女を傷つけたくなくて、わざとひどい言葉を吐いて彼女を遠ざけようとした。

だが、常にカイルの予想の上を行く彼女は、情に突き動かされたのかはわからないが、なんと彼を押し倒してきた。おまけにみずから身体を開いて、彼を助けようと尽力したのだ。

最終的には我慢が利《き》かなくなったカイルのほうが主導権を握ってしまったが、彼女はあとになってもそのことを責めることなく、それどころか前より少し心を近づけてくれたような気がする。

気がする、としか言えないのは、このところどうにもぎこちない雰囲気になることが多いように思えるからだが。

これまで、誰かと気まずくなることなど屁《へ》でもないと思っていたカイルだ。

それなのに、ルチアを前にすると、優しくしてやりたくてたまらなくなる。不安を見せられるとこちらまであたふたして、笑顔を見せられると信じられないほど幸福な気分になるのだ。

もっともっと、その太陽のような笑顔を見てみたい。困った顔や不安な顔などさせたくない。

(なんでだ？　どうしてルチアが絡《から》むとこんな気持ちになる？)

婚約者に対する義務感なのだろうか？

わからない。だが彼女が困惑しているところは見たくないのだ。

だからこそ昨夜の舞踏会《ぶとうかい》でも、事情を聞いてすぐ身体はルチアのもとへと動き出した。

彼女のために泥《どろ》をかぶることなど、彼女が悪く言われることに比べればなんでもない。

それだけ、カイルにとってルチアはもう特別な存在なのだ。

平手打ちに目を奪われ、頭頂へのキスで心を揺さぶられ、カイルを助けようとする健《けな》気《げ》な姿に、魂《たましい》ごと持って行かれた。

彼女の姿を思い浮かべるだけで、身体がさらに熱くなる。だからこそつい、距離を置いてしまう。自分の気持ちを持て余してしまうのだ。

(ああ、ルチア……っ)

いったい彼女はどこにいるのだろう。

こんな作戦を企《くわだ》てるくらいだ。ロクサーヌはそもそもカードを出してくれなんて彼女に頼んでいないに違いない。

（この女の父親なら、わたしの執務室にも難なく入れる。いつルチアからの手紙をあさったかは知らないが、証拠が見つかれば父親ごと罷免《ひめん》できるな）

そう腹をくくってしまえば、貴婦人相手に手荒なまねをする躊躇《ためら》いも完全になくなった。

「な、なにをなさいますの？　……きゃあっ」

カイルは床に転がったままのロクサーヌを引っ張り上げ、その背を近くの柱に強く押しつけた。

いつの間にかロクサーヌの瞳もとろんと熱く潤《うる》んでいる。

思った通り、彼女はもうひとつのカップにも媚薬《びやく》を仕込んでいたらしい。

「自分でも媚薬を含もうとしていたとはな。文字通り淫乱《いんらん》な女め……」

首元からタイを外し、カイルはそれでロクサーヌの手首をぐるぐると戒《いまし》めた。あまった部分を備えつけの燭台《しょくだい》に引っかけ、自力では拘束《こうそく》を解《と》けないように調整する。

ほとんど宙《ちゅう》づりになったロクサーヌは、カイルの仕打ちに驚愕《きょうがく》の表情を浮かべた。

「ちょ、ちょっと、なにをなさいますの！　わたくしにこんなことをして、ただで済むと……っ」

「王族に媚薬《びやく》を盛った時点でおまえの罪は確定している。——いや、正しくはわたしの婚約者に手を出した時点で、か」

ぎくっ、とロクサーヌの表情が一瞬だけ強《こわ》ばる。

はったりに引っかかったロクサーヌに、カイルは険《けわ》しい表情を向けた。

「言え。ルチアになにをした？　彼女は今どこにいる？」

「そ、そんなこと、教えると思っていまして？　……あ、あんっ」

媚薬の効果が回ってきたのか、ロクサーヌがドレスの下で膝《ひざ》をこすり合わせるのがわかった。

「つらそうだな。……さわってやろうか？」

「え？　あっ……、ほ、本当ですの？」

彼女の瞳がきらりと輝く。

「おまえがルチアの居所を教えたらの話だ。そうしたら好きなだけ……存分にさわってやる」

「あ、あんっ、それなら……、今すぐに、さわってくださいませ。んっ……、わ、わたくし、もう耐えられない……っ！」

それでもカイルは、彼女の脚《あし》のあいだに膝を割り入れ、それとなく秘所を圧迫してやった。

「あ、あぁん！」

「ルチアが先だ」

ロクサーヌはそれだけで顎《あご》を反らしてぶるぶる震え、みずから腰を揺らして秘所を擦《す》りつけようとしてくる。

「あ、ああっ、……す、素敵ですわ。なんて……あぁ、いい……っ」

大胆に動こうとするロクサーヌを見て、カイルはすっと膝を引いた。

「あっ、ん……、ど、どうして」

「言え。ルチアはどこだ？」

「はぁ、あんな、女のことなんて、どうでも……、はっ、あぁぁん！」

「言わないとこのままだぞ？」

再《ふた》び膝頭《ひざがしら》をぐりぐりと押しつけながら、カイルは凄《すご》んだ。

「あ、んン……、ど、どうか、唇を……口づけをくださいませ。そしたら……、あぁ……！」

(面《つら》の皮が厚い女め)

涙目で迫れば落ちると思っているのか、この淫乱《いんらん》女。

胸中で罵《ののし》ったカイルは、唇を吸う代わりに、膝《ひざ》の位置をわずかに変える。そこはちょうど女にとってはもっとも感じる肉粒があるところだ。

圧迫するようにぐっと刺激すると、ロクサーヌは甲高《かんだか》い声を上げた。

「あっ、あぁぁあん！」

思ったとおり、媚薬《びやく》に支配された今のロクサーヌには、それすら快感になるようだった。

「まだ、白状する気にならないか？」

「ひぃん！」

ロクサーヌはその後も粘《ねば》っていたが、中途半端な刺激でおかしくなりそうなのだろう。

激しく身体を揺さぶると、ほとんど悲鳴じみた声で白状した。

「お、奥庭に……！　置いて、きましたわ。だから……っ、あぁぁ！」

「置いてきた、か」

カイルは鋭く舌打ちして、すっとロクサーヌから身体を離した。

おかげで彼女はさらなる疼《うず》きに見舞われたらしく、くねくねと身体を揺すり立てながらカイルを見上げる。

「あ、あ、どうか、最後までしてくださいませ……！　このままではわたくし、わたくし……！」

「ああ、おかしくなってしまうだろうな」

カイルはこめかみを伝う汗をぬぐいながら、視界の端に物置のような場所を捉《とら》えた。

そこに鎖《くさり》と南京錠《なんきんじょう》が引っかかっているのに気づき、近づいていく。

見れば、東屋《あずまや》を施錠《せじょう》するための鎖と鍵のようだ。このままロクサーヌを放置しようと思っていたカイルだが、それを見てある考えがひらめく。

「こんなのはどうだ？」

黒光りする鎖を見せつけながら、彼は燭台《しょくだい》の真下にある柱にロクサーヌの腰を縛《しば》りつけた。

仕上げに南京錠で鎖に鍵をかけると、ロクサーヌの瞳がうるうると妖《あや》しく潤《うる》む。

「あ、あぁ……、閣下《かっか》ったら、こういうのがお好きなんですの……っ？」

「ふざけるな」

カイルは短く言い、ロクサーヌの手を拘束《こうそく》していたタイを解《ほど》いてポケットにしまう。

これで逃げることはできないが、両手は自由になるはずだ。

それはつまり、自分自身で慰《なぐさ》められるということを意味している。

（自分も媚薬を含もうとした女には似合いの結末だな）

カイルはフンと鼻を鳴らして、困惑顔のロクサーヌを残し東屋を出た。

「公爵様、お、お待ちになって！　わたくし、もうこんなに……、はぁっ、あぁ、うぅン！」

呼び止める声が喘《あえ》ぎ声に変わる頃には、カイルは小径《こみち》に出て、守備についている衛兵を捕まえていた。

「そこの東屋《あずまや》に、王族に薬を盛ろうとした不届き者を捕らえてある。あとを頼んだ」

短い言葉とともに南京錠《なんきんじょう》の鍵を衛兵に手渡して、カイルは脇目《わきめ》もふらずにだっと駆《か》け出した。

◇◆◇

「はぁ……。どうしよっかなぁ、これ」

一方のルチアは大木の幹《みき》に背を預け、腰かけた枝を股で挟《はさ》むようにして足をぶらぶらさせていた。

大木の足元には猟犬《りょうけん》が変わらず陣取っている。ルチアが体勢をそれとなく変えるたび、ぴくっと耳を動かして顔を上げてくるのだ。

どんな小さな動きでも見逃《みのが》すまいとしているようで、ルチアはほとほと困り果ててしまった。

「もうそろそろ日も沈むし、あのロクサーヌの言うことが正しいなら、狩猟番《しゅりょうばん》がこいつらを探し始めてもいい頃なんだけどなぁ」

さすがに木の上で一晩過ごす勇気はない。

かといって今下りていけば、少なく見積もっても、噛みつかれる程度の被害を被《こうむ》ることは目に見えていた。

「結婚式前に犬の歯形つけるのもねぇ……」

それでなくても、木登りとささやかな抵抗のせいで両手はもう真っ黒だ。

ルチアとて大人しく逃げてばかりではなかった。ロクサーヌが去ってすぐのときには、手近な枝をへし折って投げつけることくらいはしてみた。

結果、それをまともに食《く》らった犬たちはよけいに怒ってしまったらしく、それまで以上にルチアに吠えたくるようになったのである。

いっそこの威嚇《いかく》の声を聞きつけて、誰かがやってこないかとも期待した。

が、庭の奥まったところであるせいか、文字通りひとっ子ひとりやってこない。

「さすがに、日が暮れれば狩猟番だけじゃなく、他のひとたちも探してくれるとは思うけれど……」

そのときに「公爵の婚約者ともあろう令嬢が木登りなんて」と非難されるのは少々体《てい》裁《さい》が悪いような……

身の危険を回避するためとはいえ、そもそも木登りができる令嬢というのは、貴族社会では異分子である。

ただでさえ普通の令嬢とはかけ離れている自分だ。これ以上妙《みょう》な噂が立って、カイルの名前に傷がついては、申し訳ないと思うところであった。

「というか、さすがに今回ばかりはカイルも呆《あき》れるかもね。木登りができる令嬢だなんて」

肩をすくめ笑ってみようとしたが、どうにもうまくいかない。

ロクサーヌが現れるまで考えていたこともよみがえって、なんとなく気持ちが沈んでしまった。

「わたしもそうだけど、カイルのほうも大丈夫かしら……？」

ロクサーヌはいったい彼になにをするつもりなのか。

ろくでもないことであるのは、おそらく間違いないだろう。彼まで大変な目に遭《あ》ってなければいいが……

「……あー、もう！　どうしてあんな女のせいでわたしがうじうじしなくちゃいけないのよ！　悪いのはどう考えてもあの女のほうでしょーが！」

大声で叫ぶと、大人しく伏せていた猟犬《りょうけん》たちがぴくりと耳を揺らして起き上がる。

ガウガウ吠えたててくる猟犬たちに、ルチアは「べーっ」と舌を出してやった。

「フンッ、吠えるだけ無駄よ。どうせあんたたちはここまで登ってこられないんだから」

しかしあまりに威嚇《いかく》の声がうるさくなると、腹が立って仕方がなくなる。

こんなところに追いやられて、ルチアの我慢も限界が近い。ただでさえ悩んでいたところに横やりを入れられたのだからなおさらだ。

終《しま》いには耳鳴りすら覚えてしまって、彼女はとうとう爆発した。

「もう、うるさいったら！　少しは大人しくしていなさい！」

手近な枝を折って投げつけようとするが、すでに手が届くところの枝は取り尽くしてしまっている。だが彼女がまたがる枝の先端のほうには、まだ細かい枝葉《しよう》が残っていた。

「もぉお～……」

頬をぷうっと膨《ふく》らませながら、ルチアはずりずりと枝の上を進んでいく。さほど軋《きし》まないところで動きを止め、えいやと手を伸ばすが、枝は思いのほかすぐには折れなかった。

「まったく、踏んだり蹴ったりだ、わっ⁉」

さらに手を伸ばし、両手でぐっと枝を掴《つか》んだルチアだが、

「わ、わわっ、——いやあああ！」

ばきん、と枝が折れた瞬間、それまでまたがっていた太い枝がぐらりと揺れた。

慌《あわ》ててしがみつくも、それが逆に体重をかけることになってしまって、枝がさらに大きくたわむ。

次の瞬間、ルチアはナマケモノよろしく枝に逆さづりになっており、ついには――

「きゃあああっ！」

ずるっ、と両腕が枝から離れ、そのまま落ちていく。

枝の下は地面ではなくそれなりに深い池で――ルチアは大きな水音とともに、濁《にご》った水の中へと沈み込んでしまった。

「がぼっ……！」

（い、いった――い！）

草の上のほうがまだよかったのではないかと思うほどの強い衝撃《しょうげき》だった。

全身を千の針で刺されたような痛みを覚えながら、ルチアは必死に水面に向けて手を伸ばす。

幸か不幸か、初夏だけに池の水は冷たくはなく、体温がすぐに奪われることはない。

それでも藻《も》が絡《から》みつくのは気持ち悪くて、ルチアはがぼがぼと泡を吐きながら、懸命に両腕を伸ばした。

と、足先が水底を軽くかすめる。

半ば《なか》パニックに陥《おちい》っていたルチアだが、池がさほど深くないことに気づいて、かろうじて理性を取り戻した。

苦しみをこらえつつ息を止め、身体が沈むままに任せる。そうして両足がひたと水底に着いた瞬間、足のバネを思い切り使って、水面に向けて飛び上がった。

「がはっ！」

両腕を大きく動かし水を掻《か》くと、運よく頭が水面から突き出る。

なんとか空気を吸い込もうとしたルチアだが、水を吸ったドレスは恐ろしく重たく、すぐに水の中へ引き戻されてしまった。

（ううう、このままじゃ溺れる……！）

今はまだもがいていられるが、さすがにこれを長時間続けられるわけがない。

水の中で、なんとかドレスを脱ぎ捨てようと格闘する。

だが羽のように広がるスカートが邪魔で、ボタンに手をかけることすらできなかった。

（や、やばい。本当に溺れる……っ）

息をするのも苦しくて、思わず大きな口を開けるが、その拍子に水を一気に飲み込んでしまう。頭の中が水と同じように濁ってくるのを感じ、ルチアは奥歯を噛《か》みしめた。

どんどん気が遠くなっていき、やがて「もうだめだ」というあきらめの気持ちまで芽《め》生《ば》えてくる。

こんなふうにすべてが終わるなんて考えてみたこともなかった。一目でいいから、母や弟妹《ていまい》たちの顔を見に行きたかったのに。

なにより——

（カイル……こんな、こんな別れ方なんて）

いつも仏頂面《ぶっちょうづら》の、時々見せる笑顔が眩《まぶ》しい婚約者の姿が瞼《まぶた》の奥に浮かぶ。

不思議だ。こんなに苦しいのに、その笑顔を思い浮かべると、なんだかとても穏やかな気持ちになってくる。

（こんなことになるなら……、いろいろきちんと、確かめておけばよかった）

どうしてこの頃わたしに優しくしてくれるの？　とか。

わたしのことどう思っているの？　とか。

この結婚のこと、義務感以上に、大切なことだと思ってくれているの？　とか……

銀髪《ぎんぱつ》に透《す》ける青い瞳が、濁《にご》った脳裏《のうり》に鮮《あざ》やかに浮かぶ。

ああ、綺麗《きれい》。

そう思ったのを最後に、ふっと全身の力が抜けたとき——

「……ルチア――――ッ！」


ざぶん、と水が揺れるような気配を感じ、ルチアはぴくっと肩を揺らす。

（カイル……？）

次の瞬間には強い力で腕を取られ、水面に向けてぐんぐん引っ張られていった。

あまりの力に、痛みを覚えてよけいに苦しくなるルチアだが――

「うっ……、がほっ、げほっ！」

すぐさま頭が水面を突き抜け、新鮮な空気が肺に急激になだれ込んでくる。

知らぬうちに大量の水を飲んでいたルチアは、しばらくのあいだ激しく咳《せ》き込み続けた。

あまりに強く咳き込んだため、頭の中がぐらぐらと揺さぶられるように痛む。

生理的な涙がぽろぽろとこぼれ、ようやく息が整う頃にはぐったりと疲れ切っていた。

そのあいだ、ルチアのうしろでは「きゃん！」「ぎゃうっ」と猟犬《りょうけん》の声が聞こえていたのだが、それも彼女が意識を取り戻す頃には収まっていた。

「大丈夫か？」

ぴくぴくと泡を吹いて仰向《あおむ》けになった猟犬《りょうけん》を見て、ルチアは目を丸くした。

「それ、どうやって……ごほっ」

「無理して喋《しゃべ》るな。痛むところはないか？」

ルチアは小さく首を振る。それから、よろよろと相手に寄りかかった。

誰かなんて確かめる必要もない。耳に心地よい低い声も、温かくたくましい腕も、すべてルチアが知る——愛《いと》しい彼のものだったから。

「間に合ってよかった……」

震えるルチアをひしと抱きしめて、カイルはわずかにかすれた声で呟《つぶや》いた。

その一言に万感の思いを感じ取って、ルチアもつい涙ぐんだ。

相手を安心させるように、なにより自分が安心するために、ルチアも強くカイルの首筋にしがみついた。

「死ぬかと思った……」

「わたしも同じだ。おまえが溺れているのを見た瞬間……心臓が止まるかと思った」

本当にそう思ったのだろう。カイルの両腕もわずかに震えている。

「うぅ……っ」

みっともないと思いつつ、助かったという安堵《あんど》もあって、ルチアはぐずぐずと泣きだしてしまった。

カイルはいやがることもなく、ルチアの背を優しく撫《な》でて、落ち着くまで待ってくれる。

やがて呼吸が整い、耳鳴りや頭痛も治まってきた頃、ルチアはそっと彼の腕から顔を上げた。

「……助けてくれてありがとう。でも、よくここがわかって……」

「あの性悪女《しょうわるおんな》から聞き出した。やっぱりあの女は、おまえのこともひどい目に遭《あ》わせようとしていたんだな。猟犬まで引っ張り出すなんて……」

その猟犬たちは、今や腹を見せて伸びてしまっている。気を失っているのだろう。

おそらくカイルがやったのだろうが、訓練された猟犬相手にたいしたものだとルチアは舌を巻いた。

下手をしたら大怪我をしかねないのに。

「一応、剣術や体術もそれなりに会得《えとく》している」

ルチアの視線になにを思ってか、カイルがむっとした様子で告《つ》げた。

ルチアは慌《あわ》てて首を振る。

「別に、あんたが弱いって思っていたわけじゃないわよ。むしろ強くてびっくりしたというか……」

「どのみち失礼な言いぐさだな」

「そんなことないわよ」

唇を尖《とが》らせると、カイルもようやくふっと微笑《ほほえ》んだ。

「部屋に戻るか。このままでいたらふたりとも風邪をひく」

「あ……カイルも、びしょ濡れ……」

ルチアはそこでようやくカイルの装《よそお》いに気づく。上着とマントは水辺に放り投げてあったが、その下のシャツはべっとりと肌に張りつき、銀の髪からはぽたぽたと水滴が垂《た》れていた。

「ごめん、わたしのせいで……」

「別に、たいしたことはない。おまえも抵抗せずにわたしに身を任せてくれたし……」

「抵抗なんてするはずないじゃない」

「溺れている人間は、だいたいパニックに陥《おちい》っているからな。助けようとしても暴れて手が出せないことも多いんだ。その点、おまえはもう朦朧《もうろう》としている状態だったからすぐに助けることができた」

マントについた土を払うと、カイルはそれをルチアの肩にふわりとかけた。

「そういえばロクサーヌは……」

「衛兵に引き渡してきた。今頃は媚薬《びやく》のせいで大変なことになっているだろう」

「媚薬？」

ルチアはたちまちいやな予感に襲われる。

「あんた……もしかしてロクサーヌに媚薬盛られたりとか……」

「盛られた」

「やっぱり！」

「『秘薬』に比べたらなんでもない。それに、おまえが溺れているのを見たとき肝が冷《ひ》えて、すぐに水に入ったのがよかったのか、今はずいぶん落ち着いている」

「そ、そうなの」

だがそれにしては、カイルの身体はなんとなく熱くないだろうか？　ルチアが冷え切っているからそう感じるだけだろうか？

そうこうするうち、カイルはルチアを横向きに抱《かか》え、屋内に向けて歩き始める。

部屋に戻ったときには夜の帳《とばり》も降りる頃で、ラーナがびしょ濡れのふたりを見て卒倒《そっとう》せんばかりに驚いていた。

「着替えの用意を。わたしたちは浴室にいるから」

「えっ」

当たり前のようにラーナに指示するカイルに、ルチアはぎょっと目を瞠《みは》る。

だが抱えられている状態ではどうすることもできず、浴室へと連れ込まれてしまった。

扉が閉められ、慌《あわ》てて追いかけてきたラーナも締め出される。

呆然《ぼうぜん》とするルチアの前で、カイルはいきなりシャツを脱ぎ始めた。

「ぎゃっ。ちょ、いきなりなに……！」

「おまえもさっさと脱げ。風邪ひくぞ」

「いや――！」

言っていることはまともだが、素直に従うには抵抗がある。

だが弱り切ったルチアに逃げ場はなく、あっという間に丸裸にされてしまった。

配管設備が整った城の浴室には、水とお湯の両方が出る金のコックが備え付けられている。

ほどなくお湯は浴槽の半分まで溜《た》まり、ふたりで入れば胸のあたりまでお湯に浸《つ》かることができるようになった。

「そ、それにしても恥ずかしい……！」

天井からはオイルランプも下がっているため、浴室は夜でもそれなりに明るい。そんな中にカイルと裸でいるのは慣れなくて、ルチアは胸元を隠しながらしきりに身体を小さくした。

「別に初めてでもないだろう」

「だとしてもっ。明るい中だと抵抗があるのっ」

ルチアは真っ赤になりながら主張した。

彼女の身体を両脚《りょうあし》のあいだに収めたカイルは、どこかおもしろそうな表情でこちらを見てくる。

「おい、髪に藻《も》が絡《から》んでるぞ」

「えっ。やだ、も～」

亜麻色《あまいろ》の髪を一房《ひとふさ》取って、カイルがひっついた藻を取り払ってくれる。

「洗ってやるよ」

カイルはシャボンを手に取り、ルチアの髪に手を滑《すべ》らせた。

慣れない手つきにいやな予感を覚えた直後、額を伝ったシャボンが目に入って、ルチアは「ぎゃっ」と飛び上がった。

「じ、自分でやるからっ」

「遠慮するな」

「そうじゃなくてっ。あんたのやり方だとシャボンが目に入って痛いのよ！」

はっきり言ってやると、カイルの動きがぴたりと止まる。

無表情はいつものことだが、息を詰めている様子からして、少なからずショックを受けたようだった。

その隙《すき》にルチアはシャボンを奪って、手早く自分の髪に指を滑《すべ》らせる。ラーナに洗ってもらうのも快適だが、香りのいいシャボンを使って自分を使って洗うのだって、充分快適だった。

お湯と花の香りに気分も落ち着いてきて、萎《な》えかけていた身体も力を取り戻す。

新しいお湯でうがいをすれば、口の中もすっかり快適になった。

そうして手早く泡を流すと、ルチアは再びシャボンを手に取る。

「もう一回洗うのか?」

「あんたの髪も洗ってあげるのよ」

黙々と髪を洗うルチアをムッとして眺めていたカイルは、その一言に目を剥《む》いた。

「自分でや――」

「やったってどうせ下手でしょ? ほら向こうを向いて」

抵抗するカイルを説《と》き伏せ、ルチアは指通りのよい彼の髪に指を滑らせた。

ラーナほどではないが、ルチアも洗髪は得意だ。伊達《だて》に暴れ回る弟妹《ていまい》たちを相手に洗髪してきたわけではない。

カイルも最初は緊張気味だったが、やがて任せても大丈夫だと判断したようだ。大きな肩から強《こわ》ばりが解《と》けていくのを見て、ルチアはそれとなく微笑《ほほえ》んだ。

そうして絡《から》まった藻《も》や苔《こけ》を取り除いたルチアは、シャワーで泡を流してやる。

洗い立てのカイルの髪はいつにも増して艶《つや》やかで、明るい中で見ると淡雪《あわゆき》のように輝いて見えた。

「うらやましいくらい綺麗《きれい》な髪ね」

つい唇を尖《とが》らせると、カイルが意外そうな顔をして振り返る。

「おまえの髪のほうがずっと綺麗だろう。柔らかくて、いい匂いがする」

唖然《あぜん》としたルチアは、つい真っ赤になってしまった。

「どうした？」

「な、なんでも……」

濡れた髪を理由もなく整えながら、ルチアはもごもごと答える。

気取った調子で言われたならまだ軽くあしらえるが、自然な調子でそう言われると、恥ずかしいばかりで始末に負《お》えない。

と、そのカイルの瞳がルチアの胸元を見つめているのに気づいて、彼女はまた悲鳴を上げた。洗髪のために膝立《ひざだ》ちになっていたので、乳房が完全に見えてしまっている。慌《あわ》てて膝を折り泡の中に隠れる。それを阻止するように、カイルの手が彼女の腕を捕まえた。

「な、なによ……っ」

言いかけたルチアは、柔らかく唇をふさがれて目を見開く。

至近距離にあるカイルの睫毛《まつげ》は、髪と同じく露《つゆ》を含んで輝いていた。

「ふっ……」

驚いて離れようとするが、腰に腕を回され、逆に引き寄せられる。

裸の胸同士がふれあい、ルチアはカッと全身が熱くなるのを感じて狼狽《うろた》えた。

「ん……、だめ……」

軽く肩を叩いてやめてと合図するが、カイルはルチアの唇の形を確かめることに夢中になっている。

柔らかな唇を食《は》むように刺激され、ルチアは危《あや》うくくたりと身体の力を抜いてしまいそうだった。

「もう……、だめっ」

最後の手段とばかりにお湯をかけてやると、カイルはびっくりした顔でぱっと離れる。

上がってしまった息を整えながら、ルチアは正面から自分をのぞき込むカイルを認めてどきりとした。

濡れた銀の前髪からしずくがしたたる。その奥にある瞳にはまぎれもない情欲が燻《くすぶ》っていて、ルチアは心を鷲掴《わしづか》みにされた気分に陥《おちい》った。

氷の奥で、炎が静かに燃えている……

溺れると思ったときにも、ルチアはこの瞳を思い出していた。澄《す》み渡るような青い瞳が、なによりも美しく綺麗《きれい》だと思った。

その輝きが、今、自分だけに向けられている。

恥ずかしくて、落ち着かなくて、そんなに見ないでと唇を尖《とが》らせたくなるのに――それ以上に、そのまなざしで永遠に見つめていてほしいと強く強く思ってしまう。

（……こんな気持ちになるってことは、もう……）

彼のことが、愛《いと》おしくてたまらないのだ。

この瞳が好き。まなざしが好き。意外と子供っぽい仏頂面《ぶっちょうづら》も、肌に浸《し》みいるような低い声も。辛辣《しんらつ》なときもあれば、信じられないほどに優しくも響くその言葉も――

（わたし、こんなにも……カイルのことが好きなんだわ）

はっきり自覚した途端《とたん》、胸の奥が熱く滾《たぎ》る。

これまでのもやもやとした気持ちがはっきりとした形を帯《お》びて、目が覚めるほどの感動が突き上げてくるようだ。

(だからカイルの心が見えないことがこんなにも不安で……義務だけで結婚することが悲しかったんだわ)

とうとう掴《つか》んだ恋心は、これまで理解できなかった感情に明確な答えをくれた。

こんなにも誰かを好きになることができるなんて驚きだ。

家族に向ける愛情とは、また別の感情……こんなに熱く、苦しいくらいの気持ちが存在していたなんて。

「……カイル……」

ルチアは、自分でも驚くほどかすれた声で呼びかけていた。

カイルがわずかに目を見開く。

そんな彼の頬《ほお》をそっと撫《な》で、ルチアは勇気を振り絞った。

「お願い、教えて。カイルはどうしてわたしに優しくしてくれるの？　昨日のこともそうだし、溺れていたわたしを助けるなんて……下手をすれば、あんたも一緒に溺れていたのに」

「……婚約者を助けるのは当たり前のことじゃないか？」

「そうだけど、そうじゃなくて。つまり……あんたが婚約者としての義務感からそうしたのか、そうじゃないのかが知りたいの。わたしは……」

ルチアは一度言葉を止め、唇を舌で湿らせた。

「わたしは、あんたのことが好き。義務とか取引とか、そんなこと抜きにして……あんたと一緒にいたい」

高いところから飛び降りるような気持ちで、ルチアははっきりと思いを言葉にした。

カイルの瞳が、今度は大きく見開かれる。

その反応に、ルチアは情けなくもくじけそうになった。

ああ、彼がこんな言葉を望んでいなかったら。それどころか重荷だと思われたらどうしよう。そんな弱気な考えが首をもたげてくる。

だが一度口にした言葉を撤回できるはずもない。

心臓が早鐘を打つ中、息を詰めて返事を待っていると……

ぱしゃ、と音がして、湯の中にあったカイルの手が、ルチアの手に重ねられた。

温かなカイルの手に、ルチアはびくりと大げさなほど反応する。

「カイル……？」

促《うなが》す声まで震えてしまった。

あまりにらしくない自分の反応に、ルチアは恥ずかしさ以上に情けなさを感じて涙ぐむが――

「おまえ、は……」

だが、それ以上にかすれたカイルの声が聞こえて、ルチアはそっと伏せていた瞼《まぶた》を押し上げる。

至近距離に見えたカイルの表情は、困惑に揺れ動いているように見えた。

「おまえは、いつもそうやって……どうして、わたしの予想をはるかに超えたところを行くんだ？」

「え……？」

ルチアは首を傾《かし》げたが、カイルのほうがもっと混乱しているように見えた。

「わたしは女嫌いで、これまで女に惚《ほ》れるなんてありえないと言い切れたんだ。なのに……おまえと会ってから……おまえに、自分のことを好きになれと言われてから、調子が狂ってばっかりだ」

どこか苦々しさを含んだ物言いに、ルチアは急速に不安が膨《ふく》らむのを感じる。

やっぱり彼は自分のことが嫌いなのだろうか？　この期《ご》に及んでそんなことを言われたら、さすがのルチアも落ち込むくらいでは済まない。

だが続くカイルの言葉を聞き、ルチアは「おや？」と顔を上げた。

「女のことなんか考えるのもいやだったのに、気づけばおまえのことばかり考えている。兄上がおまえのことを『可愛《かわい》い』と言っただけで、ぶっ殺してやりたくなった。そんな不埒《ふらち》な目でわたしの婚約者を見るなと……」

「ぶっ殺してって……」

おおよそ穏やかとは言い難《がた》い言葉だ。

ルチアはまじまじとカイルの顔をのぞき込む。カイルはその視線に気づくと、ぼっと耳まで赤くなって、「そんなに見るなっ」とそっぽを向いた。

子供じみたその仕草《しぐさ》に、ルチアはおそるおそる口を開く。

「もしかして……あんた、照れてるの？」

図星だったのだろう。カイルはさらに真っ赤になって、キッと眉《まゆ》をつり上げた。

「悪いか!?　生まれてこの方、女にこんな気持ちを抱《いだ》いたことなんて一度もなかったんだ！　おまえときたら、わたしが知るどんな令嬢とも違うし、いつもいつも予想外なことをしでかすから、そのたびに目が惹《ひ》きつけられて仕方がない……っ」

「ちょっ、それ、褒《ほ》めてるの？　けなしてるの？」

「知るかっ」

しらを切ろうとするカイルの頬《ほお》を、ルチアはがっちりと固定した。

「いっ……」

「ちゃんと言って、カイル。わたしのことどう思っているのか。言ってよ」

額《ひたい》と額を合わせ、これ以上ないほど近い距離からルチアは迫る。

カイルは息を詰めてルチアのすみれ色の瞳を見つめていたが……

「好きだ」

思わずといった調子で、かすれた声を響かせた彼は、すぐにハッとした面持《おもも》ちで言い直した。

「好きなんだ、ルチア……おまえのことが。大切にしたくて、優しくしてやりたくてたまらない」

思いがけずはっきり言われて、ルチアはつい息を呑む。

「ほ、本当に……？」

「本当だ」

一方のカイルは口に出したことで迷いがふっ切れたのか、妙《みょう》にすっきりした顔をしていた。

「なんだ、疑うのか？　自分から聞いてきたくせに」

「い、いや、まぁ、そりゃそうなんだけど」

ルチアはしどろもどろになった。

「だ、だってあんた、ずっとどっかよそよそしいというか、素っ気なかったし。ひ、『秘薬』で抱き合ったときとか、結構優しくしてくれたのに。次の日からそうじゃなかったじゃない……」

「あれは……」

カイルもその日々を思い出してか、わずかに渋《しぶ》い表情を浮かべた。

「……おまえのことを好きだと、認めたくなかったんだ。わたしはずっと女が嫌いで、まさか女を好きになる日がくるとは思ってもみなかった。だから、おまえのことが気になっても、それが恋なんだとわからなかった。わかりたくなかったのかもしれない」

「どうして……」

「どうして？　……どうしてだろうな。おまえにとらわれるのが怖かった。ただでさえおまえのことで頭がいっぱいなのに、これ以上好きになったら歯止めがきかなくなると、無意識のうちに恐れていたんだろう」

自分の感情を分析することで、カイルはよりはっきりと自分の思いを自覚したようだった。

一方のルチアはどぎまぎしてしまう。

(だって、カイルの言うことが本当なら……わたしって結構、愛されていたってことなんじゃないの?)

そう思うと落ち着かなくて、ルチアはそわそわと視線を泳がせる。

「けれどどうやったって好きな気持ちは変わらなかったから、おまえにティアラを贈ろうと思ったし、舞踏会《ぶとうかい》で泥《どろ》をかぶろうとも思った。それくらいお安い御用《ごよう》だと思ったんだ。……我ながら驚くべきことだな」

「そ、そうね。ひとをいきなり連れ攫《さら》った卑劣漢《ひれつかん》の言うことじゃないわよね」

「おまえ、まだそれを引っ張るのか」

カイルがうんざりした顔で言う。

ルチアとしても、ここでそれを持ち出すのは反則だと思ったので、すぐに「ごめん」と素直に謝った。

「で、でも、それくらい信じられないことなのよ。嬉しいけど……ずっと、なんであんたがわたしを助けてくれるのかわからなくて、悩んでいたから」

「おまえが好きだからだ。それ以上に明確な理由なんているのか?」

シンプルな答えに、ルチアは思わず苦笑した。

実に単純なその答えは、思えばとてもカイルらしい。

彼は嫌いと決めたものはずっと嫌いでいるし、逆に好きだと思ったものは、ずっと好きでいられるタイプだ。

そして好きなものに関してはとても大切にすることができる。それとなく身内に甘いのも、乳母《うば》であったラーナを重用《ちょうよう》するのも、そのいい証拠だ。

だから彼は、ルチアのことも大切にする――優しくしてくれる。

彼女のことを、好きだから。

（う、わっ……）

心臓の音がそれまでの倍の速さになった気がする。

冷《ひ》えかけていた身体が信じられないほど熱くなって、気づけばルチアは耳まで沸騰《ふっとう》しそうになっていた。

ぼんっと音がしそうなほどの変化に、カイルがたまらないという様子でぷっと噴き出す。

そのまま肩を揺らしてくつくつ笑い始めたので、ルチアはつい「笑わないでよっ」とその肩を叩いていた。

「いてっ。おまえが先に聞いたんだろうが」

「そうだけど！　だって、こんなふうに……こんな、好きとか、そんなはっきり……言われるとは思ってもみなくて……」

恥ずかしさのあまり声がだんだん小さくなる。

いたたまれなさのあまり両手で顔を覆《おお》うと、カイルがすかさず手を引きはがしてしまった。

「やっ。今は顔見な、で……、んっ……」

そのまま包むように唇を押し当てられ、ルチアの身体からたちまち力が抜ける。

くちゅ……と音を立てながら唇を吸われ、ルチアは頭の芯《しん》がくらくらしてくるのを感じた。

湯気《ゆげ》でぼやけていた浴室がさらに霞《かすみ》がかって、カイルの唇だけを強く感じてしまうようになる。

「……っ、カイル……」

「愛している、ルチア。たぶん、初めて会ったときから」

「そん、な……、うそ……」

「嘘じゃない。じゃなきゃ、そもそもここに連れてこようなんて思わなかった」

「あ……ん……っ」

「愛している」

信じられないほど真摯《しんし》な言葉に、ルチアはまた泣きそうになる。

相手も自分と同じ気持ちでいるのだと思うと、幸福感が際限なく広がって、羞恥心《しゅうちしん》もいたたまれなさもあっという間にどこかへ飛んで行ってしまった。

代わりに膨《ふく》らんだのは、ずっとこうして抱き合っていたいという贅沢《ぜいたく》な願いだ。

もっと言えば、さらに深く繋《つな》がりたいというはしたない欲求で……

「……悪い。やっぱり、媚薬《びやく》がまだ抜けてないみたいだ」

ルチアの臀部《でんぶ》をそっと持ち上げ、カイルは彼女を自分の太腿《ふともも》の上に座らせる。

自然と大きく脚《あし》を開く形になったルチアは、太腿に押しつけられた熱塊《ねっかい》を感じ、どくんと胸を高鳴らせた。

媚薬に冒《おか》されたカイルの分身は、もうこれ以上の我慢はできないらしい。

すぐにでも挿《はい》りたいとばかりにこすりつけられ、ルチアも思わず「あん……っ」とため息混じりの声を漏《も》らしてしまった。

「ルチア……」

先ほどまでより強く抱き寄せられ、再び唇を重ねられる。

心臓の鼓動と同じように、ひくひくと震える欲望を感じるたび、ルチアは理性がどんどん押しやられていくのを否応《いやおう》なく感じていた。

「で、でも待って……、ここ、お風呂……っ」

「そうだな。汚れてもすぐ洗える」

「そ、そういうこと臆面《おくめん》もなく……、んっ……、カイ、ル……」

深く口づけられ、熱い舌を絡《から》ませられて、抵抗の意思を奪われていく。

「おまえを感じさせてくれ」

おまけにかすれた声でこんなことを言われては、ルチアもう白旗《しろはた》を揚《あ》げるしかなかった。

「……あんた、本当の本当に女嫌いなの？　こんなの……、その逆にしか見えないけど」

「おまえ限定だ。もうなにも言うな。おまえの熱を確かめたい」

「そんな……」

「おまえが溺れているのを見たとき……生きた心地がしなかった」

ルチアは再びどきっとする。

おずおず顔を上げると、カイルはそのときのことを思い出してか、わずかに心細い表情で眉根《まゆね》を寄せていた。

「あのままおまえを失っていたら……わたしは自分を許せなかっただろう」

「カイル……」

「だから、おまえがちゃんと生きているって、確かめさせてくれ」

請《こ》い願うように見つめられ、ルチアは忘れかけていた涙があふれそうになるのを感じる。

カイルのまっすぐなまなざしが、身体の芯《しん》に熱い炎《ほのお》を灯《とも》したようだ。

池の中で冷《ひ》え切っていた身体は、今やシャボンですっかり綺麗《きれい》になって、生への執着を強めて熱く熱く滾《たぎ》っている。

おまけにこんなふうに懇願《こんがん》されては——もう、陥落《かんらく》するしかなかった。

「好き……」

ルチアは静かに呟《つぶや》いて、そっと彼の肩に両腕を回した。

唇を合わせると、伝わる鼓動が速くなる。カイルの厚い胸板に乳首がこすれて、たちまちぷっくりと膨《ふく》れていくのが痛いほどわかった。

押しつけられる熱塊《ねっかい》がさらに硬くなったのも、脚《あし》のあいだが熱く疼《うず》き始めたのも——

「わたし……、ちょっと、おかしくなってるわ。……はしたなく、なるかも」

「こっちは媚薬《びやく》でとうに箍《たが》が外れそうだ。……お互い様だろ」

「んっ……」

それ以上なにも言うなとばかりに舌を吸われて、ルチアも理性を捨てた。

すっかり勃《た》ち上がった彼の切っ先に割れ目をこすりつけ、みずから官能を高めていく。

カイルは自身に手を添えると、ルチアの腰をゆっくり下ろしていった。

ほぐされていないにもかかわらず、ルチアの身体は抵抗なく彼を呑み込んでいく。

「ああ……っ、……んっ、んン！」

やがて最奥に彼の切っ先がぶつかり、火花が散るような刺激が身体中を駆《か》け巡る。

速い呼吸に合わせて熱塊《ねっかい》を包む襞《ひだ》がさざめき、カイルが甘いうめきを漏《も》らした。

「ルチア……好きだ」

「あ、あっ！　っ……ふ、ぅ……！」

ルチアの細腰《ほそごし》を支えながら、カイルが欲望のまま腰を突き上げてくる。

張り詰めた剛直《ごうちょく》が最奥を突き上げるのがあまりに心地よくて、ルチアはたまらず背をのけぞらせた。

動きに合わせふるふる揺れる乳房に、カイルが噛《か》みつくように口づける。

濡れた舌がぷっくり膨《ふく》れた乳首に絡《から》み、音を立てて吸われた。

「あああぁぁ！」

「くっ……！」

立ち上《のぼ》る愉悦《ゆえつ》におかしくなりそうだ。

カイルのほうも、きつい締めつけにたまらず声を漏らす。

顰《ひそ》められた眉《まゆ》はともすれば苦しげに見えるのに、その青い瞳に宿《やど》る炎《ほのお》は熱さを増すばかりに見えた。

「ああっ……！　カイル、カイル……ぅっ！」

「ルチア……愛してる……！」

「あ、……は、アあぁぁあ――ッ!!」

力強い突き上げにも、かすれた声にも感じてしまって、ルチアはたまらず絶頂へ上りつめた。

膣壁が食《く》いつくように剛直《ごうちょく》に絡んで、カイルもくっと喉《のど》を反《そ》らす。

ほとんど同時に、膣奥を熱いほとばしりが満たして、ルチアはその刺激にも再《ふたた》び達しそうになった。

「あ……は……っ」

感じすぎて、まだ媚壁《びへき》がうねるように震えている。

カイルの雄《おす》も硬さを失わず、彼はうしろへ倒れそうになるルチアを引き戻すと、再び腰を使い始めた。

「ひゃうぅッ！」

たちまち愉悦《ゆえつ》がぶり返してきて、ルチアはあまりの気持ちよさに涙ぐむ。

「こん、な……、カイル、もう……っ、あああぁっ！」

「悪い。まだ……離してやれない」

情欲にかすれた声に、ルチアもいやとは言えなくなる。

着替えを手にしたラーナが、脱衣所の前で顔を赤らめ、いそいそと戻っていったのも気づかず、ふたりはしばしお互いの熱をむさぼっていた。


爽《さわ》やかな夏の風が吹き抜けていく。

社交シーズンの最盛期である。大聖堂の鐘が高らかに響き渡り、若いふたりの門出《かどで》を王都中に知らしめていた。

すでにお祭り騒ぎとなっている中庭から離れたところ——聖堂の奥の花嫁控《ひか》え室で、純白のウェディングドレスに身を包んだルチアは、何度も何度も自分の装《よそお》いを確認する。

「おかしなところはないかしら？　こんな大仰《おおぎょう》なドレスは初めてよ。躓《つまず》いて転んだらどうしよう……」

「そのときはカイル様におすがりすればよいのです。あの方も一応鍛《きた》えていらっしゃいますから、それとなく受け止めるくらいのことはできるはずですわ」

「そうそう。むしろそのまま横向きに抱かれちゃいなさい。新聞記者どもが喜んでその場面を撮るはずだから」

「ああああっ、妙《みょう》なプレッシャーかけないでくださいっ」

裾《すそ》を整えつつ、にこにこと微笑《ほほえ》むラーナと、扇《おうぎ》を片手ににやにやとたたずむアデレードに、ルチアは頭を抱《かか》えた。

「まぁまぁまぁ！　とぉーっても綺麗《きれい》に仕上がったこと！　このまま絵師を呼んで肖《しょう》像画《ぞうが》を描かせたいくらいだわ！」

遅れて駆《か》けつけた王妃も、ばーんと音を立てて扉を開くなり歓声を上げる。

王族の挙式ということで、王妃もアデレードもきちんとしたティアラと斜めがけの飾《しょく》帯《たい》を身につけている。はしゃいでも落としたりしないところはさすがというべきか。

「王妃様、あんまり騒ぐと庭にまで声が聞こえてしまいますわよ？」

「あらっ。やだわ、わたくしったらはしゃいでしまって」

少女のようにぺろっと舌を出してから、王妃は改めてルチアに向き直った。

「緊張している？」

「……はい、少し」

「そうね。でも、ある程度の緊張は必要よ。大切なのは、その緊張すら楽しもうとする心持ち。楽しむのよ、ルチア。どんなときでも、その気持ちがあればなんとかなるものなんですから」

「はいっ、王妃様」

あら、たまには王妃様もまともなこと言うのね、と思うあたり、ルチアも確実に肝が据《す》わってきつつあったが。

「おお～、綺麗《きれい》にできたなぁ」

続けて入ってきたのは王太子ラウルだ。盛装《せいそう》にも劣《おと》らぬ煌《きら》びやかな笑顔で、彼はルチアの手を取り、そっと甲《こう》に口づけた。

「可愛《かわい》いなぁ。素敵だなぁ。カイルの嫁になんてもったいない！　どう？　一度おれとも夜のベッドで語らってみるのは……」

「さぁて、そろそろわたくしたちは聖堂に移りましょうか。まいりましょう、王妃様？」

「そうね、アデレード。じゃあルチア、また祝宴《しゅくえん》のときにね～」

「いだだだだっ！　ちょ、アデレード、愛《いと》しいひと。頼むから耳は引っ張らないでー！」

賑《にぎ》やかな三人衆が退室すると、ヴェールを整え終えたラーナも笑顔で頷《うなず》いた。

「本当にお綺麗ですよ、ルチア様。この善《よ》き日を迎えることができて……感無量《かんむりょう》です」

「まだ泣くのは早いわよ、ラーナ。泣くのは、わたしがヴァージンロードを転ばずに歩ききって、婚姻の誓いを噛《か》まずに言えたときにしてちょうだい」

ラーナは涙混じりの瞳で笑って、丁寧な礼をしてから控《ひか》え室を出て行った。

「ふぅ……」

あとは呼ばれるのを待つだけになったルチアは、椅子《いす》に浅く腰かけながら深呼吸を繰り返す。

いよいよこの日がやってきたのだ。

ロクサーヌの罠《わな》に危《あや》うくはまるところだったあの日から、ちょうど一ヶ月が経《た》った。

求婚からわずか二ヶ月足らずで結婚するなど、王族の結婚にしては異例の速さだ。

もう二度と妨害《ぼうがい》は受けたくないと、カイルみずから父王に掛け合った結果である。

これまで見ることがなかった二番目の息子の情熱的な要求に、国王陛下《へいか》は号泣《ごうきゅう》しながらうんうんと頷《うなず》き、あれよあれよという間に結婚式の用意を調《ととの》えてしまった。

結婚の申請にしても、本来なら三ヶ月は待たなければならないところを、王家の力を駆使《くし》して教会に掛け合い、予定を早めるあたり、国王もよほどこの婚姻が嬉しかったということだろう。

そんな国王と浮かれた王妃に触発されて、この一ヶ月は城内もほとんどお祭り騒ぎだった。

「こうやってたくさんのひとに祝福されて、結婚するなんて……考えてもみなかった」

片田舎の寂《さび》れた男爵領で、母と弟妹《ていまい》たちの世話をして一生を終えると思っていた頃……あの頃を思えば、本当に今の幸せが夢ではないのかとおびえてしまう。

故郷に残る家族のことを思って、ルチアは小さくため息をついた。

結局、結婚前に里帰りすることは叶わなかった。結婚式に向けての支度《したく》が山のようにあったし、それこそ手紙を書く間もないほど忙しかったのである。

カイルも打ち合わせなどがかさんでいたようで、ふたりで話をする時間も見つけられず、結局家族のことまで相談できなかった。

もちろん男爵領にはきちんと使者を遣わし、ルチアの結婚を伝えてもらったが、なにもかも急な話で、母も弟妹たちもひどく仰天《ぎょうてん》したことだろう。

それを思えば、やはり自分の口から、幸せになるのだと伝えたかったという心残りがあった。

「今頃みんなどうしているかしら……お母様も元気だといいんだけど……」

そのとき、控《ひか》え室の扉がコンコンとノックされた。

ルチアはハッと物思いから覚める。

少し早い時間だが、とうとう迎えがやってきたのだろう。椅子《いす》の上でピンと背筋を伸ばして「はい」と静かに答える。

直後、扉が音を立てて開き、わぁっと小さな子供たちがなだれ込んできた。

「お姉さま！」

「ルチアお姉さまー！」

「え、えっ――？　うそ、アーサー、ミレイ……？　ルドルフも」

一斉《いっせい》に胸に飛び込んできた弟妹たちを前に、ルチアはすみれ色の瞳をまん丸に見開いた。

勢いよく抱きついてきた子供たちは、ルチアを見上げるや瞳をきらきらさせて騒ぎ立てて始める。

「お姉さま、すごくきれい――っ！　お姫さまみたい！」

「王子さまのお嫁さんになるんだ。お姫さまみたいじゃなくて、お姫さまなんだよ！」

「いや、それはちょっと違うぞ。王子さまのお嫁さんは、お妃さまだよっ」

物語から仕入れた知識を早口にまくしたてる小さな子たちに、ルチアはぽかんとなる。

するとすぐに「こらこら！」と別の声が割り込んできた。

「あんたたち、離れなさい。せっかくの豪華なドレスに皺《しわ》ができたらどうするの！」

「そうだぞ、おまえら。こんなドレス、おれたちが一生かかっても手に入れられないような特注品なんだ。よだれでもつけようものなら……っ」

「カレン、マーティン……」

小さい子たちを引き剥《は》がす年長の弟妹《ていまい》たちに、ルチアは呆然《ぼうぜん》としながら声をかけた。

ふたりはにっこりと微笑《ほほえ》んで、それなりに形の整った礼をする。

「ご結婚おめでとうございます、お姉さま」

「あ、ありがと……って、どうしてあんたたちここに……」

「公爵閣下《かっか》が馬車を出してくださったんだよ。家族が結婚式に出席するのは当然のことだからって」

新たに聞こえた声に、ルチアはさらに目を見開いた。

「アレックス……！」

久々に見るマーネット家の長男は、最後に見たときよりずいぶん背も伸びて、亡き父の面影《おもかげ》をそっくり受け継《つ》いだ優しげな少年へと成長していた。

「お久しぶり、姉上。本日はご結婚おめでとうございます」

おまけに一丁前にルチアの手を取り、紳士《しんし》らしく口づけてくる。

いつの間にか背までルチアを追い越していて、立派に成長した弟を前に、ルチアは感動で胸が詰まるのを感じた。

「アレックスぅ……っ」

「ちょ、姉上、泣くのはまだ早いよ。姉上の花嫁姿、誰よりも待ち望んでいたひとが他にいるんだから」

アレックスは悪戯《いたずら》っぽく片目を瞑《つむ》ると、振り返って自分の背後を示す。

ルチアは、信じられない思いで椅子《いす》から立ち上がった。

「お母様……」

「まぁ、とっても綺麗《きれい》になったわね、ルチア」

そこにいたのは、車輪付きの椅子に腰かけた母、マーネット夫人だった。

ルチアはすぐに駆《か》けつけようとしたが、それを制すように母が片手を上げる。

それどころか、彼女は傍《かたわ》らから杖《つえ》を取り出すと、それにすがりながら立ち上がろうとしたのだ。

「お、お母様！」

「お姉さま、大丈夫よ。お母さま、最近ようやく少しずつ歩けるようになってきたの」

「えっ……」

妹の言葉に驚くと同時に、母はとうとう、よろめきながらも立ち上がった。

両足を引きずるようにしながらも、杖をついてゆっくり歩いてくる。

一歩、二歩……

もう動かないと診断されたその足が動くのを、ルチアは信じられない思いで見つめていた。

それでも、せいぜい三歩歩くのが限界なのか、その身体がふわりと傾く。

ルチアは咄嗟《とっさ》に駆《か》け出して、支えようとしたアレックスの手もどけて、母に飛びつくように抱きついていた。

「お母様！」

「ふふっ、やっぱりまだまだ訓練が必要ね」

はぁはぁと息を荒《あら》らげ、額《ひたい》に汗を浮かべながらも、母の表情は晴れやかだった。

「お母様、どうして……」

「あなたの旦那様のすすめで、しばらく南の保養地で療養していたのよ。歩く訓練も始めてねぇ。毎日大変だけど、ようやくここまで回復したのよ」

母はもう一年以上寝たきりの生活だったのだ。それが……たった二ヶ月で、自力で立って歩けるまでになったなんて。驚くべき回復力だ。

「なにもかも、あなたとあなたの旦那様のおかげよ、ルチア。公爵様はカレンやマーティンも学校に入れてくれて、小さい子たちにも世話係をつけてくれたの。おかげで今は、王都と保養地に別れてだけど、楽しく暮らしているわ。本当にありがたいことなのよ」

「お母様……っ」

心から微笑《ほほえ》む母を前に、ルチアもうこらえきれなかった。すみれ色の瞳からあふれるように涙が出てきて、次々と頬《ほお》を滑《すべ》っていく。

母は困ったように微笑んだ。

「せっかくのお化粧《けしょう》が台無しよ、ルチア。晴れの門出《かどで》に涙するなんて、よくないことよ」

「ええ、ええ、そうね……」

頷《うなず》くものの、涙は当分止まる気配もなく、ルチアは母の肩口にすがるようにして嗚咽《おえつ》をこらえた。

母が歩けるようになったのが嬉しい。弟妹《ていまい》たちが元気に暮らしているのが嬉しい。……なにより、ルチアが知らないあいだに、彼らのことをこんなにも気にかけてくれていたカイルのことが、愛《いと》おしい――

「ルチア」

そのとき、一番聞きたかった声がそっと耳に入ってきて、ルチアは顔を上げる。

そこには花婿《はなむこ》の盛装《せいそう》に身を包んだカイルがたたずんでいて、ルチアの泣き顔を見ると、しょうがないなぁと言いたげに苦笑した。

「カイル……！」

ルチアは、今度は愛《いと》しい恋人の胸に飛び込んだ。

その背に腕を回して、しゃっくりの合間に、心からの感謝の言葉を繰り返す。

「あ、ありが、と……ありがとう、本当に……っ、ありが……っ」

「わかったから、もう泣くな。笑え」

短く、しかし愛情を込めて言われて、顔を上げたルチアは急いで涙を拭き取る。

油断するとまたしゃくり上げそうだったが、ルチアは愛しいひとたちが望むまま、輝くような笑顔を浮かべて顔を上げた。

リンゴーン、と大聖堂の鐘《かね》が鳴り響く。

「時間だ」

腕を差し出され、ルチアは微笑《ほほえ》んでそこに手を重ねる。

弟妹《ていまい》たちが大きく手を振って、祭壇《さいだん》へ向かう二人を祝福した。

「お姉さま、世界一幸せになってね！」

——もう、なっているわ。

そんな言葉を込めて、ルチアは笑顔で手を振り返したのだった。

◇◆◇

結婚式が終わり、披露宴《ひろうえん》が終わり、祝宴《しゅくえん》が終わり……延々と続きそうな宴《うたげ》を先に抜け出して、ルチアはラーナを始めとする侍女《じじょ》たちに取り囲まれて浴室へ案内された。

身体の隅々《すみずみ》まで洗われ、丹念に香油《こうゆ》を擦《す》り込まれ、ウェディングドレスと同じ純白の絹のナイトウェアを着せかけられる。

飾り気のないものだったが、裾《すそ》のところには白百合《しらゆり》を模《も》した細やかな刺繍《ししゅう》が施《ほどこ》されていた。襟《えり》は大きく開いていて、胸の下の切り替えにはリボンがあしらわれている。

こんなときでなければ、可愛《かわい》らしいデザインにはしゃいでしまうところだっただろう。

「では、わたくしどもはこれで……」

今日のために用意された寝室に案内されると、ラーナたちはすぐに出て行ってしまった。

「き、緊張するなぁ。やっぱり……」

初めてではないとはいえ、今夜が『初夜』であることに変わりはない。

もう少しするとカイルとともに偉《えら》い司教の方がやってきて、初夜がうまく行くようにわざわざ祈ってくれることになっているのだ。

「王族の結婚って、やっぱり庶民とは違うのねぇ……」

男爵令嬢であるルチアも厳密には庶民ではないが、そう思わずにはいられない心境であった。

そのとき扉がノックもなしに開かれ、寝台の周りをうろうろしていたルチアは弾《はじ》かれたように振り返る。

そこにはガウンを着込んだカイルがいて、ルチアは思わず真っ赤になってしまった。

「カイル……」

「緊張しているのか？」

彼も湯を浴びてさっぱりしたのだろう。湿り気の残る身体にそっと抱き寄せられて、ルチアはどきっとしながら、素直に頷《うなず》いた。

「悪いな。こんな大仰《おおぎょう》なこと、もう王子じゃないわたしには必要ないと言ったんだが……母上に押し切られてしまって」

苦々しく言うカイルは、きっと直前まで王妃相手に掛け合ってくれたのだろう。

彼自身、もう臣籍《しんせき》に降《くだ》った身で、城で祝宴《しゅくえん》を挙げることには抵抗があったようだ。

が、これまで女嫌いで通してきた二番目の息子の門出《かどで》を、盛大に祝いたかった国王夫妻の気持ちもわからなくはない。

ルチアは小さく笑って、カイルの腰に腕を回した。

「わたしは別に大丈夫。それよりカイル、お母様たちのこと、本当にありがとうね」

「もう何回目だ？　その言葉を聞かされるのも、気にするなと答えてやるのも」

カイルは苦笑混じりにため息をついたが、髪を撫《な》でてくる手は優しかった。

と、いきなりカイルが強い力でルチアを抱きしめてきた。背がのけぞるような力に、さすがのルチアも驚いて短く悲鳴を上げる。

「か、カイルっ？」

「すまない。だが、なんと言うか、嬉しくて……」

「な、なにがよ」

「今日からは……媚薬《びやく》なしで、おまえを抱ける」

「なっ」

思ってもみなかった台詞《せりふ》に、ルチアは真っ赤になった。

「そ、そ、それは……っ」

「これまでなんやかんやと薬に急《せ》かされて抱き合うばかりだった。もう二度とあんなものに踊《おど》らされてたまるか。あんなものがなくても、おまえのことをよくしてやりたい……」

挙《あ》げ句《く》、そんな情熱的な台詞《せりふ》まで聞かされて、ルチアはぱくぱくと口を開閉してしまう。頭が今にも沸騰《ふっとう》しそうだった。

「失礼いたします……おや、お邪魔でしたでしょうか？」

少しして司教や重鎮《じゅうちん》たちが入ってきて、ルチアは慌《あわ》ててカイルの腕から逃《のが》れた。

当《とう》のカイルは恨《うら》めしげな目を扉に向けたが、すぐにルチアを横向きに抱《かか》え上げる。

「きゃあ!?」

「さっさとしてくれ。妻を見世物《みせもの》にする気はない」

ルチアを優しく寝台に下ろすと、カイルは不機嫌丸出しで司教に詰め寄った。

司教は「はい、はい」と顎髭《あごひげ》を揺らしながら含み笑いをする。重鎮たちが所定の位置についたのを確認し、咳《せき》払いをしてから、重々しく口を開いた。

「ただいまより、ゼルディフト公爵家当主と奥方の婚姻の儀を執《と》り行《おこな》います……。聖水をここへ」

司教が手を差し出すと、お付きの男がさっと水桶《みずおけ》を差しだした。

「若きふたりに神の祝福があらんことを」

重々しい言葉とともに、祈りの姿勢を取るように促《うなが》される。カイルは胸に右手を当て、ルチアは両手を組み合わせた。

そうして目を伏せると、呪文のような祈りの言葉がどこからか流れてくる。

と、ぴしゃっ、という水音が響いて、ルチアは思わず目を開けそうになった。

おそらく先ほどの聖水が清めのためにかけられているのだろうが、驚くべきことに、その水はルチアにもカイルにも容赦なくびしゃびしゃと浴びせかけられる。

夏の宵《よい》とはいえ、井戸から汲み上げた水はやはり冷たい。たまらず身震いすると、司教が顔を上げるように言った。

「それでは、夜の契《ちぎ》りが無事に終わりますことを祈って……」

厳《おごそ》かに告げると、司教たちはきたとき同様ぞろぞろと退室していった。

「なんなんだ、いったい……」

びしょ濡れになったガウンを見下ろし、カイルがいらいらと吐き捨てる。

どうやら頭からも水をかけられたらしく、銀色の前髪からはぽたぽたと水滴が垂《た》れていた。

ルチアの毛先も同じように濡れている。

「王族の初夜って大変なのね……ぐしっ」

盛大にくしゃみをすると、ガウンを脱ぎ捨てたカイルがいきなり怖い顔をした。

「ど、どうしたの」

「透《す》けてる」

「え」

端的な一言に思わず我が身を見下ろして、ルチアは短く悲鳴を上げた。

聖水のおかげでナイトウェアがべったりと肌に張りつき、身体の形がはっきり浮かび上がっていたのだ。

「や、やだ。見られちゃったかしら……!」

肩を抱きながら、ルチアは重鎮《じゅうちん》たちを思い出して真っ青になる。

みんな顔を薄布で隠していたとはいえ、視界は完全に遮《さえぎ》られてはいなかったはずだ。

カイルの眉間《みけん》の皺《しわ》がさらに深まる。と思ったら、彼はいきなり手を伸ばして、ルチアの服を頭から脱がしにかかった。

「ちょ、ちょっと!」

「どのみち脱がなきゃ風邪をひく。……くっそ。母上ともども、あとで文句言ってやる」

どうやら自分以外の男がナイトウェア越しとはいえルチアの肌を見たことに、この上なくいらだっている様子だ。

抵抗も虚《むな》しく、さっさと濡れたナイトウェアを放り投げられ、ルチアは思わず胸元を隠す。枕元には燭台《しょくだい》の火があり、薄暗い中でも白い身体がはっきり浮かび上がってしまうのだ。

「あ、あんまり見ないで……」

「無理な相談だ」

どうやら機嫌の悪いカイルをなだめるのは難しいらしい。

あっという間に組み敷かれ、ルチアはこくりと喉《のど》を鳴らす。彼女の上に馬乗りになりながら、カイルも頭から服を脱いだ。

蜜色に輝く裸身が露《あら》わになり、ルチアはかぁっと首まで熱くなる。初めてではないといっても、やはり緊張することはするのだ。それだけ彼の身体は美しい。

たまらず視線を泳がせると、よそ見するなとばかりに口づけが降ってきた。だが乱暴なものでも奪うようなものでもない——包み込むような温かなものだ。

「やっとおまえを抱ける」

カイルはまるで、初めてルチアの身体に向き合うように、熱っぽいまなざしで呟《つぶや》いてくる。

薄氷《はくひょう》の瞳がいつもより色濃く輝いている気がして、ルチアの身体にもカッと熱が灯《とも》された。

たちまち潤《うる》む下肢《かし》に気づいてそっと目を伏せると、羽のような口づけが幾度《いくど》も優しく降ってくる。

ほどなくふれあいは深く奪うようなものになり、ルチアは身体に兆《きざ》した欲望にあらがうことなく、夫の首筋にそっと両腕を絡《から》めた。

◇◆◇

「ああっ、いい式だったわねぇ！　ルチアもとっても可愛《かわい》かったし、カイルもとおってもも凛々《りり》しかったし。さすがわたくしの息子。やるべきところではちゃんとやれるようにできていたのねぇ」

「本当に、公爵のエスコートはなかなかでしたわ。それに王妃様、ご覧になりまして？　公爵のあの日。夜になるのが待ちきれない様子で、ずーっとルチアのことばかり見つめ続けていて……」

「ええ、ええ。熱烈と言えば聞こえはいいけど、あれは俗《ぞく》に言うところの『色ボケ』という奴ね。おほほほほっ」

連れだって回廊《かいろう》を歩く王妃と王太子妃を前に、料理や飲み物を運ぶ給仕《きゅうじ》たちは慌《あわ》てて道を空《あ》けて頭を下げる。

今日のために開放された大広間では未《いま》だに騒がしい祝宴《しゅくえん》が続いており、ほとんど無礼講《ぶれいこう》の様相《ようそう》を呈《てい》していた。

国王は二人目の息子の門出《かどで》を祝ってここぞとばかりに呑んでいるし、王太子ラウルもそれに付き合って最前列で騒いでいる。

ああなるともう王妃たちでも収拾《しゅうしゅう》がつかないので、ふたりは早々に部屋へ引き上げることにしたのだった。

いつもはお茶を頼むところをあえて酒を所望し、ふたりは改めて乾杯を交わす。

爽《さわ》やかな果実酒を一息に飲み干した王妃は、ここでようやく、こらえきれないとばかりにくっくっと肩を揺らして笑い始めた。

「王妃様？」

「ぷくく、ごめんなさいね。今頃カイルたちは初夜の儀を始めているところかしらって思ったら、どうにも笑いが止まらなくなって」

「まぁ。冷《ひ》やかしはしましても、笑うほどのことがありまして？」

新たな酒を注《つ》ぎながら、アデレードがかすかに首を傾《かし》げる。

彼女もまた王族に嫁《とつ》いだ者として、司教が言祝《ことほ》ぎを告《つ》げる夜の儀を経験した。

そのときにはすでに身ごもっていたので、本来身体にかけられるはずの聖水は、枕元にお守りとして置かれるだけに留められたが。

大昔は、それこそ司教たちの前で肉体的に契《ちぎ》りを結ぶとか、処女の証《あかし》が染《し》みこんだシーツを人々の前に出すようなことがあったらしいが、今の時代にそんな屈辱的《くつじょくてき》な決まりごとはない。

笑うような要素なんてあったかしら……と考え込むアデレードに「そうではないのよ」と王妃はころころ笑った。

「というより、あなたとラウルのときにできなかったから、カイルには絶対にやってやろうと思っていたことなの。それが叶ったのがもう嬉しくて嬉しくて」

「まぁ、わたしたちのときにはできなかったこと？」

目を丸くするアデレードに、王妃はふふんと笑った。

「そもそも、門外不出の『秘薬』の存在を、王家に嫁《とつ》ぐ女たちが知ることになるのは、初夜のときに初めて用《もち》いられるからなのよ。ラウルのときはあなたが妊娠していたこともあって、秘薬を盛るような無理はできなかったけれど、ルチアはまだそんなことはないでしょう？　だからお祝いも込めてたっぷり使ってあげようと思って」

企《たくら》みが成功したわ、と楽しげに笑う王妃に、アデレードは首を傾《かし》げた。

「ということは、初夜の席に『秘薬』が置かれているということですか？　『紅薔薇《べにばら》の戯《たわむ》れ』入りのお菓子とか……」

「いいえ。初夜に使う秘薬は決まっているの。『青薔薇《あおばら》の誓い』という秘薬よ」

　アデレードはかすかに目を見開いた。

「まぁ、初めて聞きますわ。『紅薔薇』と『白薔薇《しろばら》』の他に、まだ秘薬があったなんて！」

「うふふ。無理もないわ。あれを使うのは初夜のときだけと決められているの。なんでも神聖さを保《たも》つために、『紅薔薇』と『白薔薇』とは扱いを変えているのですって。まっ、実際にあのふたつを使うだけでも、相当気持ちよくなれるわけだし」

　王妃は再《ふたた》びぐいーっと果実酒をあおいで言った。

「初夜の儀のとき、本来なら司教から聖水を浴びせかけられるのは知っているわね？」

「ええ、ラウルから聞きましたわ。……それって要するに、服を脱がせるための措置《そち》なのでしょう？　確実に契りを果《は》たせという遠回しな念押しと言いますか……」

「ええ、そういう意味合いもあるわ。でももうひとつ。『青薔薇の誓い』を用いるには、あの水を浴びせる行為が必要不可欠なのよ」

　それはね、と内緒話をするように声を潜《ひそ》める王妃につられ、アデレードも自然と前屈《まえかが》みになった。

◇
◆
◇

……薄暗い寝室に、衣擦《きぬず》れと淡《あわ》い吐息の音が絶《た》えず響き渡っている。

かすかな声が続いたかと思えば、急に上《のぼ》りつめたような艶《つや》めいた声が上がり、衣擦れの音はいっそう激しくなっていった。

「ふ、う……、はぁ……っ、カイ、ル……」

「ルチア……」

再《ふた》び訪れた絶頂にぐったりと身を投げ出すと、カイルがそれをなだめるように額《ひたい》に口づけてくる。

身体を重ね合わせて、もうどれくらいの時間になるのか。未《いま》だ硬さを失わないカイルの熱を感じつつ、ルチアは涙の浮かぶ瞳をさらに潤《うる》ませた。

「わた、し……なんだか、おかしいわ。こんなにイってるのに……ちっとも熱が引かない」

「奇遇《きぐう》だな。わたしもだ」

「あんっ……」

再びゆるゆると腰を突き動かされ、ルチアは後頭部を枕にこすりつけるようにして顎《あご》を反《そ》らした。

「はぁ、はぁ……、あっ、そこ……」

「いいのか？」

「んっ……」

ふたりの指が自然と絡《から》まり合い、祈るように組み合わさる。

やがて抽送《ちゅうそう》は激しくなり、カイルの空《あ》いた手がルチアの腰を抱《かか》え込んだ。

ルチアも彼の腰に脚《あし》を絡みつけ、乳房を押しつけるように身体を揺らす。

荒い呼吸が漏《も》れる唇同士がふれあい、お互いの吐息が混ざった瞬間――

「ふっ、ぅ……！」

「あふっ、んっ……、んんン！」

ビリッと痺《しび》れるような愉悦《ゆえつ》の波が駆《か》け抜け、もう何度目になるかわからぬ熱が、ルチアの奥底へと放《はな》たれた。

これで少しは落ち着くかと思ったら、それまで以上の情欲がむくむくと立ち上ってきてしまう。

「っ……、や、やっぱりおかしい……っ。なんか、『秘薬』でも飲んだみたいな……！」

「そんなわけあるかっ。今日の食事はすべて、目の前に出される直前に毒味するよう手配しておいた。……それらしい香りも感じない。おまえもチョコレイトは食べていないだろう？」

「う、うん……」

祝宴《しゅくえん》の席には懲《こ》りずにボンボンが並べてあったが、ルチアはそれらはもちろん、ショコラにもクッキーにも手をつけなかった。というか、挨拶《あいさつ》に忙しくてそもそも食事を口にする時間すらなかった。

だがなにも口にしていないにしては、この状況はどうにもおかしい。

身体を繋《つな》げてどれくらい経《た》ったかはわからないが、カイルはすでに五回は吐精《とせい》している。ルチアとて軽くその倍は絶頂に押し上げられていた。それなのに、疲れを感じるどころか、もっともっととばかりに身体は昂《たか》ぶりを増していく。

それこそ『秘薬』を飲んだときのような酩酊感《めいていかん》が続いていて、正直、感じすぎてもうどこからどこまでが自分の身体なのかも曖昧《あいまい》なほどだった。

「はっ、はぁ……。あ……やっ、カイル。もぅ、おっきくなって……？　あぁ……っ」

「く……！」

「あぁうっ！」

埋もれたままの肉棒が急に引き抜かれて、喪失感にルチアはたまらず声を上げる。

ぐずぐず燻《くすぶ》る熱に細かく震えながらも、思わずねだるように腰を揺すってしまう。

するとカイルがルチアの背に腕を差入れ、細い身体をうつぶせに返した。

「な、に、――あぁぁっ！」

その状態でうしろから一息に突き入れられて、ルチアは悲鳴を上げる。快感が一気に背を伝い、脳髄《のうずい》まで弾《はじ》け飛んだ。

「ぐぅっ……！」

きつく締まった膣壁に誘《いざな》われるように、カイルも激しく腰を打ちつけてくる。

「あっ、あうっ！　いやっ……、あっ、あっ、あぁっ！」

「はっ……、っ、ルチア……っ」

「あぁ……！　か、カイル……あんっ、あふっ……ひっ、あぁぁ！」

気持ちよすぎて、頭の中までどろどろに溶かされていく。

なにかおかしいと思う心も、膨大な快感の前にはあっさりと膝をついてしまうのだ。

それに……、わからない答えを探すくらいなら、燻る欲求のまま、すべてを本能に委《ゆだ》ねてしまいたい。

ようやく愛するひとと正式に結ばれることができたのだ。

大きな手が乳房を揉《も》みしだくのを感じながら、ルチアは必死に首を反《そ》らして背後を向

こうとした。

「カイ、ル……っ」

口づけて欲しい。

そう願ったのが通じたのか、あるいは彼もそうだったのか。

濡れた唇同士が重なり、唾液《だえき》にまみれた舌が探り合うように絡《から》まり合った。

その状態で乳首を潰《つぶ》され、奥深く穿《うが》たれてはもうたまらない。

「ああ、好き——カイっ、あっ、……あぁぁ！　カイル、うぅ……っ！」

「ルチア、愛してる。……おまえだけを……っ！」

「ひっう……ぅあ、あっ！　——あああぁぁっ……！」

これ以上ないほどの愉悦《ゆえつ》が弾《はじ》けて、全身から汗が噴き出す。

がくがくと震える身体の奥に、また新たな欲望の飛沫《しぶき》が浴びせられた。そのあまりの快感と幸福感に、ルチアはすみれ色の瞳をうっとりと潤《うる》ませたのだった……

◇◆◇

「『青薔薇《あおばら》の誓い』は、あの聖水の中に溶け込ませてある秘薬なの。わざと服を濡らすのは、そうと気づかれないためのカモフラージュ。かなりきつい媚薬《びやくし》だから、服の上から染みこませるだけでも充分効くのよ。たいていの夫婦は最初は必死で、途中から気持ちよくなってわけがわからなくなっちゃうから、翌朝にそうと聞かせられて、ようやく自分たちが媚薬を仕込まれたことに気づくのよねぇ」

まっ、どのみち今は秘薬の効果が強すぎて、まともにものも考えられないわよ。

他二つと違って、欲望を遂《と》げれば遂げるほど強くなるタイプの秘薬だから。

そう言って再び《ふたた》果実酒を空《あ》ける王妃に、アデレードは思わず目を丸くさせてしまった。

「なんにせよ、明日の朝はちょっとした修羅場《しゅらば》になりそうですわね」

今夜こそは、と見るからに意気込んでいたカイルの姿が思い出される。

種明かしをされたあと、彼がどれほど怒り狂うかを考えると、確かにこみ上げる笑いが止められない。

当然アデレードにもとばっちりがくるだろうが、まぁ、それはそれ。

自分のグラスにも新しい酒を注《つ》いで、アデレードは再び王妃と乾杯した。

「王家のいっそうの繁栄と、はた迷惑かつ、ありがた～い『秘薬』の存在を祝して」

# 番外編　女学校での受難な一夜

リンゴーン、と鐘《かね》の音《ね》が結婚式の始まりを告《つ》げる。

両親とともに親族席に腰かけたヴィレッタ・カーティスは、これから始まる従姉妹《いとこ》の結婚式を前に、わくわくと胸を躍《おど》らせていた。

父方の従姉妹であるルチア・マーネットとは、それこそ生まれたときからの付き合いだ。

幼い頃はもちろん、女学校に通っていた頃などは一日中ほぼ一緒にいた。

普段から仲が良かった上に、寄宿舎《きしゅくしゃ》でも同室だったからだ。

おかげで、おとなしい性格のヴィレッタからすれば、思いもよらないようなトラブルに巻き込まれたことも多々あったのだが……

「しかし、あのルチア・マーネットが、まさか王族と結婚するなんて思わなかったわ」

「むしろ『結婚なんて期待できないじゃじゃ馬』って、もっぱらの評判だったのに」

「人生ってどう転ぶかわからないものよねぇ……」

うしろの参列席から、そんな噂話がこそこそと聞こえてくる。

そっと振り返れば、年若い令嬢たちが固まって座っているのが見えた。

ほとんどが女学校時代のクラスメイトだ。中にはあがり症のヴィレッタをからかったために、ルチアの報復《ほうふく》を受けた気の毒な令嬢ベリンダも交ざっている。

そのベリンダは扇《おうぎ》の陰で、実に不愉快そうな面持《おもも》ちを浮かべていた。

「やめてよ、あんな女の話なんか聞きたくないわ。あんな、平然と木に登ったり廊下《ろうか》を全力疾走《しっそう》したり、隣の王立学院の生徒に暴力をふるうような女、口にするのも穢《けが》らわしい」

ツンとすまして放《はな》たれた言葉に、周りにいた令嬢たちは「ちょっと」と慌《あわ》てて止めに入る。

王族の結婚式の場で、下手な話をすれば不敬罪《ふけいざい》に当たるからだ。

にわかに焦り出すそちらを目の端《はし》に捕らえつつ、そういえばそんなこともあったわ、とヴィレッタは懐《なつ》かしい思い出に浸《ひた》る。

あれはもう三年近くも前のことか。

ただでさえ『問題児』として注視《ちゅうし》されていたルチアが、一気にその名を広めることになった、ある秋の日の出来事……

暑い日差しがだいぶ遠のき、一年でもっとも過ごしやすい季節が王都にやってきた。一流の淑女《しゅくじょ》になるべく、日々勉学に励《はげ》む女学校の生徒たちのあいだで、少し……いや、かなり困った事件が発生したのである。

「はっ？　下着がなくなる？」

寄宿舎《きしゅくしゃ》の一階にある食堂で、鶏肉《とりにく》を口に運ぼうとしたルチアが素《す》っ頓狂《とんきょう》な声を上げた。話を振ったヴィレッタは「しーっ」と人差し指を立てる。真っ昼間から口にしていい話題ではないだけに、他の生徒に聞かれていたらどうしようかとはらはらした。

鶏肉を呑みこんだルチアは「また、なんだってそんなことが起きているのよ」と不思議そうだ。

「なんでもここ最近、洗濯室から下着が消えるみたいなの。それも夜のうちに」

「なにそれ。洗濯室から勝手に持って行く子がいるってこと？　――ああ、それでベリンダたちが、朝から洗濯メイドを叱り飛ばしてたわけね？」

ルチアは得心がいったように何度か頷《うなず》く。

朝食を取るため自室を出るなり、隣室の騒ぎに気づいて割って入ったのは他でもない彼女だ。
曰《いわ》く「メイドをいじめるなんて陰湿《いんしつ》なこと、見逃《みのが》せるわけないじゃない！」とのこと
だが、彼女の場合はだいたいそうやって騒ぎを大きくして、お目付役の女教師からお小
言をもらうのが日常茶飯事《さはんじ》になっているから困りものである。
「ベリンダはメイドが下着を盗んだんだってわめいてたわよね。けど一枚二枚ならとも
かく、ここ最近続いているってことは……？」
「これも、まだ噂なんだけどね。なんでも……」
ヴィレッタはテーブル越しに身を乗り出し、ルチアの耳元で子細《しさい》を語った。
ルチアはふんふんと言いながら聞いていたが、出し抜けにそのすみれ色の瞳をくわっ
と見開く。
「なんですって、犯人は隣の王立学院の男子生徒!?」
「ルチア、しーっ！　声が大きいったら」
ヴィレッタはあわあわしながら従姉妹《いとこ》の口をふさぐ。
しかしルチアはそれを難《なん》なくふりほどき、憤然《ふんぜん》とした面持《おもも》ちで眉《まゆ》をつり上げた。
「どういうことよ。王立学院の生徒っていったら、ほとんどが有力貴族のお坊ちゃまた
ちでしょう？　そんな奴らが、夜な夜な女学校に忍び込んで下着泥棒しているっていう

の？」

信じられない、と呟《つぶや》くルチアに、ヴィレッタは「あくまで噂だからね？」と念押しした。

「なんでも王立学院では、数年に一度くらいで、そういうことが流行《はや》るんですって。王立学院にお兄さんがいる子から聞いた話なんだけど……」

「どういう流行よ、それ。優等生であるはずの男子生徒が下着ドロって」

呆《あき》れかえるルチアに、ヴィレッタも半分は似たような気持ちで首を傾《かし》げる。

「わたしに聞かれても……ただ、そういうことがあるっていうだけで」

「それ、度胸試《どきょうだめ》しだっていう話よ。上級生が下級生に取ってこいって指示するらしいわっ」

「あ……、おはよう、アンナ」

朝食のトレイを手に話に入ってきたのは、クラスメイトのアリアンナだ。

鼻の頭に散ったそばかすが印象的な彼女は、ニヤリと笑みを浮かべた。

「王立学院って上下関係がすっごく厳しいみたいなの。そこでの評価が社交界に出てからも重要になるとかで、下の立場にいる子たちは上の奴らに絶対に逆《さか》らえないんですって～」

「へー。そりゃお気の毒ね」

一応この女学校にも似たような慣習があるはずなのに、我が道を行くルチアはまるで気にした素振りを見せない。

おかげでヴィレッタはいつも気を揉《も》んでばかりである。

「で、その上級生どもが下級生をいたぶるために、下着を盗んでこいと指示するわけだと」

「そういうこと。まぁ数年に一度起こるブームらしいけどね」

「冗談じゃないわよ。あっちはそれでいいかもしれないけど、被害者になるこっちの身にもなってほしいわ！」

お茶の入ったカップをガチャンとソーサーに打ちつけ、ルチアがぎりっと歯ぎしりする。

ヴィレッタはいやな予感にひやりとした。こうなったときのルチアは、たいていヴィレッタひとりの手には負えない。

案《あん》の定《じょう》、すみれ色の瞳をめらめらと燃やしたルチアは、決然《けつぜん》とした面持《おもも》ちで席を立った。

「度胸試しだかなんだか知らないけど、淑女《しゅくじょ》を困らせる男なんて紳士《しんし》の風上にも置けないわっ。見つけ出してとっちめてやる！」

「ちょっ、ル、ルチア！　待って……！」

ルチアは朝食のトレイを窓口に返すと、風のように食堂を飛び出していった。

ちょうど通りかかったらしい女教師が「マーネット！　廊下《ろうか》を走るなと何度言ったら

わかるの!?」と金切《かなき》り声で叫んでいるのが聞こえる。

手を伸ばしたまま呆然《ぼうぜん》とするヴィレッタの横で、アリアンナが「むふふ」と企《たくら》みめいた笑みを浮かべた。

「さぁて、これで明日はルチアのスクープがとれるわよぉ。学内新聞のいいネタになるわね！」

「……アンナ、あなたまさか、わざとルチアを煽《あお》ったんじゃ……」

「えー、なんのことぉ？　そんなえげつないこと、ワタクシいたしませんことよぉ？」

ヴィレッタはがっくりと肩を落とした。

十中八九、今夜はとんでもない事態に見舞われるに違いない。

いやな予感はだいたい当たる。

その夜、ルチアは制服の上に黒の外套《がいとう》を羽織《はお》ると、なんと寄宿室《きしゅくしつ》の窓から外への脱走を試みようとしていた。

「ちょ、ちょっとルチア、本気なの？」

「もちろん。そこの木は枝も太くてしっかりしているから、飛び移るにはなんの支障もないわ」

兄弟が下に多くいるためか、ルチアは木登りができるという貴族令嬢としてはとんでもない特技を持っている。

だがそれにしたって、窓から木に飛び移るなど論外だろう。

はらはらするヴィレッタとは裏腹に、ルチアは手足を曲げ伸ばして、準備運動まで始めている。

「よしっ。じゃあちょっと行ってくるわ」

「そんなお使いに行くような調子で言わないで……ルチア！」

制止するヴィレッタの声も聞かずに、ルチアは窓枠に足をかけると、勢いよく外へ飛び出した。そうして太い枝に、文字通りしがみつくようにして飛び下りる。

「っ！」

大きくたわんだ枝と、こすれ合う葉っぱの音に、ヴィレッタは目を閉じ耳をふさいで縮こまる。

だがいつになってもルチアの悲鳴は聞こえず……おそるおそるのぞき込んでみれば、彼女はすでに幹《みき》を伝って地面に下り立ったところだった。

「じゃあヴィレッタ、窓の鍵は締めないでおいてね～」

「ル、ルチア……っ」

片手を上げて去っていく姿に、ヴィレッタはへなへなとその場に座り込んでしまう。

(わ、我が従姉妹《いとこ》ながら信じられない……)

実は彼女は人間ではなく猿《さる》ではないかと疑いたくなるほどだ。

(でも……どうしよう)

ルチアひとりで行かせてしまって、果たして大丈夫だったのだろうか。

いや、絶対に大丈夫なはずがない。ヴィレッタは即座に自答した。

このまま放っておけば、あのルチアのことだ、本気で下着泥棒をつるし上げかねない。

(相手は同じ学生とはいえ……名門の貴族のご令息《れいそく》なのよ？ 目をつけられたら、社交界に出たときに大変なことになるわ)

それこそ、結婚相手を探すどころの話ではなくなる。今は学生の身分だからいいものの、社交界に出れば大人の仲間入りだ。これまでのような自由や融通《ゆうずう》は利《き》かなくなるだろう。

(かといって、わたしは木に飛び移るなんて絶対にできないし……)

ヴィレッタでなくても、並の令嬢……いや、市井《しせい》の女の子でもできる芸当ではないだろう。

ヴィレッタはさんざん悩んだ末、結局じっとしていることができずに立ち上がった。

ルチアと同じように外套《がいとう》を羽織《はお》り、そっと部屋を抜け出す。

消灯時間を過ぎてから部屋を抜け出すなど、見つかればただでは済まない。

それだけでも恐ろしいのに、灯《あか》りを消された廊下《ろうか》はとにかく薄暗く、かなり不気味《ぶきみ》だ。

寄宿室《きしゅくしつ》から漏《も》れ聞こえてくる小さな物音にもおびえながら、ヴィレッタは必死の思いで階下へと下り立った。

（洗濯室は、確か裏手にあったはず……）

使用人たちが住む棟のほうへ歩きながら、ヴィレッタはどうやったらルチアを止められるだろうかと思案《しあん》を始める。

しかし悲しいくらいになんの案も浮かばず、そのうちに洗濯室の近くまできてしまった。

「やっぱり無謀《むぼう》だったかも……」

無力感のあまり、今さらながらそう呟《つぶや》いてしまう。

いっそ引き返すべきか。いや、ここまできてしまってそれは……と思い悩む彼女の耳に、扉がパタンと開く音が入ってきた。

宿直《しゅくちょく》の見回りだ。遠くで揺れる灯りに飛び上がるほど驚いたヴィレッタは、咄嗟《とっさ》に近くの扉に飛び込んだ。

そこは件《くだん》の洗濯室だ。慌《あわ》てていたヴィレッタは近くに下げられていたタオルに顔から突っ込み、「きゃあ！」と声を上げてしまう。

「だれっ？　誰かそこにいるの？」

「ひっ」

見つかった！　頭を抱《かか》えてしゃがみ込んだヴィレッタに、奥から出てきた誰かは驚いて息を呑んだ。

「ヴィレッタ！　あなたどうしてこんなところに……！」

「ル、ルチア……っ」

びっくりした顔でのぞき込んできた従姉妹《いとこ》に、ヴィレッタは安堵《あんど》のあまり泣きそうになった。

そのとき、かつかつという足音が廊下《ろうか》から聞こえてきた。いち早く気づいたルチアがヴィレッタを奥へ引きずり込む。

間髪《かんはつ》容れずに扉が開き、「おかしいわねぇ……」という宿直の声が聞こえる。

「物音が聞こえた気がしたんだけど。気のせいかしらね」

宿直は独り言を呟《つぶや》くと、そのまま扉を閉めて廊下を歩いて行ってしまった。

足音が完全に遠ざかるのを聞いてから、ルチアはヴィレッタを解放する。

「ヴィレッタ、いったいどうしたの？　あなたまで部屋を抜け出すなんて」

「だ、だって、ルチアのことが心配だったんだもの……」

　ヴィレッタは意を決して顔を上げた。

「ねぇルチア、部屋に戻りましょう？　下着泥棒を懲《こ》らしめるなんて、そんなの生徒がやることじゃないわよ」

「そうは言っても、誰かがやらなきゃ被害は拡大する一方よ！　下着がなくなった、なんて他の生徒じゃ恥ずかしくって申告できないだろうし、おかげで洗濯メイドの子たちが責任をなすりつけられて困ってるんだから」

　腕組みしたルチアは厳しい顔で言い添えた。

「今朝ベリンダに怒られてた子も、このところは毎日のように下着がなくなってて、自分が盗んだんじゃないかって疑われているって泣いてたの。他のメイドからも白い目で見られていたたまれないって。それを知った以上は放っておくなんてできないわ」

「だとしても、あなたが動くことはないと思うわ。メイドのことならメイド長に相談するべきよ。それか先生たちに……」

「メイド長は給料以上のことはやらない冷たいひとみたいだし、先生方にしたって似たり寄ったりよ。むしろ隣の生徒が関わっている、なんて聞いたら、逆に『これ以上騒ぐのはやめなさい』って言われるわよ？　お偉《えら》いお貴族様には逆《さか》らうな、じゃないと学校の運営資金が、寄付金がっ、なんて言い出す始末なんだからっ」

ルチアの言い分はあながち間違っていない。というよりその通りだ。

王立学院には国からの支援があるが、この女学校に関してはほとんど寄付金で成り立っているようなものだ。大貴族ほど寄付の額も大きいので、先生方もよい家柄の子女には気を遣っているフシがある。

だからこそ、さほど裕福と言えない男爵家の娘であるルチアには、先生方も容赦《ようしゃ》なく罰則《ばっそく》やら説教やらを浴びせまくっているわけなのだ(本人にはまるで効果がなかったが)。このことだって、もしばれたら懲罰室《ちょうばつしつ》行きになるに違いないのに、正義感の強いルチアは絶対に自分の意思を翻《ひるがえ》さない。

「弱い立場の人間が泣き寝入りするなんて、それこそ馬鹿みたいな話だわ。わたしのことなら大丈夫だから、ヴィレッタは部屋に戻っていて？　一緒に抜け出していることがばれたら、あなただって大目玉よ？」

「それは、そうだけど……」

もうここまできてしまった手前、手ぶらで戻るというのもなんとなく後味が悪い。

だが悠長に問答している暇はなかった。

突如《とつじょ》、ルチアは「しっ」と人差し指を立て、ヴィレッタを再《ふたた》び物陰に引っ張っていく。

そのままふたりは外へ通じる扉を使い、物干しが並ぶ側に積み上げられた木箱の陰に隠れた。

「な、なんなの……?」

「今こっちから足音が聞こえた。きっと下着ドロよ」

「え」

ヴィレッタはすがるようにルチアの外套《がいとう》を掴《つか》む。

そんな従姉妹《いとこ》の肩を撫《な》でながら、ルチアは油断なく物干しのほうを見つめていた。

無数に張り巡《めぐ》らされた洗濯紐《ひも》からは、何枚かの下着がつり下がっている。

上質な下着は日干しにすると逆に傷《いた》んでしまうことがあるらしく、ある程度乾いたあとは夜に干しておくこともあるらしい。

これまで盗《と》られた下着もみんなそうだったと小声で説明するルチアに、そんな情報まで仕入れたのか、とヴィレッタは頭を抱《かか》えたくなった。

そのとき――

がさがさという不穏《ふおん》な物音が飛び込んでくる。

ヴィレッタは小さく息を呑み、ますます強くルチアにしがみついた。

一方のルチアは木箱からそっと顔をのぞかせる。その目はしっかりと下着のあたりを見つめていた。

やがて、女学院と王立学院の敷地を隔《へだ》てる煉瓦塀《れんがべい》の向こうから、よいしょと下り立つ人影が見えるようになった。

「――っと。本当に干してあるぜ、下着」

「へへ、ちょろいもんだな。さぁて、どんなやつかな……」

まぎれもなく若い男の声だ。王立学院の塀を越えてきたことから考えても、隣の男子生徒たちに間違いない。

ルチアがさっそく飛び出そうとする気配を察し、ヴィレッタはその腕にしがみついた。

「ちょ、ヴィレッタ、離してっ」

「だ、だめよ。相手はひとりじゃないのよ？　出て行ったところで返り討《う》ちに遭《あ》っちゃうっ」

話し声はふたりぶんだったが、足音はそれより多い気がする。そう思った矢先、「な、なぁ……」と気弱そうな男の声が聞こえた。

「やっぱり、やめようぜ。こんなとこ見つかったら懲罰《ちょうばつ》どころじゃ済まないって……」

「なんだよ。ここまできて怖《お》じ気《け》づいたのか？　あきらめろよ。どのみちコレ持って行かないと、先輩たちにドヤされることになるんだ」

「そーそー。けど持って帰れば、下着はおれたちのモノになるんだし。度胸試《どきょうだめ》しも合格ってことで、クラブにも入れてもらえるようになるんだ」

「そうすれば卒業したあともいろいろ楽しいことができるぜ？」

すでにそのときのことを考えていい気になっているのか、男子生徒たちは実に楽しげだった。

直後、ルチアの身体からゴウッと怒気《どき》が立ち上《のぼ》る。

あまりの気迫に、ヴィレッタは危《あや》うく彼女を離してしまいそうになった。

「ル、ルル、ルチアっ、お願いだから気を鎮《しず》めて……！」

「できるわけないでしょ!?　あンの男ども、たかだかクラブの出入りのために女の子の下着を盗むとか……ってか、モノにするとまで言ってるし！」

最低！　と小声で吐き捨てるのには同意見だが、かといってルチアのやろうとしていることを容認はできない。

気を緩《ゆる》めればすぐにでも飛び出しそうな従姉妹《いとこ》を、ヴィレッタは必死になって引き留める。

そんなふたりにまるで気づかず、男子生徒たちは「おお、これこれ」と言いながら干してある下着に手をかけた。

「さぁ〜て、今日はどんな下着かな、って。……おい、これ――」

「ああ……、なんか、今日のやつは全部みすぼらしいな、オイ」

明らかにトーンが下がった声音に、ヴィレッタは眉根《まゆね》を寄せる。

対照的に、ルチアはぴたっと全身の動きを止めた。

下着を手にした男たちは、月明かりの下でそれをまじまじと見つめた挙げ句《あく》、「うえ〜」

と残念そうな表情を浮かべる。

「なんだよ、これ!? 絹製《きぬせい》でもなけりゃ、つぎはぎまであるじゃねぇか」

「安物の既製品《きせいひん》もいいところだろ〜。おいおいおい、誰だよ、こんな色気もクソもない
下着穿《は》いてる女子は！」

「名門女学院の名が廃《すた》るって感じのひでぇ下着だな！」

そのまま男たちはゲラゲラ笑い合う。気弱そうなひとりが「ちょ、ちょっと静かに……」

と慌《あわ》てて止めるが、聞こえていないようだ。

男たちのあけすけな物言いに、ヴィレッタも驚きのあまり呆然《ぼうぜん》と固まってしまう。

が、次の瞬間。隣から猛烈な気配を感じて、背筋がぞぉっと急激に冷《ひ》えた。

「ル、ルチ――」

「――悪かったわね、既製品のボロ下着で!! うちの財政事情じゃ絹製の下着なんて、

誕生日とか収穫祭でもなけりゃ着られないのよ！」

憤然《ふんぜん》と立ち上がったルチアは、男たちを指さしながら真っ赤な顔で言い返した。

これにぎょっとしたのは男子生徒たちだ。突如《とつじょ》現れたルチアに驚くのはもちろん、彼女が悪鬼《あっき》のごとき形相《ぎょうそう》をしているのにも、大層ビビったらしい。

「な、なんだよおまえ。いきなり出てきて――」

「夜中にこそこそ下着ドロしている奴らに言われたかないわよ！　あんたたち、自分がなにやってるかわかってるわけ!?　そっちの手前勝手な理由でどれだけの女の子が泣いてきたか、知ってて笑ってんの――!?」

大声でわめき出すルチアに、男子生徒たちもやばいと感じ始めたらしい。ひとりが下着を放り出して逃げ出すと、他のふたりも弾《はじ》かれたように走り出した。

「こら逃げるなっ！　待ちなさいこの下着泥棒――ッ!!」

「ルチア！　だめっ……」

ヴィレッタも慌《あわ》てて飛び出すが、いかんせんルチアの速さには敵《かな》わない。

ルチアは傍《かたわ》らに積まれた棒石鹸《ぼうせっけん》を引っ掴《つか》むと、それを力任せに投げつけた。

だいたいは壁に当たって粉々になったが、塀《へい》をよじ登る男子生徒たちは「ひっ」とひるんだ様子を見せる。

そのうちひとりが足を踏み外し、大きくバランスを崩した。

「そこだぁッ!!」

石鹸《せっけん》がつきたルチアは、なんと自分の靴《くつ》を脱いで力一杯投げつける。

革製の靴は空気を裂いてまっすぐ飛び、パコーンといい音を響かせ、逃げ遅れた男子の後頭部に激突した。

「ぐはっ！」

「逃がすかッ！」

倒れ込んだところをすかさず馬乗りになり、ルチアは男の肩を膝で押さえつけた。

「さぁ、神妙《しんみょう》にしなさい、この女の敵！」

「ひぃ！ごっ、ごめんなさい、ごめんなさいっ。もうしません～！」

捕まえたのは、三人のうち唯一弱気な発言をしていた男子生徒だった。

ルチアだけでなくヴィレッタも姿を現すと、彼は情けなくもひんひん泣き出してしまう。

「泣くくらいならやらなきゃいいでしょうがっ」

「ほ、本当にすみません。でも、盗《と》ってこないと先輩たちに睨《にら》まれて、肩身の狭《せま》い思いをすることになるんで……それはそれで耐えられなくて……っ」

めそめそする男子生徒に、ルチアも大きくため息を吐き出す。

それから、おもむろに男の横《よこ》っ面《つら》を殴った。拳《こぶし》で。

「ルチア！」

「――保身のためならなにやってもいいって、本気で思ってんの⁉　その結果どんなことになるか、少しも考えなかったわけ？　肩身が狭くなるからどーだっていうのよ。被害者面して。ここにきた時点で、あんただって立派に加害者なんだからね！」

そして男の胸ぐらを掴《つか》み上げると、怒りにめらめらと燃える瞳で告《つ》げた。

「本当に許してほしいって言うなら、きちんと誠意見せなさい。つーか男のくせにこんなことくらいで泣くな！　いいわね⁉」

「はっ、はいぃぃ！」

男子生徒はすっかり萎縮《いしゅく》した様子で両手を上げた。

ルチアも多少すっきりしたのか、フンと鼻を鳴らしながら手を離す。

が、ちょうどその瞬間。

「いったいなんの騒ぎです⁉」

ランプの灯《あか》りがあたりを照らし、ルチアは「あ」と間の抜けた声を上げた。

ヴィレッタと男子生徒は真っ青になり、思わずひっと息を呑む。

そこにいたのは、宿直の女教師だった。

「ル、ルチア・マーネット……っ？」

「あ、やば」

よりによってルチアに厳しく当たっている女教師のひとりだ。

今さらながら自分の体勢を確認したルチアは口元をひくつかせるが、時すでに遅し。

「いったい、なにをしているのですかあなたは――ッ!?」

女教師の悲鳴じみた叫びが夜の学院にこだました。


その後。ルチアは懲罰室《ちょうばつしつ》に引っ立てられ、ヴィレッタと男子生徒は事情を聞くため、別の教師が待つ部屋へと連れていかれた。

男子生徒はすっかり観念した様子で、再《ふたた》びめそめそしながらことのあらましを説明する。

ヴィレッタはヴィレッタでルチアの強行を止めにきたことを説明したが、あいにくルチアの行動を弁護するまでにはいたらなかった。

一応「ルチアは悪くありません。メイドや他の生徒たちを思って行動しただけです」

と主張はしたが、いかんせんそのあとの行動が飛び抜け過ぎている。男子生徒に靴《くつ》をぶつけた挙《あ》げ句《く》馬乗りになるなど、おおよそ淑女《しゅくじょ》の行動ではないのだ。

おかげですぐに解放されたヴィレッタたちと違い、ルチアはそのあと一晩中、お説教と鞭打《むちう》ちと書き取りの罰則《ばっそく》を受けることになった。さらに翌日には刺繍《ししゅう》の課題をどっさりと出されてしまった。

「あの女教師、わたしが刺繍嫌いなのをわかっていて、なんていやがらせを……」と、鞭で打たれた片手をかばいながら針を動かす従姉妹《いとこ》が気の毒で、ヴィレッタもこっそり手伝いはしたが。

だがルチアの破天荒《はてんこう》な活躍のおかげで、それ以降は下着泥棒が出現することはなくなった。

ルチアの活躍をおもしろおかしく広めたアリアンナが、泥棒被害にあった女学生の名簿を学校側に提出したのだ。

男子生徒たちは上質な絹《きぬ》の下着を持ち去ることが多く、その持ち主はたいてい大貴族の娘ばかりだったのである。当然その親たちは多額の寄付を学校側に寄せている。

これがきっかけで寄付主に背を向けられてはさすがにまずい。そう判断を下した学校側が、王立学院に申し立てて、夜間の取り締まりを強化するよう願い出たのだ。

事態が事態だけに、王立学院側もすぐに調査に乗り出した。結果、学内の治安はだいぶよくなったということらしい。

教師たちからは大目玉を食《く》らったルチアだが、この事件によって、彼女の奔放《ほんぽう》さと正義感の強さはいっそう学院中に広がることとなったのであった。

（そのルチアが、まさか王族の方と結婚するまでになるなんて……）

これまでの従姉妹《いとこ》の行状《ぎょうじょう》を思い出すと、しみじみとせずにはいられない。

そのとき、親族席にわらわらとマーネット家の人々が入ってきた。控《ひか》え室のルチアに会ってきたところらしく、「お姉さま、夢のようにきれいだった！」と瞳を輝かせている。

「ヴィレッタ姉さん。久しぶり」

「あら、アレックス。本当に久しぶりね。ずいぶん背が伸びたんじゃない？」

片手を上げて近づいてきたルチアの弟に、ヴィレッタは相好《そうごう》を崩した。

「もう十四だからね、僕も。四年生になったし。最悪の世代の最後のひとたちがこの前卒業していったから、来年からは学院でもちょっとは手足を伸ばせるかも」

「最悪の世代？」

首を傾《かし》げるヴィレッタの近くに座りながら、アレックスは説明した。

「つい何年か前まで、学院内の上下関係って本当に厳しくってさ。家柄を笠《かさ》に着て、わがまま放題の上級生が多かったんだ。でも、あるときからそれがずいぶんなくなってきて、それからは僕みたいな家の生徒も多少過ごしやすくなったんだよ」

「……それって……」

思い返していた過去の出来事が頭に浮かび、ヴィレッタは引き攣《つ》った笑みを浮かべた。

アレックスはそれに気づかず、なおもおもしろそうに続ける。

「おまけに上級生のひとりが僕のことをなにかと可愛《かわい》がってくれてさ。なんでも姉上に目を覚まさせられたとかなんとか……。噂じゃ『ルチア・マーネットを崇拝《すうはい》する会』なんてものもあったらしい。学生の男女が交流できる場所なんて限られているはずなのに、なんで姉上は上級生に名前を知られていたんだろうね？」

「……」

「まぁ、おかげで僕はのびのびできるからいいんだけど。ただ姉上の結婚を伝えたとき、何人かが『おれたちの女神が人妻に！』とか取り乱しそうになってたなぁ。本当に姉上、いったいなにをやらかしたんだか……」

腕組みして考え込む従兄弟《いとこ》から、ヴィレッタはそれとなく視線を外す。

その上級生が例の人物だとしたら、その原因は十中八九、下着泥棒事件にあるのだろうが……

（お祝いの席で、さすがにそんなことを教えるべきではないわよね）

木に登ったり廊下《ろうか》を駆《か》けたり、異性に靴《くつ》を投げたり殴りつけたりするようなルチアだが、弟妹《ていまい》たちからは絶大な信頼を寄せられている。それに水を差すようなことは決してするまい。

「あ、そろそろ始まるな」

参列者が全員席についたのち、司教についてゼルディフト公カイルが入ってくる。

まばゆいばかりの花婿《はなむこ》姿に、あちこちから悲鳴じみた声が上がるが、あいにく彼が見《み》据《す》えているのはヴァージンロードの先ばかりだ。

やがて聖堂の扉が開き、花嫁姿のルチアが入ってくる。

その美しく幸せそうな晴れ姿に、ヴィレッタも胸を高鳴らせながら、大切な従姉妹《いとこ》の門出《かどで》を祝福するのであった。

書き下ろし番外編

# 嫉妬《しっと》は秘薬より甘く

「王立学院の視察、ですか？」

「ええ。一年に一回の恒例行事なの。『王立』とついている学校だから、きちんと機能しているかどうか見ておく必要があってねぇ」

最近、初夏の日差しが少しきつくなってきた。

思えばカイルと結婚して、既に九ヶ月近くが過ぎようとしているのだなぁとしみじみ思いながら、ルチアはその日、王城へと足を運んでいた。

午後のうららかなひととき。久々に王妃にお茶に誘われたルチアは、そう切り出されて首を傾《かし》げた。

「いつもはラウルとアデレードが行っているのだけど、今回は同じ時期に外国からの使節が訪れるから、そちらをもてなすのに忙しいの。だからあなたとカイルで行ってもらえないかと思って」

「そういうことならもちろん構いません」

「よかった。先にカイルに話をしたら、『ルチアの体調さえよければ』なんて言ってくるから心配していたのよ。あなた、この前倒れたんですって？」

言いながら、王妃はルチアの全身にさっと視線を走らせる。ルチアは苦笑した。

「ご心配おかけしました。でも大丈夫です。病院の建設もそうだし、母をこっちに呼んで新しい住居を整えたり、結構忙しくしていたら、いつの間にか疲れが溜《た》まってたみたいで。でも二、三日ゆっくりしたらすっかり元通りになりました！」

「そう？　それならいいけれど」

まだ心配そうにしていた王妃だが、ルチアが再度大丈夫だと言うと頷《うなず》いた。

「じゃあ、日程は一週間後。院長にも手紙を出しておくからね」

ルチアは快《こころよ》く了承《りょうしょう》する。王立学院には一番上の弟アレックスが通っているので、運がよければ会えるかも、と嬉しくなった。

（それにカイルと一緒に過ごせる！　たとえお仕事でもやっぱり嬉しいわ）

かねてより計画されていた領内の病院建設が本格的に始まったため、カイルはこのところ王宮とそこを行ったり来たりで邸《やしき》に戻ってこない。久々に夫に会えると思うと、喜びもひとしおだった。

そうして一週間後。王宮で待ち合わせて、ルチアは久々にカイルと一緒に馬車で出かけた。

王族としての公式訪問なので少し緊張する。そう伝えると、カイルは「ちょっと院長と話して、敷地内を歩くくらいだ。なにも心配いらない」と請《う》け合った。

「それよりもおまえの体調が心配だ。気分が悪くなったらすぐ言えよ」

「だから大丈夫よ。心配性ね。……あ、もう見えてきたわ。王宮からだと近いのね」

ルチアの言う通り、馬車はあっという間に王都の端《はし》にある王立学院に到着した。

門の前に並んでいた学院関係者の挨拶《あいさつ》を受け、ふたりはさっそく構内に入る。

院長によってあちこち案内されるあいだ、すれ違う学生たちが興味津々《きょうみしんしん》でふたりを見つめてきた。

心なしかルチアに向けられる視線が多い気がする。おそらく学院内に女性がいるのがめずらしいのだろうと、彼女は特に取り合わなかった。

「こちらは代表生徒や、成績優秀者が使えるサロンです。今日は何人か代表者を集めておきました」

そう言って通されたのは開放的な一室で、お茶を飲むための机や椅子《いす》が並び、奥にはピアノも用意されていた。

そして椅子には何人かが腰かけており、ふたりが入っていくとすぐに立ち上がって頭を下げてくる。

その中に覚えのある顔があって、ルチアはパッと顔を輝かせた。

「アレックス！　久しぶりねぇ、元気にしていた？」

「お久しぶりです、姉上。義兄上《あにうえ》もご無沙汰《ぶさた》しておりました」

さっそくルチアが近づいていくと、アレックスは「相変わらず奔放《ほんぽう》だなぁ」という顔で姉を見て、その抱擁《ほうよう》をおとなしく受け入れた。彼はカイルとも挨拶を交わし握手する。

院長はにこにこしながら、ふたりに向けて丁重に頭を下げた。

「わたしは少々席を外させていただきます。昨今の学生事情など、どうぞ生徒たちと自由にご歓談ください」

そうして院長が出て行くと、カイルはわずかに眉《まゆ》を顰《ひそ》める。話せと言われてすぐに話題を振れる性格ではないため、困ってしまったのだろう。

が、なまじ整った顔立ちだけに、その表情が怒っているようにも見えて、生徒たちは萎縮《いしゅく》してしまっていた。

「皆さんにお会いできて嬉しいわ。立ち話もなんだから座りましょうか。わたしは隣の女学校に通っていたの。学生時代はお隣との交流はほとんどなかったから、こうしているのがとても新鮮だわ。今日はよろしくね」

代わりにルチアが微笑《ほほえ》みかけると、彼らはようやくほっとした面持《おもも》ちになる。アレックスの手伝いもあって、ようやくそれらしい会話を始めることができた。

学校での暮らしぶりや行事ごと、不満に思っていることや改善して欲しい点などはないかなど、当《あ》たり障《さわ》りのない会話が続く。

だがひとりだけ、ずっと黙りこくっていた生徒がいたので、ルチアは不思議に思って声をかけた。

「あなたのお名前は？　ずっとうつむいていらっしゃるけど大丈夫？」

「はっ、ははは、はいぃ！　大丈夫です！　すみません！」

その生徒は弾《はじ》かれたように立ち上がり、何度も直角のお辞儀《じぎ》をした。その勢いにルチアも気圧《けお》されてしまう。

「あ、ああ、あの、ゼルディフト公爵夫人！」

「はい！　なんでしょう？」

「……さ……」

「さ？」

「……ささ、さ……さ、サイン！　サインいただけませんか!?」

「へあ？」

サイン？

「ぼ、ぼく、ずっとあなたのファンだったんです！　兄からあなたの話を聞いて、一度お会いしたいとずっとずっと思っていました!!」

「はい？　兄？」

ルチアはびっくりして聞き返す。学生時代はもちろん、結婚して王族になったあとも、彼の兄に相当するような人物に会った覚えはないが。

「覚えておりませんか？　あなたの学生時代、女学校で下着泥棒事件が発生したんです。僕の兄は、その実行犯になろうとしたところをあなたに取り押さえられて――」

「下着泥っ……？」

おおよそ学校で聞くとは思えない言葉にぎょっとしたルチアだが、記憶を探るとそれらしい事件が出てきて、思わず「あ――ッ!!」と大声を上げてしまった。

「思い出した、そういえばそんなこともあったわ！　懐《なつ》かしい～。あのときのお仕置きは一等ひどかったからよく覚えているわよ、うん」

あいにく彼の兄がどんな顔だったかは覚えていないのだが。

下着泥棒事件？　と、そろって怪訝《けげん》な顔をするカイルとアレックスに、近くに座っていた学生が概要を教える。そのあいだ、サインを求めた学生はほとんど崇拝《すうはい》するような視線をルチアに向けていた。

「あなたのおかげで兄は道を踏み外さずに済みました。そしてあなたの正義感あふれる行動はあれからずっと語りぐさになっており、『ルチア・マーネットを崇拝する会』は今でも密やかに続いているのです……！　まさかご本人にお会いできるなんて！　嬉しさで舞い上がりそうです。サインください！」

舞い上がりそう、というか既に舞い上がっている学生に、ルチアは「はぁ」と間の抜けた声しか返せない。まさかあの一件が、そんなふうに美化されているとは思いもしなかった。

「あ、あの！　差し支えなければ僕にもサインいただけませんか……っ？」

「わ、わたしも、公爵夫人さえよろしければ是非《ぜひ》！」

「自分もお願いいたします！」

気づけば他の学生も同じようにペンや紙を持ち出してきて、ルチアは唖然《あぜん》と口を開いてしまった。アレックスも驚いた顔で「『崇拝する会』の噂は知っていたけど、実在していたんだ……」と呟《つぶや》いている。

何人もの学生に、真剣すぎる怖い顔で詰め寄られて、さすがのルチアも及び腰になる。どうしようかとおろおろしていると、隣でカイルが爆発した。

「――サインなんかさせるわけがないだろう!? ひとの妻に詰め寄るな、見るな、さわるな、さっさと散れ！　不愉快だ、もう帰るッ!!」


さすがに院長に挨拶《あいさつ》しないのはどうかということで、帰る前にひと声かけに行く。なにか生徒が粗相《そそう》をしたのかと青くなる院長にお茶を濁《にご》して、ルチアは不機嫌顔のカイルを王宮に連れ帰った。

そして王妃にことの次第を話し、大笑いとねぎらいの言葉をもらってから、ようやく帰路に就《つ》く。そのあいだもずっとカイルはピリピリしていた。

「サインくらいで怒らなくってもいいじゃない。彼らだって滅多に見られない王族相手に、ちょっと舞い上がっちゃっただけよ」

「だとしても気に食《く》わない。というか、あの部屋に入る前からだ。どいつもこいつも、わたしのルチアをじろじろ舐《な》め回すように見やがって……。全員不敬罪《ふけいざい》で投獄《とうごく》してやりたいくらいだ」

「えっ。あ、そうだったの？」

ただ単に興味本位で見られているのだと思っていたが。違ったのだろうか？

(というより、『わたしのルチア』って)

独占欲丸出しの言い方である。こんなに嫉妬《しっと》深いひとだったかしら、と思うと同時に、ちょっとだけきゅんとして、ルチアはにまにましてしまった。

「……なに笑ってるんだ？」

「だって、カイルがめずらしく妬《や》いてるんだもの。なんだか嬉しくて……んンン？」

いきなり口づけられて、ルチアは目をまん丸に見開いた。

「嫉妬くらい、当たり前だろう。ただでさえ忙しくてそばにいられる時間も少ないのに、おまえに憧れているだけの奴らに奪われそうになって……。こんなに腹が立ったのも久しぶりだ」

「あ、ん……、カイル……」

急に横向きに抱《かか》え上げられ、寝台に連れて行かれる。久々の濃厚なキスでぐったりしたルチアは、ドキドキしながら運ばれていった。

「悪いが夜まで待てない。夕食までまだ時間があるから、今から抱く」

おまけにこんな宣言までされて、逃げ出せる気もしなかった。

……逃げないけど。

（知らなかった。カイルって案外嫉妬深いのね）

それがわかったことが、なぜだかものすごく嬉しい。

再度にまにましてしまうと、カイルが怒った顔で荒々しく唇をふさいでくる。それすら嬉しくて、ルチアはカイルの首筋にぎゅっと抱きついた。

嫉妬の感情のまま激しくされるのかと思ったが、そうではなく、カイルの愛撫はとても丁寧で優しかった。

もしかしたら先日倒れたことをまだ気にしているのかもしれない。もう大丈夫なのに、ともどかしく思いつつも、気遣ってくれることには素直に喜びを覚える。

喜びは快感を増幅させ、軽く肌を撫《な》でられただけでも、甘い声が漏《も》れるようになってしまった。

「カイ、ル……、んぅ、あっ……」

「……ここがいいのか？」

乳房を優しく揉《も》まれ、乳首を口に含まれて。快感に背をのけ反らせると、カイルが目を細めて問いかけてきた。

ルチアはこくこくと頷《うなず》いて、もっとして欲しいとばかりにカイルの頭を抱え込む。カイルはもったいぶらずに、妻が望む刺激を与え続けた。

時折体位を変えつつ、たっぷり時間をかけて前戯《ぜんぎ》を施《ほどこ》したカイルは、息も絶《た》え絶《だ》えになったルチアに軽く口づけ囁《ささや》いてくる。

「もう……入れても構わないか？」

「うん。きて……」

仰向けになったルチアは自分からそっと足を開く。

先ほどまでカイルの指を受け入れていた秘所はしとどに濡れ、さらに強い刺激を求めてかすかにヒクついていた。

ゆっくり身体を倒したカイルは、ルチアに口づけながら腰を押し進めてくる。

張りつめた彼自身がぐっと最奥にまで届いて、ルチアは「はぁ……っ」と熱の籠《こ》もったため息を漏《も》らした。

「あ、ん……っ、カイル、熱い……」

「熱いのはおまえのほうだ。こんなにうねって……どこまでわたしを引き込む気だ？」

「あんっ、ん……！」

繋《つな》がったまま腰をぐるりと回され、新たな刺激にルチアは甘い声を漏らした。膣壁がきゅうっとうごめいて、奥深くまで挿《はい》り込んだ熱杭をきつく食《く》い締める。カイルもかすかな吐息を漏らした。

夕食までのはずだったのに、気づけば日はとっぷりと暮れて、星が瞬《またた》き始めている。

一度家令が様子を見にやってきたが、カイルの「こちらから呼ぶまで近づくな」の一声で、すぐさま気配を消してしまった。

それからずっと身体を繋げたまま、唇を重ね、髪をかき上げ、肌にふれあって過ごしている。甘く濃厚ながら、ゆったりした時間の連続に、ルチアはもう息も絶え絶えだ。

だが夫を受け入れる蜜壺は潤《うるお》いを失わず、カイルの一部もまた力強く漲《みなぎ》ったまま。

繋がったまま、今度はうつぶせにされる。彼自身のくびれた部分が感じやすい箇所を刺激してきて、ルチアは「ああっ……！」と快感の声を漏らした。

「ルチア……」

その声に煽《あお》られたように、カイルがルチアを抱きすくめて律動を速めてくる。

時折乳房を揉《も》まれ、乳首をこすられながら抽送《ちゅうそう》されて、心地よさにルチアは甘やかな声を上げた。

「あ、あぁ、カイル、カイルぅ……！」

「ルチア、好きだ……、ん……っ」

「わ、たしも……ッ、ンンあっ、あっ！　いやっ、あぁぁあ――ッ……!!」

カイルの告白に下腹の奥が燃え上がって、ルチアはたまらず絶頂まで押し上げられる。蜜壺がきつくすぼまって、カイルも苦しげな声を漏《も》らした。

直後、きつく腰を押しつけられて、欲望の飛沫《しぶき》がどくどくと注《そそ》がれる。その熱さと、膣内で脈動する夫の一部に、ルチアは息もできないほど深く感じてしまった。

「あ、あぁ……、はあ、はっ……」

熱くて熱くて、なんだか頭がくらくらする。身体中から力が抜けて、ルチアはくたりと寝台に突っ伏した。

「ルチア……、大丈夫か？」

「……」

ルチアは答えられない。なぜだかひどく怠《だる》くて、声を出すのも億劫《おっくう》だった。なんだか視界がぼんやりして、意識まで朦朧《もうろう》と……。

カイルが息を呑んで、ルチアの肩を揺さぶったり声をかけてくる。なにか答えなきゃと思いつつ、なにもできないまま、ルチアは意識を手放した。

「え、赤ちゃん？」

「左様。奥様は妊娠されています。お話をうかがう限り、もう四ヶ月に入っていますね」

主治医の言葉に、ルチアはぽかんと口を開けた。

だが言われてみれば心当たりがある。このところ忙しすぎて月のものことなど放ったらかしにしていた。先日倒れたのも、疲れが溜《た》まっていたからと考えていたが、妊娠初期で貧血っぽかったせいなら納得できる。なにせルチアの母が妊娠するたび、そういう症状にさいなまれていたからだ。

まぁ、その母もつわりはかなり軽く、ちょっとふらふらするくらいで済んでいたから、ルチアにも同じ体質が遺伝したのだろう。

それにしても四ヶ月に入るまで気づかないとは……自分のあまりの鈍感さに、ルチアは目元を覆《おお》った。

「ごめんね、カイル。わたし全然気がつかなくて……、カイル？」

隣で一緒に聞いていた夫に目を向け、ルチアはぎょっとする。カイルは大きく目を見開いたまま、どこか一点を見つめて固まっていた。

「おーい、カイルー？　大丈夫？」

目の前で手を振ると、カイルはハッと我に返り、まじまじとルチアを見つめてくる。

「ではわたしはこれで。あ、もう安定期に入っているので夫婦生活自体は問題ありませんが、あんまり長時間、激しくするのはやめてくださいね。では」

まるで先ほどまでの出来事を見ていたような主治医の言葉に、ルチアの顔が熱くなる。

一方のカイルは青くなって、主治医が出て行くなりルチアに詰め寄った。

「身体は？　痛いところはないか？　どこか怠《だる》かったりは……！」

「んー、怠いは怠いけど、単に疲れただけかと。それに、なにかあればお医者様が言ってくるだろうから、ひとまず大丈夫でしょ」

「いや、だがあれだけ激しくしたし、もしなにかあったとしたら……っ！」

「もうっ、そんなにおろおろしないで。大丈夫よ。それより、ほら」

カイルの手を強引に持ってきて、ルチアは自分のお腹にさわらせる。カイルはびくっとひるんだが、ごくりと唾を呑み込んでじっとたたずんだ。

「ここにいるんだって、わたしとあなたの赤ちゃん。もっと喜んであげましょうよ」

「赤ちゃん……ここに、子供が」

ルチアがにっこり頷《うなず》くと、カイルもようやく力が抜けたようだ。お腹に目を落とし、そっと撫《な》でてくる。その薄氷《はくひょう》の瞳にじわりと涙が滲《にじ》むのが見えた。

「ありがとう……。ありがとうな、ルチア」

「もうっ。そういう台詞《せりふ》は、無事に生まれてから言ってよね」

明るく笑いながら、ルチアもうれし涙を拭う。
どちらともなく抱き合って、ふたりはしばらく、新しい命を授《さず》かった喜びに浸《ひた》った。

本書は、2014年6月当社より単行本として刊行されたものに書き下ろしを加えて文庫化したものです。

NB

ノーチェ文庫

王家《おうけ》の秘薬《ひやく》は受難《じゅなん》な甘《あま》さ

佐倉紫《さくらゆかり》

2016年12月31日初版発行

文庫編集－河原風花・宮田可南子
編集長－塙綾子
発行者－梶本雄介
発行所－株式会社アルファポリス
〒150-6005 東京都渋谷区恵比寿4-20-3 恵比寿ｶﾞｰﾃﾞﾝﾌﾟﾚｲｽﾀﾜｰ5階
TEL 03-6277-1601（営業） 03-6277-1602（編集）
URL http://www.alphapolis.co.jp/
発売元－株式会社星雲社
〒112-0005 東京都文京区水道1-3-30
TEL 03-3868-3275
装丁・本文イラスト－みずきたつ
装丁デザイン－ansyyqdesign
印刷－株式会社暁印刷


ISBN978-4-434-22641-0 C0193